FRANZ SPICHTINGER

Der Ratisbona Mane geht ins Amerika

AF138791

Franz Spichtinger

Der Ratisbona Mane geht ins Amerika

Roman

Die Bibliografische Information der Deutschen Bibliothek

Die Deutsche Bibliothek verzeichnet diese Publikation in der Deutschen Nationalbibliografie; detaillierte bibliografische Daten sind im Internet über www.d-nb.de abrufbar.

Originalausgabe
Einbandabbildung: ›Regensburg abends‹ | © arsdigital - fotolia.com
© 2015 Franz Spichtinger
www.Franz-Spichtinger.de

Herstellung und Verlag:
BoD – Books on Demand, Norderstedt

ISBN 978-3-7347-5833-1

1

»Schaug, Papa, da unten dasafft oana.« Der Girgerl vom Bachler hatte sich über die Brüstung auf der Steinernen Brücke gebeugt und in die Donau hinunter geschaut. Träge wälzte sich der mächtige Fluss durch sein breites Bett und er brachte allerlei mit sich, Strauch- und Astwerk und auch halbe Baumwipfel, die am Oberlauf in die reißende Flut gestürzt waren und jetzt ihren Weg suchten. »Der hängt im Baam drin, Papa, schaug obi.« Der Papa, der Bachler Schorsch, feilschte gerade mit einem Taubenhändler, der auf der Brücke stand und in einem an die Brust geschnallten Drahtkorb mehrere Tauben zum Verkauf anbot. Jeden Samstag hielt der Krexler Martl ein paar Haustauben zum Verkauf feil und kam so notdürftig über die Runden und der Schorsch Bachler hatte in Stadtamhof drüben hinter seinem Anwesen schon einen beträchtlichen Bestand an Tauben in seinem Taubenschlag, kräftige Kropftauben vor allem, weil der Krexler zumeist nur solche im Angebot hatte. In Altötting hatte der Bachler vergangenen Sommer nach einer Wallfahrt noch einen Amsterdamer Kröpfer und einen Altösterreichischen Tümmler erstanden, der Kauf hatte sein Erspartes aufgezehrt. Stolz war er auf seinen Bestand.

»I kumm glei, Girgerl, wart a weng, ich hob's glei.«

»Oba, der dasafft g'wiss.«

Mittlerweile hatten sich schon etliche Fußgänger um den Girgerl versammelt und schauten dem vermeintlich Verunglückten nach, lachten, staunten, kommentierten den Vorgang im Wasser. »So a narrischer Gischpl«, kommentierte der Rutspitz Willi, der auch dem Krexler seine Tauben begutachtetet hatte, seinen Weg gleich fortsetzte, über die Brücke ging er weiter, zielte zum alten Scheberer, der an warmen Sommertagen in seinem Gartenhäusl hinterm

Katharinenspital seine Freunde schon am hellen Vormittag zum Kartenspiel erwartete.

Der »narrische Gischpl« hing derweil im Geäst eines abgebrochenen Fichtenstammes und winkte zur Brücke hinauf.

»Dem passiert nix, Girgerl«, sagte der Bachler Schorsch zu seinem Buben, »bevor der dasafft, bricht de Stoanane Bruck'n z'amm, dös is da Mane.«

»Wos fir a Mane, Papa?«

»No, da Mane halt, da Ratisbona Mane, des is a ganz a G'würfelter, a wengerl a Nascha halt, der springt droben am Prüfeninger Schloss oder goar z'Sinzing scho in d'Donau und kimmt vor der Walhalla unten außa, a Lunga hot der wia a Ross.«

»Wia da Koaßerer, der oiwei zum Opa kimmt, dös is a ganz a G'würfelter«, bestätigte der Girgerl den Vater. Der Opa hatte dem Girgerl schon lange die Lebensumstände seiner Kartenbrüder erzählt und der Girgerl hatte sich so seine Meinung gebildet.

»Da Mane is scho a ganz a Wilder«, sagte der Papa, »a Unbandiger is er, mit am Kreiz wia a Büffl, der hot as ewige Leb'n, der war im Siebzig-Oanasiebz'ger Kriag a Schwoleschee g'wes'n und etzat is er wieder dahoam, aber wia lang halt.«

2

Der Ratisbona Mane war einstweilen mit seinem Fichtenstamm weiter die Donau abwärts getrieben, so wie er es in diesem heißen Sommer 1871 jeden Samstag zu seiner eigenen Freude und zum Gaudium der Zuschauer tat. Kaum war der Krieg im Mai zu Ende gewesen, hatte er sich in den Zug gesetzt und war zu seiner Mutter und zum Vater heimgefahren. »Herr Major, i muaß etzat erst hoam, mei Mutta und mei Vata tuan se arg viel ab«, hat er gesagt, dann war er fort.

Mit der rechten Hand hatte der Mane den Stamm gefasst und schwamm mit dem astigen Stück ans linke Donauufer hinüber. Holz, das er sich aus der Donau holte, gehörte niemand, er trocknete und zersägte es in meterlange Stücke, schichtete die Scheite auf einen runden Haufen und deckte das Ganze mit einem hölzernen Dach ab. Dem Mane hat noch keiner ein Stück Holz gestohlen, das er jahraus, jahrein an der Donaulände den ganzen Sommer hindurch trocknete und dann mit dem Fuhrwerk des Großvaters abholte.

Der Mane hatte beim Schiggerl in der Stadt drinnen das Schmiedehandwerk gelernt, weil der Vater meinte, Handwerk hätte goldenen Boden, und der Mane hätte eine Zukunft, setzte er hinzu und wenn in der Stadt eine Eisenfabrik aufmachen würde, könnte er dort auch anfangen oder gar »bei de Bahnerer«, wie er meinte. Der Mane hatte dann genug von den Prügeln gehabt, die es beim Schiggerl und seinen Gesellen drei lange Jahre gesetzt hatte.

»Von denen wenn ich einen erwisch, der kann sich freuen«, sagte der Mane zum Abschied seinem Meister ins Gesicht.

»Druck di«, antwortete ihm der ungehobelte Patron, »sonst schmier i dir no oane, bevorst gehst. Bei mir hot nu a jeda wos g'lernt, spater wirst fraouch sa drüba.« Ja, gelernt hatte er viel beim Schiggerl. Dann heuerte er bei »de Bahnerer«, beim Eisenbahnausbesserungswerk in der Stadt an und lernte jede Lokomotive von Grund auf kennen und wäre der Franzosenkrieg nicht dazwischen gekommen, hätte er schon lange seine Schmiedemeisterprüfung in der Tasche. »De Donnersberg leg i dir auseinander und bist schaugst, bau i de Maschin' wieder z'samm a.« Die Donnersberg war ein echtes Prachtstück und keine andere Lokomotive kam ihr gleich. Er pflegte sie auch nach Feierabend, wenn die anderen Schweißer und Mechaniker schon lange nach Hause gegangen waren.

Die Bahnerer haben aber wenig bezahlt und haben den Mane ausgenutzt bis in den Samstagabend hinein. Er eignete sich viel Wissen bei einem Zimmerer an und setzte bald die Dachstühle »wie ein Gelernter«, wie der Meister Seilbinder lobend erwähnte. »Bleib bei mir, an sechtan wia di könnt' ich brauch'n.« Er dachte an seine sich Jahr für Jahr vergrößernde Werkstatt und daran, dass er keinen Nachfolger hatte und dass das Pepperl, seine einzige Tochter, den Betrieb sicher nicht führen mochte. Einen solchen wie den Mane könnte er sich auch als Schwiegersohn vorstellen.

3

In Nürnberg in der Garnison, hatte er dann »als junger Spund«, wie der Meister lachend kommentierte, an der Garnisonserweiterung des Königlich Bayerischen 4. Infanterieregiments mitgearbeitet. Der Seilbinder hatte den Auftrag bekommen, war er doch über die Heimat hinaus als ausgewiesener Fachmann bekannt. Er hatte ein trefflliches Angebot abgegeben und den Zuschlag erhalten. Anno neunundsechzig, die Herbsttage ließen schon grüßen, waren sie dann nach zweijähriger Bauzeit mit ihrer Arbeit fertig geworden und beim Richtfest lobte der Kommandant die Zimmerertruppe um den Meister Seilbinder über den Schellnkönig, wie der Meister meinte. Beim anschließenden Umtrunk hat der Kommandant dann den Mane überredet in der Garnison zu bleiben, er hätte da ein festes Einkommen, besser wie beim Seilbinder, ein schönes Zimmer in der Garnison dazu, wenn er nur wollte und genug Freizeit, da könnte er machen was er wolle, nur müsse er wissen, dass er dem Königlich Bayerischen Infanterieregiment angehöre, wenn auch nur als Handwerker.

Einen mit so viel technischem Verstand und handwerklichem Geschick, mit guten Umgangsformen, der dazu gelernter Schmied war und was vom Hausbau verstand, könnte man überall brauchen, der würde es überall zu etwas bringen.

»Solltest eine Freud' am Soldatenberuf haben, na bleibst bei uns auf vier Jahr oder auf zwölf, wiast moanst«, sagte der Oberstleutnant, der im Zivilberuf ein Ingenieur gewesen war, dem der Schwiegervater, selber Altgedienter, dann eine Karriere beim Militär in Aussicht gestellt hatte. »Nach zwei Jahren schick ich dich auf die Feldwebelschule«, versprach der Herr Oberstleutnant dem Mane.

Da blieb der Mane in der Garnison und schrieb seinem Vater und der Mutter, dass er für die nächsten vier Jahre in Nürnberg bleiben möchte, er hätte ein gutes Auskommen hier und weil er ja Schmied sei, habe ihn der Kommandant, der ihn sehr schätze, auch noch mit der Hausmeisterei beauftragt.

»Heiraten darf ich die nächsten vier Jahr zwar nicht, aber ich kenne ja keine, die mir g'fallt.«

4

Dann wurde alles mit einem Mal anders, die Zeiten änderten sich. Was gestern gegolten hatte, war morgen nichts wert. Die Franzosen hatten dem Norddeutschen Bund den Krieg erklärt und die Bayern standen an der Seite der Preußen. Der Kommandant sagte zum Mane, dass sie einen wie ihn bei der Kavallerie brauchen könnten und ob er mitziehen möchte ins Feld.

»Da hau'n wir dem Franzosen eine drauf, dös geht schnell, Mane, bist schaust san mir wieder dahoam.«

»I ko guat reit'n, Herr Kommandant«, sagte der Mane, »wann Sie einen Reiter brauch'n, mi haut koa Franzmann oba vom Gaul.«

Der Kommandant betrachtete sich die muskulöse Figur seines Hausmeisters.

»I bin die Donau mit oan oder zwoa Atemzüg' durchg'schwomma, mehr Luft hob i net braucht und na bin i no vom Kloster Weltenburg bis nach Schwabelweis zum Großvater g'schwomma, mit oan Aufwasch, wia ma so sagt.«

Der Oberstleutnant schätzte den Mane: »Geh' zum Hauptmann Blöcker, der nimmt dich auf. Alles muss seine Ordnung haben, bist halt dann ein Soldat, kein Hausmeister mehr, kannst stolz sein, bist bei den Königlichen und nächste Woche darfst schon in den Krieg zieh'n, Mane.«

Der Mane schrieb noch einen Brief an die Mutter und den Vater, erzählte ihnen, dass er mit einem ganzen Haufen anderer Kameraden am Freitag in die Eisenbahn steigen und an die französische Grenze fahren würde.

»Ich komme bald wieder, der Hauptmann nimmt mich mit in die Kavallerie, ich werd' scho net schiaß'n müss'n. Aber wir putz'n de Franzosen weg, dass de bloß a so schau'n. Des geht g'schwind, hot der Kommandant g'sagt. Und wenn ich wieder daheim bin, in Nürnberg in der Kaserne, dann schreib ich euch einen Brief, liebe Eltern und grüßt mir die Monika, mein liebes Schwesterl und die Großmutter und den Großvater und sie sollen sich nicht abtun und ich komm' nach dem Krieg gleich bei euch vorbei.« So ist der Ratisbona Mane in seiner Unbedarftheit in den Krieg gezogen, weil ihn der Herr Oberstleutnant dazu eingeladen hatte.

Der Mutter hat es das Herz zerrissen und der Vater wurde krumm vor Kummer. »Der kimmt scho wieda, der

Mane«, sagte tröstend der Opa, »der möcht' sicher wieder in da Donau schwimma.« Aber insgeheim rannte er in die Emmeramskirche und betete zu allen Heiligen.

5

Den ersten Brief an die bekümmerten Eltern schrieb der Mane aus Wörth im Elsaß. Die französischen Kürassiere hätten ihnen zunächst ganz schön eingeheizt, aber dann hätte es g'scheit gekracht, sie hätten die verlotterten Haderlumpen zurückgeschlagen und wären ihnen hinterher gejagt, man habe nicht lange gefackelt und g'scheit hing'langt, bis die Franzosen auf und davon wären. Viele Tote hätte es gegeben, »nur so umgefallen sind sie, mehr bei den unsrigen als bei denen von der anderen Seite.«

Schon in den ersten Minuten hätte es den Herrn Oberleutnant von Strauß getroffen, vielleicht hätte ihn auch die eigene Infanterie von hinten erwischt, weil der Herr Oberleutnant sehr weit vorne geritten wäre und die meisten von den Soldaten mit ihren Gewehren gar nicht recht umgehen konnten. Er habe den tapferen Oberleutnant, der, ganz weiß im Gesicht, zurückgeritten kam und fast vom Pferd gefallen wäre, aufgefangen und aus dem Getümmel getragen. »Dem bleibt ein steifer Fuß, weil es ihm die Kniescheibe zertrümmert hat, aber er war mir ewig dankbar, weil ich ihn zu den Sanitätern geschleift habe, weil die Franzmänner ihn gar massakriert hätten, dann bin ich wieder zurück zu den Kameraden. Es war alles eine Mordssauerei, so einen Krieg möchte ich nimmer erleben. Aber mir ist gar nichts passiert. Ich bin schon aufgeregt, wohin es jetzt geht. ›Da misch'n wir wieder g'scheit mit‹, hat der Herr Oberstleutnant g'sagt. Aber dann hat er noch gesagt, dass wir alle recht fest beten sollten, dass uns keiner von den Franzosen erwischt.«

6

Dann, am späten Nachmittag des nächsten Tages, ein Mittwoch war es, der Jakobitag noch dazu, hat der Holter Max einen Koller bekommen und ist aus dem Graben gestürmt. Die französischen Scharfschützen haben nur darauf gewartet, dass einer der Kameraden den Kopf über den Grabenrand hebt und sie haben dem Max die Schädeldecke abrasiert.

Man müsse schon so hirnverbrannt wie der Gefreite Holter sein, dann wäre das Sterben eine Angelegenheit von einer Sekunde oder so unverantwortlich wie der Herr Adelige von Schießlegg, dann könne man im Sauseschritt eine ganze Kompanie verheizen. Das waren die einführenden Worte des Hauptmanns Schusterless, der aus dem Generalstab an die Front abkommandiert worden war, »um den Etappenhengsten die echte Lebensart an der Front beizubringen«, wie er sich ausdrückte. Überheblich und mit nicht zu überbietender Arroganz hatte sich der junge Offizier eingeführt und in die Brust geworfen und die Oberleutnants und Leutnants und die Feldwebel stramm stehen lassen, während die Salven über die Schützengräben orgelten. General von Kirchbach wäre überhaupt nicht zufrieden mit dieser Art von Stellungskrieg, schwadronierte er und der Herr General fordere zudem umgehend mehr substanziellen Einsatz der Herren Offiziere und der Feldwebel und lasse diese Order als ganz persönliche Weisung durch ihn, Hauptmann Schusterless, überbringen. Ferry von Strauß war zu der Zeit bereits im Lazarett und Manfred Waldstein erzählte ihm vom Amtsantritt des Hauptmanns Karl Schusterless.

»Der hat doch Dreck am Stecken«, entgegnete der junge Offizier, der noch kalkweiß von seinen jämmerlichen Schmerzen auf seinem Laken gelegen hatte, »jeder Offizier im Regiment weiß um Schusterless' Allüren und dreckigen

Geschäfte, von dem werden wir noch hören, geh ihm aus dem Weg, Mane.«

7

»Gespürt hat der nichts mehr«, resümierte der vom Dauerrausch umwölkte Major von Schießlegg, als der Oberfeldwebel Münchshof und der Zwiebelacker Hannes, mit dem der nunmehr Verstorbene aus einem Gau stammte, den Max Holter in den Graben zurückgezogen und den toten Kameraden mit einer grünen, feuchten Plane bedeckt hatten. Der Oberfeldwebel hatte dem Maxl dann noch die Erkennungsmarke mit der Kette vom Hals genommen und am Abend haben sie geschaut, dass sie den Max hinter die Linien gebracht haben.

Befehle zum Angriff oder für den Rückzug gaben in der Kompanie nur die Feldwebel, denn der Herr Major von Schießlegg war zu nichts mehr zu gebrauchen, torkelte besoffen durch den Graben und stürmte regelmäßig im Vollrausch ins Feld.

»Attacke«, schrie er, »Attacke«, und dass die Kameraden ringsherum zu Boden stürzten, ging an ihm vorbei, er verließ wankend den Gefechtsabschnitt, scheinbar gefeit gegen Säbel, Kugel und Bajonett, richtete sich dann irgendwohin aus, das Gewehr als Stütze in der Linken und der Herr Major hat den Krieg bis zum vorletzten Tag überstanden. Beim Angriff am späten Freitagnachmittag, der Kanonendonner hat ihm sein Nervenkostüm vollends gekostet, hat er sich wieder in die Hosen gemacht und wäre lieber heute als morgen gestorben oder heim zu seiner Frau gefahren.

Dann hat es am Tag darauf, an einem frischen Samstagabend, kurz vor Sonnenuntergang, einen ganz einsamen hellen Schuss gegeben und der Hauptmann von Schwerck meldete dem Herrn Oberst, dass der Herr Major nun doch noch das Zeitliche gesegnete hätte, es wäre ein sauberer Schuss in die Brust gewesen und der Herr Major hätte sich überhaupt nicht plagen müssen, zudem wäre er um diese Zeit schon randvoll abgefüllt gewesen.

»Schreiben Sie das seiner Frau«, befahl der Hauptmann von Schwerck auf Geheiß des Obristen von Sassewitz der Ordonanz, »und schreiben Sie ihr, dass ich nach dem Krieg vorbeikommen werde und ihr mein tiefes Beileid persönlich übermitteln möchte.« Der Herr Major von Schießlegg war nun Mitte der Vierzig geworden, mit einer vermögenden, hübschen Baronin verheiratet, die er nun kinderlos hinterließ und er, von Schwerck, könne sich wohl vorstellen, mit der Frau Major warm zu werden.

Die Kompanie hatte den letzten furiosen Auftritt des Herrn Major von Schießlegg, während der Franzose Salve um Salve über die Schützengräben schoss, noch in besonderer Erinnerung. Der Herr Major war eines Abends, knapp drei Wochen, bevor er den Heldentod erlitten hatte, in den Unterstand gestürmt und meinte, wie so oft nicht Herr seiner Sinne, es wäre da doch ständig eine miese Stimmung bei den Kameraden hier im Unterstand, das untergrabe die Moral der Truppe, man solle singen und ob denn keiner ein Instrument dabei habe, fragte er. Allgemeines verständnisloses Kopfschütteln, Murren, Gelächter und der Herr Major von Schießlegg befahl sodann unverzüglich dem Kompaniefeldwebel, er habe bis morgen Mittag ein Instrument aufzutreiben und wer denn sowas spielen könne, fragte er, in die Runde blickend, eine Geige vielleicht oder eine Harmonika oder eine Trompete, das würde dem Franzmann einen rechten Schrecken einjagen und man könne das wohl auch im ganzen Regiment einführen, das könne Standard werden, fügte er an. Nach langem Zögern meldete sich der Kürassier Mane Waldstein und meinte, er spiele eine Knopfziach.

Was denn das nun wieder sei, lachte der adelige Kumpan, eine Knopfziach und er hieb dem neben ihm stehenden Oberfeldwebel einen Schlag ins Genick. »Beschaffen Sie so eine Ziach«, grölte er, »konfiszieren Sie so eine Ziach und dann wird gespielt, aufgespielt zum Tanz«, krächzte er, verwirrt vom alltäglichen Rausch, wodurch er seine qualvolle Todesangst und elendige Kümmernis überspielte und verließ lachend, gequält hustend, den Schützengraben.

Noch am selben Abend war der Oberfeldwebel Münchshof hinter den Linien verschwunden und tauchte tatsächlich mit einer Ziehharmonika auf, noch dazu einer recht ordentlichen. »Ich habe den Leuten versprochen, dass du gut mit dem Ding umgehst, Mane, und jetzt spiel.« Zweimal hatte der Mane dann auf der Ziach gespielt, dann hatte der Franzose regelmäßig etwas dagegen. Vom Gefreiten bis zum Hauptmann lagen sie im Dreck des Schützengrabens und der Major schrie den Mane an, er solle doch seine Ziach spielen, er könne das Geschrei der Verletzten nicht mehr hören und er würde sich aufhängen oder sonst wie verrecken und der Scheißkrieg bringe ihn noch um den Verstand. Am nächsten Tag brachte der Mane mit dem Feldwebel die konfiszierte Knopfziach ins Nachbardorf zurück und schwor sich, nicht mehr auf der Ziach zu spielen, so lange er lebe.

»Mane, merk dir oans, man soll nia nia sog'n«, sagte der Feldwebel, »es kumma a wieder andere Zeiten, da wird dir de Musi guat tua.«

8

Als die Schlacht von Sedan dann am 1. September 1870 vorbei war und die französischen Linien zusammen gebrochen, ihre Verbände besiegt und auch die Deutschen wieder daheim waren, hörte man lange nichts vom Mane. Sedan habe ihm gereicht, er würde bald nach Hause kommen, schrieb er dann im Frühjahr 1871 an seine Eltern, der Kommandant habe einen Splitter im Kopf, er würde auf der rechten Seite nichts mehr hören und sicher zurück gehen ins normale Leben, »ins freie Leben«, wie der Obrist gesagt hat, aber er würde eine schöne Kriegerrente einstecken. Er, der Mane, habe eine Auszeichnung erhalten, weil er todesmutig und selbstlos einen Kameraden, den Herrn Oberleutnant von Strauß, vor den Kugeln und den Bajonetten des heranstürmenden Feindes, dem sich der Herr Oberleutnant von Strauß so heldenhaft entgegengeworfen hatte, gerettet habe, wie der General sagte.

Der Ratisbona Mane wäre ein echter Schwoleschee gewesen, ein Berittener bei den Kürassieren, der den Feinden das Fürchten gelehrt hatte, hieß es dann in der Heimat. Dann stellten sie in der Stadt ein Kriegerdenkmal auf und schrieben die Namen der Gefallenen drauf und der Mane machte einen weiten Bogen drum herum.

9

Der Girgerl stand mit dem Vater vor dem Taubenschlag und der hatte die zwei neuen Tauberer in den Verschlag geschoben. Die Vögel kamen immer gut miteinander aus und selten, dass eine Taube ausblieb, wenn sie vom Abflugort in den Heimatschlag zurückflogen. Aber die eine oder andere in der Umgebung hatte sich der Habicht geholt.

In Montabaur hatte der Bachler im Mai des letzten Jahres zwei serbische Hochflieger eingekauft. Der Alladin und der Omar entwickelten sich besonders gut und er eroberte sich schon im Spätsommer einen schönen ersten Preis.

Der Omar war der Liebling vom Girgerl. Als die Kropferten, wie er sie nannte, vom alten Hillwasser Bene, der seinen Taubenschlag nicht weit vom Girgerl aufgestellt hatte, einmal allesamt krank geworden waren, sagte der Papa zum Girgerl: »Mit ana Taub'n muaßt guat umgeh', Girgerl, red'n muaßt mit eahna, wia mit an Menschen, sinst kennas drauf geh', und der Stall muaß oiwei sauba sei, Bua, mirk da des.«

Das merkte sich der Girgerl und er behandelte die Tauben so gut wie seine zwei Stallhasen, die Weihnachten das Zeitliche segnen würden, weil sie auf das Fest hinlebten und nur die Aufgabe hatten, das Jahr über fest zu fressen, um dann am ersten Weihnachtsfeiertag auf dem Mittagstisch zu landen, und die Mama verstand es, sie gut zuzubereiten. Ein ganzer Haufen Knödel dampften dann in der weißen Porzellanschüssel, die die Mama nur zu besonderen Festtagen auf den Tisch stellte und der Girgerl konnte kaum abwarten, bis der Vater nach dem Tischgebet das Fleisch schnitt, was seine Aufgabe war.

Er solle sich nur Zeit lassen, damit er sich nicht den Mund verbrenne, lachte die Mama, wenn der Girgerl dem Hasenbraten zu Leibe rückte. Aber noch war es lange nicht so weit und die zwei Hasen mussten noch viele Milchscheckeln fressen, bis sie dick genug waren, dann prüfte der Großvater in der adventlichen Zeit regelmäßig das Gewicht der zwei Hopser: »De zwoa kemma scho guat hi bis zum Christfest, Girgerl, gib eahna ner nu a paar Erdäpfel mehr zum Fressen, dass nachat as Fleisch recht saftig wird.«

Der Girgerl ging zum Opa in die Stube und der erzählte ihm von dem Ratisbona Mane. »Dös is a Sakrischer, a ganz a G'würfelter, wos der scho ois trieb'n hot, da kannt i dir vül verzöhln, Girgerl. A Schwoleschee war der, mei Liaba, a echter Schwoleschee. Wenn ma am Nachmittog ausg'schlofa ham alle zwoa, na kummst eina zu mir und nacha verzöhl i dir nu mehr vom Mane.«

»I schlaf net, Opa, i kumm glei nach'm Mittogess'n zu dir eina.«

10

Der Herr Oberstleutnant ist dann von einem Tag auf den anderen pensioniert worden. Das Bataillon hatte ihn mit einem feierlichen Zapfenstreich verabschiedet, dann war er mit seiner Frau in das Haus der Schwiegereltern ins Oberbayerische verzogen, war ein Direktor in einem Industrieunternehmen geworden und hatte ganz vergessen, den Mane ans Herz zu drücken. Der Ratisbona Mane saß nun in seinem Mansardenzimmer unter dem Dachboden der Kaserne, verrichtete gewissenhaft seine Hausmeisterdienste, hörte die Kommandos der Feldwebel und der Zugführer über den Kasernenhof schallen. Der Krieg mit den Franzosen lag schon geraume Zeit zurück. Die Zeitungen zogen ihr Resümee über den Krieg und seine Folgelasten, der Kanzler Bismarck machte ein paar neue Sozialgesetze, viele Kriegsinvaliden fristeten mit ihren Familien ein kärgliches Leben, im Volk war viel Streit und Aufbegehren, den Leuten ging es schlecht, in den Städten regte sich das Proletariat gegen die Obrigkeit. Das Dampfschiff löste die Segler ab, das die zumeist armen Leute nach Amerika ausschiffte, Hunderttausende zog es in die neue Welt, wo sie sich Arbeit, Land und Broterwerb versprachen, sie suchten ein besseres, sorgenfreies Leben. Die amerikanischen Eisenbahngesellschaften warben in ganz Europa um die Auswanderer. Nur einen Beruf sollten sie haben, solche Leute könnte man brauchen, schrieben sie auf vielen tausend Handzetteln, die ihre Agenten im ganzen Land verteilten.

Dann erreichte den Mane in seiner Dachkammer ein Paket von den Eltern. Dem Packerl war ein dicker Brief

des Herrn von Strauß an seine Regensburger Adresse beigefügt und das Leben des ehemaligen Schwoleschees und
derzeitigen Hausmeisters in der Ingolstädter Kaserne, Manfred Waldstein, den sie von Kindsbeinen an den Ratisbona
Mane genannt hatten, nahm einen neuen, unvorhergesehenen Verlauf.

11

Oberleutnant von Strauß schrieb dem Mane, er habe gleich
nach dem unseligen Gemetzel zwischen den Franzosen und
den Deutschen und nachdem er seine schwere Verletzung
auskuriert hatte, der Heimat Lebewohl gesagt und sei mit
einem Dampfschiff nach Amerika. Er habe nie vergessen,
dass er ihm, dem Mane, sein Leben verdanke und sollte er
auch nach Amerika gehen, dann könne er dort mit seiner
Unterstützung rechnen. Derzeit wohne er in Philadelphia
bei einer bekannten Familie nur zweihundert Meilen südlich von New York, wo er von Bord gegangen wäre. Alte
Bekannte seiner Familie hätten ihn in seiner neuen Heimat
aufgefangen, auch begüterte Verwandte den Neuanfang
leichter gemacht und die englische Sprache beherrsche er
auch schon recht ordentlich und mit Fleiß und Anstrengung könne er, Strauß, es zu was bringen.

Da dachte der Mane lange und gründlich nach und
verließ seine Mansarde. Er fuhr mit dem Dampfzug in die
Heimat, querte die Steinerne Brücke nach Stadtamhof hinüber, sagte alten Freunden in der Stadt Grüß Gott, auch der
Traudi aus der Kreuzgasse, die ihn mit seltsamen, nassen
Augen anschaute, schwamm noch einmal nach Schwabelweis, winkte zur Steinernen Brücke hinauf und machte einen kleinen Bub, den Bachler Girgerl, glücklich.

Das Elternhaus in der Jakobstraße lag ganz nahe an der alten Schottenkirche und wenn er sich aus dem Fenster lehnte, konnte er den Kirchgängern, die ihre Sorgen Sonntag für Sonntag ins Gotteshaus trugen, bei ihrem Weg dorthin zuschauen, dem alten Würhgang, der sich am Stecken mühselig vorwärts bewegte, der immer seine Frotzeleien mit den Kindern hatte, der vornehmen Frau vom verstorbenen Kürschner Seiler, die ihren langen, schwarzen Rock mit beiden Händen hochzog, damit er vom Staub und Dreck auf der gepflasterten Jakobstraße verschont blieb und dem Herrn Prälat Stumvoll, der zu seinem Fenster heraufgrüßte, in der Hoffnung, dass er die Mama sehen würde.

»Ich warte noch auf einen Brief vom Zupfer Schorsch aus Bischofteinitz, dann schau ich weiter«, wandte er sich zurück zur Mutter. Er lehnte sich auf die Fensterbank, schaute hinüber zur Kirche. Die Mutter bereitete gerade das Mittagessen vor, Blut- und Leberwürste brachte sie heute auf den Tisch, weil der Onkel in Schwabelweis, ihr Bruder Josef, wieder einmal geschlachtet hatte. Am Sonntag hätten sie dann das Kesselfleisch und das übrig gebliebene Kraut würde sie mit einer Mehlschwitz binden und alle wären dankbar und froh, dass es der Herrgott gut mit ihnen meinte.

An der Treppe vor der Kirchentür packte ein hinkender, kräftiger, untersetzter Mann seine Ziehharmonika aus, auf den ersten Blick schon erkannte der Mane den typischen Kriegsinvaliden, das graue Kappl auf dem Kopf, ebenso grau die leinene Jacke und die lange Hose mit den schwarzen Streifen an den Seitennähten. Der Alte, Silberhaarige, strich sich den langen, struppigen Bart, fuhr mit der linken Hand über das strähnige, lange Haar, schob die beiden Arme unter die Gurte seiner Harmonika und phantasierte seine Melodien, auch einer, der den Krieg überstanden hatte, auf der Straße lebte, irgendwann in einem Armenhaus verkommen würde. Für das Militär war er nicht mehr tauglich, in Ehren entlassen, ausgedient hat er, seine Pflicht gegenüber dem Vaterland, dem Kaiser, hat er getan, hinkend und so lange er noch Gesundheit und genug Kraft hatte, würde er seine Straßen ziehen, nicht die Boulevards großer Städte entlang, nicht über die glitzernden Chausseen dieser Welt, auch nicht mehr die Heerstraßen müsste er entlang marschieren. Die gefurchten Wege und alten Landstraßen und die steinigen Gassen der alten Märkte und Städte waren seine Welt geworden, einer, den der Krieg das Fürchten gelehrt hatte, der mit dem Schicksal haderte, mit dem Alltag nicht zurecht gekommen war, ohne Beruf und Heimat und auf die Gaben und spärlichen Zuwendungen seiner Mitmenschen angewiesen.

»Solltest es genau überlegen, ob du ins Amerika gehst, Bub.« Der verhaltenen, leisen, besorgten Stimme der Mutter merkte er an, dass sie das Weinen unterdrückte. Schon jetzt brannte ihr Gemüt voller Kummer und Sorge um ihn, hatte ihr doch schon der Jammer um ihren Mane in den zwei unseligen Kriegsjahren das Herz entzwei gerissen.

»Die bauen im ganzen Land unentwegt ihr Eisenbahnnetz aus, Mam', die brauchen ausgebildete Leute in Amerika und ich kenne jede Lok bei uns in- und auswendig. Dort drüben habe auch ich eine Zukunft und wenn es mir gut geht, dann kommt ihr alle nach, des is' a Land, wo Milch und Honig fließt. Oder ich arbeit' in einer Fabrik in New York oder sonst wo, bis ich's Geld beisammen hab, um mir genug Land zu kaufen. Vielleicht werd' ich ein Farmer oder ein Rancher mit einem Haufen Küh' und Pferd' in Montana oder in Arizona.«

»Oh mei Bua, du phantasierst, bleib dahoam und ernähr' dich redlich, du bringst es überall zu wos, kannst ja alles, es macht dir koana wos vor, kannst sogar Häuser bauen von den Grundmauern bis zum Dachstuhl und deine Lokomotiven fahren a bei uns in der Hoamat. Bist ja da oanzige, der a Crampton-Lok von oana Long-Boiler unterscheiden kann. Wiast siehst, kenn' i mi scho besser mit deine Lokomotiven aus wia in meiner Waschkuchl.«

Die Ziehharmonika des Kriegsinvaliden vor der Schottenkirche jammerte und beweinte das Elend der Welt, der Herr Prälat brachte ihm eine Münze, die Mutter packte dem »armen Teufel«, wie sie ihn nannte, eine Leberwurst und einen dampfenden Erdäpfel in ein Butterbrotpapier. Dann steckte der Alte seine Harmonika in den Sack, hängte sie über die Schulter, schaute zu den geöffneten Fenstern hoch, hob die Hand zum Gruß, zum Dank und zog seines Weges.

»Sorg dich nicht, Mutter, irgendwie ist das Glück auf meiner Seite, sonst wär ich nimmer heimgekommen aus dem Krieg, jetzt spar ich erst meinen Lohn, den ich im Ausbesserungswerk verdiene und übers Jahr denk ich dann weiter, ich bin ja noch jung und des Amerika läuft mir nicht davon. Der Schorsch aus dem Böhmischen hat Verwandte im amerikanischen Norden, oben an den Seen, in Milwaukee am Michigansee, die leben dort schon seit den Vierzigern und haben sich was aufgebaut, da hätte ich auch Platz, aber wer weiß, wie es kommt, ich bin noch jung und gesund. Aber der Zupfer Schorsch wird so schnell nicht schreiben.«

»Ich glaub nicht, Bub, dass ich den Vater noch nach Amerika bringen würd', dem ist die schwere Arbeit in der Schmied' bald zu viel und wenn er nicht mehr kann, ziehen wir runter ins Haus vom Schwabelweiser Opa, der macht es nimmer lang, ich möchte mich auf seine alten Tage mehr um ihn kümmern, in der Stadt herinnen bin ich zu weit weg.«

»Wenn der Vater heimkommt, reden wir weiter, Mutter.« Aus dem Keller turnte die kleine Schwester herauf, die

Monika, die auch schon ausgewachsen war. Sie hatte die Wochenwäsche im Trog in der Waschküche geschrubbt und brauchte etwas Ruhe. »Willst immer noch ins Amerika geh'n, da nimmst mi mit, Mane, ohne mi gehst net.«

Der Vater hatte nicht viel zu sagen, er war müde nach der Arbeit, wollte noch zum Bachler nach Stadtamhof rübergehen, weil er eine schöne Taube kaufen wollte. »Bua«, sagte er »überleg dir's genau, wennst drüben bist in Amerika, kummst so schnell nimmer hoam, aber ich steh' dir nicht im Weg, des sollst wissen, es ist ja dein Leb'n. – As Geld wird neu, hoaßt's, bald hama koane Gulden mehr, da gibt's Mark im Königreich Bayern. Mit dem, was wir erspart ham, kummst net weit, für die Überfahrt wird es reichen und mit deinem Ersparten wirst die erste Zeit drüben net hungern müssen«, setzte er hinzu und die Mama und der Mane waren sprachlos.

Der Vater hatte also alles schon vorausbedacht, und was er sagte, hatte Hand und Fuß. »Geh zum Herrn Prälat Stumvoll, Bua, der woaß no mehr vo dera neia Welt.«

Mane wusste, dass die in den letzten zwanzig Jahren ersparten Gulden für die Eltern notwendig, lebenswichtig waren, um im Alter nicht verhungern zu müssen. Er würde das Geschenk der Eltern auf Heller und Pfennig zurückzahlen und noch viel mehr, das nahm er sich vor.

Briefe waren recht selten an die Familie Waldstein gerichtet, so war die Post aus dem Böhmischen ein Ereignis.

13

Der Georg Zupfer, Kriegskamerad, vom Unglück im Krieg mit den Franzosen ebenso verschont wie der Mane selber, einer der nicht Tod, nicht Teufel gefürchtet hatte, mit einer Geige im Sturmgepäck, zuständig fürs Aufmuntern, gar einen Scherz, wenn das Jammern der Verletzten, die Verzweiflung in der Heimsuchung und Bedrängnis zu übermächtig wurden, die ganz Jungen im Schützengraben nach der Mutter geschrien haben. Damals, als der Major Schießlegg die Soldaten im Rausch zum Musikmachen aufgefordert hatte, ließ der Georg seine Stradivari, wie er sie nannte, im Sack, da war er nicht so weit, um zu spielen, im Unterstand gar, wo das Elend und das Grauen sie oft genug übermannte. Zur rechten Zeit dann, bald nach Wörth, hatten ihn die Kameraden dazu überredet.

Der Georg Zupfer kündigte nunmehr seine Reise ins Amerika an, ein Onkel, lange schon in der neuen Welt, habe ihm dazu geraten, ihn eingeladen, er würde drüben auf ihn warten. Mane könne, wann immer er nachkommen wolle, seiner Unterstützung sicher sein, seine Adresse würde er beilegen und Milwaukee liege zwar etwas abseits von New York, man könne es jedoch gut und sicher mit der Eisenbahn oder einem Kutschendienst, wie er schrieb, erreichen.

»Schreib mir, bevor du das Schiff besteigst und wenn du etwas Geld fürs Erste gespart hast, kann das nicht schaden. Geh ja nicht nach Hamburg, solltest in Cuxhafen aufs Schiff gehen, dort ist der Andrang weniger stürmisch.«

Seine Verwandten seien in der alten Brady Street untergekommen, schrieb er in seinem Brief, würden dort schon in der zweiten Generation siedeln. Am Milwaukee River würde jedoch ein Verwandter einen Holzhandel, ein Sägewerk noch dazu betreiben, dorthin sei er eingeladen, zunächst zu leben und zu arbeiten. Für den Mane sei da sicher vorübergehend auch eine Unterkunft möglich, nachdem er vom Hausbau viel verstehe. Es müssten ja nicht nur Lokomotiven sein, setzte er feixend hinzu.

Die Wochen zogen ins Land, der Manfred sparte Pfennig um Pfennig, Mark um Mark, am Abend lernte er die neue Sprache und wenn er sich in Cuxhaven rechtzeitig anmelden würde, dürfte ihm ein Platz auf einem der modernen Dampfschiffe sicher sein, schrieb ihm die Hafenverwaltung der Nordseestadt auf seine Anfrage. In der Stadt traf man den Ratisbona Mane selten an, jeden Samstag jedoch, bis in den Herbst hinein, sah ihn der eine oder andere unter der Steinernen Brücke in der Donau seine Kreise ziehen.

14

Bei den Waldstein in der Jakobstraße hing der Haussegen schief. Was sollten die Leute, die Nachbarn, seine Freunde denken von ihrem Mane, der im Frühjahr Hals über Kopf, wie die Nachbarn annahmen, mit einem Dampfschiff nach Boston ausgereist war. »Hot er eich alloa lass'n, der Mane, auf eire alten Tag is es net guat, wenn ma alloa is und die Junga vadrucka se in de weite Welt«, hatte der Bichler Andres gemeint, einer der Nachbarn in der Jakobstraß', nach dem Heiligen Amt am Sonntag, nachdem es sich herumgesprochen hatte, dass der Mane weg war. Die Mutter hatte einen hochroten Kopf und meinte, dass die Leut' Grund genug hätten vor der eigenen Hautür zu kehren, und sie sollten auf sich schauen und der Mane könnt' tun, was er für richtig hält und das ging' keinem was an.

Nach New York habe er zunächst gewollt, schrieb er von Cuxhaven aus, aber der Frachter, auf dem er angeheuert habe, müsse seine Ladung erst in Boston oben löschen, dann wollte der Kapitän vor der Rückreise über den Atlantik nach Europa zunächst in New York einfahren, wollte Fracht suchen, bis dahin wollte er auf dem Schiff bleiben, habe er doch Logis und Überfahrt umsonst gehabt, nur im Maschinenraum habe er nach dem Rechten zu sehen, seien doch der erste Maschinist und noch weitere zwei Matrosen schon in Cuxhaven krank geworden. Den kranken Seeleuten habe er überhaupt zu verdanken, dass er habe ausreisen können. Auf seiner Reise mit dem Zug von Nürnberg nach Norddeutschland habe eine Lokomotive einen Achsenbruch gehabt, vor Kassel wär das Unglück gewesen und die Bahnarbeiter hätten zwei Tage gebraucht, bis sie die defekte Lok nach Kassel transportiert, eine neue Lok den Wägen vorspannt hätten, dann erst wäre die Weiterfahrt für die vielen Reisenden möglich gewesen. Er wäre aber dann zu spät in Cuxhaven angekommen und das Passagierschiff mit den Auswanderern war längst Richtung Amerika unterwegs gewesen.

Nun wartete seine Familie auf ein neues Lebenszeichen vom »verlorenen Sohn«, wie der Schwabelweiser Opa augenzwinkernd seine Tochter aufrichtete, wenn sie jammerte, dass der Bub doch nimmer in die Heimat zurück käme, »denn wer drüben ist, bleibt drüben.«

»Wir wissen ja, wo er ist, aber der Bua kann net schreiben, wenn er mit dem Schiff auf dem Atlantik fährt und im Maschinenraum zu arbeiten hat«, sagte der Vater, aber die Mama weinte sich die Augen aus. »Es könnte ihm ja auch was passiert sein«, warf sie ein um das andere Mal ein, »das Schiff ist vielleicht schon längst im Meer untergegangen.«

»Der schwimmt sogar übern Ozean, wenn's sei müaßt«, redete der Schwabelweiser Opa drauflos, wollte die verhärmte Tochter trösten, konnte er sich doch die Größe des Ozean gar nicht vorstellen. »Je g'scheiter der Mensch is«, sagte er, »desto größer sind seine Sorgen, sind die Kümmernisse, um die seine Gedanken von früh bis spät kreisen. Also tua de net so ab, Madl.«

Am späten Vormittag dieses tristen Tages hatten sie einen unangemeldeten Besuch gehabt. Die Kermes Traudi war mit ihrer Mutter über die Treppe heraufgestürzt, sie hatten sich keine Zeit genommen, um an der Türe anzuklopfen, standen mitten in der Küche und fingen mit den Händen wild zu fuchteln an, schrien, der Mane habe ihr des Kind g'macht, koa anderer sonst, sie sei eine Anständige, immer schon, aber jetzt sei sie guter Hoffnung und er, der Mane, sei ins Amerika ausgerückt, davo wär er, ausgerissen, feig sei er, koa Ehrenmann, a Lump sei er, dabei flennten und keiften sie, was das Zeug hielt.

»Ohne zahl'n geht da nix«, sagte die Mutter Kermes und die Traudi nickte mit ihrem schönen Kopf und heulte Rotz und Wasser. »Davo is er, der Schlawiner«, weinte die junge Verlassene, »mitnehma hätt er sie alleweil kenna, as Kind hätt' dann in Amerikka aufwachsen kenna«, fügte sie fordernd hinzu. »Aber ich mach' rüber übers große Wasser, as Kind soll an Vater ham, mit so oan hab i mi eilass'n, a Krimineller is er, der Mane.«

»Na, tua ner halblang«, kürzte der Vater des Gespräch ab »es ist ja gar net erwies'n, dass der Mane war.«

Da keiften die zwei Frauen wie toll gewordene Furien. Die Traudi sei koa sechtane, die alle Tag lang an andern hätt', sie sei so guat wia de Monika, die se alleweil drunten in der Kirchgass mit an Angerer Hans rumtreiben würd', des wüsstn ja alle im Viertel.

Da hat sie der Vater Waldstein gebeten, das Haus zu verlassen.

»Mit der Polizei wer'n mir kemma, sobald des Kind da ist und zahl'n müasst etz«, schrie die alte Kermes von der Straße herauf, dann sind sie an der Schottenkirche vorbei abgerückt.

»Wenn des wahr wär', dann war des a Schand«, sagte die Mama.

»Ja, wenn's wahr war«, sagte der Papa, »erst muaß ma den Buam hörn.«

Der zweite Ingenieur zog den Manfred Waldstein unter Deck und im Maschinenraum empfing ihn das Rasseln, Hämmern und Zischen der Dampfmaschinen, ein Dröhnen und Fauchen, wie er es von der Arbeit im Ausbesserungswerk schon in abgeminderter Form kannte. Der Höllenlärm dröhnte seine Ohren zu, kaum dass er den Ingenieur verstehen konnte.

Der Gestank, der aus den Kohlebunkern in den Maschinenraum herüber drang, nahm ihm den Atem. Das sollte seine Heimat sein, seine Arbeitsstelle für mehrere Wochen? Im Kohlebunker schufteten die Arbeiter wie die Sklaven, verdreckte, schwarze Gesichter starrten ihn an. Er würde diese Tage überstehen und was die Heizer jeden Tag durchzustehen hatten, würde ihn in den kommenden Wochen nicht umbringen, sagte er sich.

Sie verließen Cuxhaven um die Mittagszeit. Gegen Abend, sie schipperten vor der englischen Südspitze, kam mächtiger Regen auf, wie er ihn bisher nicht erlebt hatte, der Wind drohte ihn von Bord zu wischen, so dass er sich wieder in den Maschinenraum verdrückte. Bleischwer lag er nachts in seiner Koje, von Träumen geplagt, schweißgebadet wachte er auf, schöpfte mit einer Kelle Wasser aus dem Eichenholzbottich und wartete müde bis in den Morgen hinein. Das Wetter heiterte in den Vormittagsstunden des nächsten Tages auf und die Tage der Weiterfahrt bis Boston waren einer schöner als der andere. Hätte er sich nicht zu dieser höllischen Arbeit unter Deck verpflichtet, könnte man das Ganze als Vergnügungsreise betrachten, meinte er zum Kapitän, der ihn väterlich tröstete. Am zehnten Tag sahen sie am frühen Morgen die Silhouette von Boston, ein Lotse brachte den Frachter in den Hafen. »Nun bin ich in der Neuen Welt angekommen, in meiner neuen Heimat, ich werde mich mit neuen Umständen, vielen Zufällen auseinander zu setzen haben, in Gottesnamen soll es weitergehen.«

Sie würden wohl gegen zwei Wochen benötigen, meinte Kapitän Ohlsen, ein Däne mit langer Erfahrung auf See, vielleicht auch einige Tage dazu geben müssen, um die Krupp'schen Eisenräder für die Eisenbahnwaggons und die Lokomotiven auszuladen, welche auf der Boston & Lowell Railroad ihren Weg noch zu den Städten des unermesslichen Kontinents suchten. Über Lowell und Indianapolis wollten die amerikanischen Eisenbahnmagnaten hinauf nach Chicago und Milwaukee ihre Routen ziehen, erzählte Ohlsen und den Mittelwesten mit den wertvollen Hölzern, mit Erzen und Kohle beliefern. »Im Norden durch New Hampshire und Vermont beabsichtigen sie die Trassen bis nach Montreal, Quebec und Toronto zu spannen, dazu sind die nahezu unzerbrechlichen Eisenbahnräder des Deutschen Krupp unersetzlich und konkurrenzlos. Es gilt die unerschlossenen Kohlereviere in den Appalachen zu nutzen und die Kohlen in die Industriereviere des Ostens zu transportieren.«

Manfred Waldstein dachte an seinen Freund Georg Zupfer, der mittlerweile im Umland von Milwaukee seinen Neuanfang gewagt hatte, dessen Adresse er in seiner Tasche hatte, wie jene des Herrn von Strauß, der in Philadelphia sein Auskommen gefunden hatte.

Tausende Kilometer Schiene wären da zu verlegen, sinnierte der Mane Waldstein, da läge vielleicht eine Zukunft für ihn, der sich in der alten Heimat mit der neuen Technologie vertraut gemacht hatte. In diesen ersten Wochen nach der Ankunft fuhr er mit einem Pferdegespann hinaus in das Bostoner Umland, mit der Bahn hinauf nach Lowell im Norden, kam bis Worcester im Westen und hinunter in den Süden bis Providence und Warwick. Das Land faszinierte ihn und er teilte seine Eindrücke seiner Familie in der

Heimat mit, die wohl längst schon auf ein neues Lebenszeichen von ihm wartete. Er erzählte tausend Einzelheiten und Kleinigkeiten, die er für interessant hielt.

Dann hatte die Kopenhagen im Bostoner Hafen ein riesiges Arsenal an mächtigen Baumriesen in ihren unersättlichen Bauch geladen, Weizen dazu und eine Vielfalt von Dingen, die anscheinend für die New Yorker unersetzlich waren. Der Zweite Ingenieur, ein blonder Ire, Brian McOwen aus Galway an der irischen Westküste, einer, der das Leben auf See nicht missen mochte, aber von ständigem, unerbittlichem Heimweh geplagt wurde, würde ihn in New York mitnehmen zu seinem Cousin, einem irischen Polizisten, der irgendwo in Queens in der 164sten Straße seinen Dienst versieht. »Steck' ihre Adresse ein, man kann nie wissen, ob du sie nicht brauchst.«

»Vor einem Jahr haben sie in Queens begonnen, Straßenbahngleise zu legen mit einem Vierergespann schwerer Pferde vorne dran, eine vortreffliche Erfindung«, McOwen war total begeistert.

16

So waren die Racheengel aus den alten heiligen Büchern des jüdischen Volkes anzuschauen gewesen, Uriel, der Wütende, der Grimmige mit dem Flammenschwert und Gabriel, der strahlende Seraphim. Zwei gertenschlanke, anscheinend junge Männer mit schwarzem, lockigem Haupthaar traten auf die Bühne. Waren es Jünglinge, waren es gar junge Frauen, Rachegöttinnen? Manfred Waldstein war müde, saß auf dem harten Stuhl an einem knorrigen Tisch in einem Winkel im Benedetto, einer der italienischen Kneipen nicht weit vom Hafen gelegen, die diesem freundlichen, lautstarken Italiener gehörte, der ihn nun schon seit seiner Ankunft vertröstete: »Morgen bekommst du Arbeit, immer wieder kommen die Anwerber aus den Wäldern, die kräftige Burschen wie dich suchen zum Holzschlagen und die Eisenbahnagenten reißen sich um Leute wie dich, um junge Leute, die mit den Lokomotiven in Deutschland vertraut, aufgewachsen sind, in deinen Adern rollt Eisenbahnerblut, mein Sohn.«

Alfredo Benedetto brüllte vom Tresen her ein lautes »Attenzione« in den überfüllten, von dickem Pfeifenrauch geschwängerten Raum, »Attenzione, hört her, die beiden Mädchen haben euch was zu sagen.«

Es dauerte, bis er sich durchgesetzt hatte gegen die schreiende und grölende Bande. Benedetto brachte nur Eier mit Schinken oder ein kräftiges Steak mit gerösteten Kartoffelringen zu essen auf den Tisch und dazu ein jedem guten Geschmack abholdes bierähnliches Getränk, an dem die Meute sich im wahrsten Sinne des Wortes berauschte. Aber wenn es Mitternacht schlug von der Valentinskirche gegenüber, räumte er rigoros den stickigen, verqualmten Raum und warf auch den letzten der Gäste auf die Straße.

»Wir brauchen einen kräftigen Burschen für unsere Farm«, rief der strahlende Gabriel in die Stille, »unser Vater hat sich das Bein gebrochen, die Mutter steht allein auf dem Feld und im Stall und wir ziehen die Kleinen nebenher auf.«

»Wer traut sich diese harte Bauernarbeit zu, ein halbes Jahr müsste genügen«, sprach Uriel, furchtlos, endgültig und fordernd in die grölende Menge hinein, »wir bräuchten einen ganzen Kerl.«

Die Bande redete, schrie, fuchtelte mit den Händen und lachte und brüllte durcheinander. Das wären die besten und schönsten Anwerberinnen, die man sich an einem solchen Abend noch vorstellen könne. »Sucht euch einen der Flachlandindianer oder einen Schwarzen, genug davon gibt es doch«, schrie einer, der Waldstein gegenübersaß, torkelte auf die Mädchen zu, packte Gabriel an der Schulter und wollte sie in den Saal ziehen. Die Männer tobten und schrien durcheinander, keiner stand auf, der den beiden jungen Dingern zu Hilfe kam. Alfredo schließlich packte den Schreihals am Kragen und zerrte ihn wieder an seinen Platz. »Iss und verhalte dich anständig, sonst werfe ich dich durchs Fenster«, zischte er. Die Mädchen verließen fluchtartig den stinkenden, von dröhnendem Lärm erfüllten Saal.

»Was wollten die beiden, ich habe kaum ein Wort verstanden, mein Englisch ist noch schlecht?«, fragte Manfred Waldstein den Wirt.

Nachdem sich gegen Mitternacht der Gästeraum endlich geleert hatte, die Sägespäne auf dem fest gestampften Erdboden gerecht, die Spuknäpfe geleert, die Tische geschrubbt und die Petroleumlampen endlich gelöscht waren, erzählte Alfredo ihm vom Schicksal der Mädchen, die seit acht Tagen in der Stadt auf der Suche nach einem Farmarbeiter wären. Ihr Bauernhof läge zwei Reitstunden weg von der Stadt und, ergänzte er, sie würden nicht eher nach Hause fahren, bis sie jemand gefunden hätten, der ihnen hilft. »Sie liegen draußen in unserem Stall in ihrem Leiterwagen auf Heu und auf Stroh und decken sich nachts mit den paar Decken zu, die ihnen die Mutter von zu Hause mitgegeben hatte. Ein großes Elend ist das für die Levys, ohne einen, der auf der Farm kräftig zupacken kann. Die Frauen alleine können die Felder nicht bearbeiten und auf sich gestellt, könnten sie sicher im Herbst die Ernte nicht einbringen und im Stall geht es nur noch schlecht voran. Da hat das Unglück knüppeldick zugeschlagen.«

Am Abend zählte Manfred seine Barschaft, die ihm die Eltern auf die Reise mitgegeben hatten, die ihm das Leben, den Anfang im neuen Land leichter machen sollte. »Da müsstest bei einfachem Leben zwei Jahre auskommen«, hatte der Vater zum Abschied gesagt, »pass auf, dass man dir's nicht abjagt.« Er würde sich sofort um Arbeit umsehen, hatte er ihnen versprochen und er würde drüben bleiben, Amerika werde seine neue Heimat: »Ich werde Bäume fällen und Kanäle graben, Sümpfe trocken legen, Wüsten bewässern, Brachen umpflügen, wie du am Zelten bei Schwabelweis«, lachte er am Abend vor dem Abschied zum Großvater hinüber, »jagen und fischen werd' ich wie die Indianer, Häuser bauen, Schweine schlachten und nachschauen, wie weit die Amerikaner mit ihren Eisenbahnen sind, ich geh' nicht unter.«

»Bist ein Waldstein«, nickte der Großvater, »und die haben sich noch nie unterkriegen lassen.«

17

Das Leben im Hafengebiet nahm keine Rücksicht auf den Schlaf der Leute, Manfred erwachte schon am frühen Morgen durch das Rumpeln von Karren, durch permanentes Peitschengeknalle und durch das Geschrei der Bauern und Händler, die schon seit Stunden in die Stadt unterwegs waren, um ihre Produkte feil zu bieten. Es würde ein freundlicher, sonniger Tag werden und er müsste sich wie die vergangene Woche auch auf die Suche nach Arbeit machen, wollte sich bei der Bahnverwaltung bemühen, wenn schon keiner der Agenten sich die Mühe machte, ihn zu suchen. Aber dann dachte er daran, dass die regulären Segler und Dampfschiffe aus aller Herren Länder erst noch anlanden, tausende Einwanderer in der Neuen Welt ausschütten würden. Sein Kahn, die gute Commonwealth, voll bepackt mit Gütern für die Neue Welt, hatte die hiesigen Agenten nicht gerade ermuntert nach kräftigen Gleisarbeitern Ausschau zu halten. Er würde schließlich in den freien Abendstunden beim Beladen der Commonwealth, die ihn vor Wochen in Cuxhafen aufgenommen hatte, zusehen und sollte er gebraucht werden, mit Hand anlegen. Hunderte Paletten aus festem Eichenholz, an der Pier gelagert, schienen nur darauf zu warten, im Bauch der Commonwealth zu verschwinden und tausenderlei notwendige Produkte für die großen Städte an der Ostküste. Schließlich würde er doch irgendwann eher in einen der Waggons der Pennsylvania Railroad steigen als sich wieder in das donnernde Maschinenhaus seines Frachters einspannen zu lassen und lieber die teure Fahrt mit der Bahn in den Süden nach New York in Kauf nehmen.

Die Adresse der McOwens dort war Gold wert, wie einen kostbaren Schatz verwahrte er sie in seinem Halsbeutel und wenn alle Stricke reißen würden, könnte er sich noch immer nach Philadelphia zu Ferry Strauß auf den Weg machen oder gar nach Milwaukee hinüber an die Seen zu seinem Kriegskameraden Georg Zupfer. Aber er wollte ohne fremde Hilfe sein neues Leben in den Staaten aufbauen, die Zukunft konnte ihm gar nicht davon laufen und schließlich gäbe es nicht nur gute Chancen, sondern auch die berühmten Zufälle, die oftmals das Leben ändern, es müsste keine Goldader sein, sagte er sich.

Er hatte ausgiebig gefrühstückt, fühlte sich zu großen Taten bereit, stand im Stall vor dem Fuhrwerk der beiden Mädchen und begutachtete das stabile Gefährt. Da waren auch schon Heu und Mist aufgeladen worden, dachte er sich. Die soliden Achsen waren nicht zu beanstanden, die Naben recht akkurat gefettet und ordentlich in Schuss, einige der festen Holzspeichen erneuerungsbedürftig, der stabile hölzerne Wagenkasten müsste irgendwann doch ausgebessert werden, aber er war höchst respektabel gepflegt. Er zog die Plane beiseite, die beiden Racheengel lagen noch in tiefem Schlaf, er hätte sie wegtragen können, ohne dass sie es gemerkt hätten.

»Guten Morgen, jetzt werden wir uns einmal gründlich

waschen«, weckte er sie, »dann frühstücken die beiden La-
dies, danach setzen wir uns in diesen schönen Wagen und
machen eine kleine Fahrt in die Umgebung.« Er radebrech-
te in seiner neuen, ungewohnten Sprache, hoffte, dass er
verstanden würde.

Die beiden Mädchen kamen nicht zum Reden, er war
schon auf dem Weg zu Alfredos Frau. »So groß sind die beiden«, sagte er und hob seine rechte Hand bis an seine Schulter, »kaufen Sie denen doch einen blauen Arbeitsanzug, aber
stecken Sie beide zunächst ins Bad, die haben es nötig.«

Den Schmied, den er in dieser ersten Stunde des Tages in
den Stall gezogen hatte, beauftragte er, die fehlenden Spei-
chen in den Rädern zu ersetzen, er hätte bis gegen zehn Uhr
Zeit dazu.

Dann machte er sich auf den Weg zum Schiffladeplatz,
wo die Commonwealth vor Anker lag. Zwei Indianer tor-
kelten auf ihn zu, schleppten einen dritten in ihrer Mitte,
suchten in einer Seitengasse wohl einen Platz, ausgespien in
diese Großstadt, die auf diese armen Gesellen keine Rücksicht nahm. Wer hier nicht selbst anpacken konnte, hatte
keine Schonung, kein Verständnis zu erwarten, jeder war
sich hier selbst der Nächste.

18

Auf dem Hafengelände stand Gespann an Gespann gereiht,
eine schier endlose Reihe bis hinunter zur Waterfront, wo
die Stadtverwaltung sich lange schon bemühte, neues Land
zu gewinnen, auch mit Bauschutt, viel lagerndem Material vom großen Brand im Jahre 1872. Die kräftigen Pferde
warteten noch in den weiten Stallungen darauf eingespannt
zu werden, ihre Kraft würde das Überleben auf der langen
Reise sichern. Er zählte weit über hundert Wagen, die zu

einem Treck zusammengestellt wurden. Die Männer waren mit der Überprüfung der vollbeladenen Wägen beschäftigt, die Frauen emsig mit dem Bepacken der Fahrzeuge. Horden von lärmenden Kindern umkreisten die Wägen. Geschäftigkeit allenthalben, Begeisterung war den lachenden, gestikulierenden Menschen anzumerken, bange Vorfreude wohl auch in die Gesichter geschrieben. »Was wird auf uns zukommen?«, diese Überlegung werden sich die Menschen von nun an tagaus, tagein neu stellen. Diese Frage wird die Erwachsenen ohne Unterlass begleiten, die vielen, die ins Ungewisse aufbrechen, sich ihrem Schutzengel, der Güte eines fürsorgenden Gottes, dem Gebet der Eltern in der Heimat anvertrauen, sich vorbehaltlos hineinwerfen ins Unbekannte, in die Weite der Landschaft. Sie werden sich in der Zeitlosigkeit der langen und bangen Tage verlieren, hoffend gesund die Wochen durchzustehen.

Manfred Waldstein meinte die Gedanken der Menschen lesen zu können, stand doch auch er vor einer unbekannten und ungewissen Zukunft, lebte zunächst von einem Tag auf den anderen im Vertrauen, dass der neue Tag auch für ihn eine neue Entwicklung mit sich brächte. Diese Menschen würden Grenzen überschreiten auf einer langen, unsicheren Reise, abhängig von der Hilfe der anderen, deren Not und bange Fragen einander glichen, oft genug total verwiesen auf die Stütze anderer Menschen.

Mit unbekannten Umständen hatten sie fertig zu werden, von den Unbilden der Natur abhängig und nur zu oft würden sie als Gestrandete ankommen in den kleinen Präriedörfern, selber von früh bis spät, bis zur Erschöpfung anpacken müssen, um eine Bleibe, eine kleine Zukunft zu bauen, irgendwo in den Weiten der endlosen Ebenen, in den Tälern der Gebirge, sozusagen als Schiffbrüchige einem unbekannten Geschick ausgeliefert. Manch einer wird nicht ans Ziel kommen, von Krankheit und Erschöpfung geschwächt. Sie würden gegen Kleinmut und Furcht ankämpfen und trotzdem jeden neuen Tag wieder das Gespann einschirren und sich auf den Weg machen, Mütter würden Kinder gebären, manche Kranke und Alte die Reise nicht überstehen, schnell vergehen, nach schrecklichen Strapazen irgendwo ein unbekanntes Grab finden, sterben in der Öde und Wildnis, die sie durchquerten, einen einsamen Tod finden, wie ein abgestürzter Vogel, der mit gebrochenem Flügel das sichere Ende erwarten, ertragen muss, nach tausenden Meilen Weges. Aber sie alle würden sich immerzu von Neuem von unbändiger Hoffnung tragen lassen, von Mut und Vertrauen auf die Aussicht auf ein neues Leben, hatten sie doch einzig und allein von der Zuversicht auf eine bessere, eine gute Zukunft für sich und ihre Kinder die alte Heimat hinter sich gelassen, die Eltern und Geschwister, die geliebte Heimat, ständig hoffend zu neuem Leben aufzusteigen.

Da standen sie nun zur Abfahrt bereit, mit prüfendem Blick viele, wollten die kommenden Monate die bekannten und bewährten Trails in den Westen nutzen, hofften nicht zu früh vom Wintereinbruch überrascht zu werden, ohne ein Dach über dem Kopf, bauten auf die Versprechungen der Wagenführer, hatten Verträge der Eisenbahngesellschaften in der Tasche, wollten hinauf nach Michigan, wo vielleicht schon Verwandte warteten, hinüber in die Weiten von Kansas, gar bis an die Grenze der Rocky Mountains ins gelobte Kalifornien oder nach Oregon oder zunächst nur ankommen, einfach nur ankommen, das weitere würde sich in großem Gottvertrauen ergeben.

Manfred Waldstein hatte von den endlosen Weiten gehört, welche die Einwanderer zu bewältigen hatten, vor hundert Jahren und heute genauso, hatte sich oft genug in seiner Bubenfantasie Abenteuer um Abenteuer bestehen sehen, mit den Indianern gekämpft, hatte dem Bären nachgestellt und endlose Streifzüge durch die Wildnis unternommen. Im Frühjahr wollte er vielleicht hinauf nach Minnesota oder in den tiefen heißen Süden ins unbekannte Texas, das würde sich irgendwie schon machen lassen, meinte er, kam aber bald wieder zu sich, verwarf die fantasievollen Bubengedanken und stellte sich der Gegenwart, die ihn am Kai der Bostoner Hafenanlage stehen sah. Aber er freute sich auf seine ersten Ausritte durch die riesigen Anemonen- und Krokusfelder, durch die meilenweit sich erstreckenden Landschaften weithin voll mit prachtvollem blauen Salbei. Er hatte gelesen, dass manche Indianerstämme ihre Lager dort aufbauten, wo Beeren in Hülle und Fülle wuchsen. Die Saskatoon-Beere war auch lange schon in den Handel gekommen, diente den Indianern mit Fleisch den Winter gut zu überstehen. Es würde sich gut anlassen für ihn, dachte er, hoffnungsvoll und getragen von seinem mächtigen Lebensoptimismus, mit dem er die Donau durchschwommen hatte, die Lokomotiven im Ausbesserungswerk daheim in Regensburg zerlegt und wieder zusammen gebaut und schließlich auch noch den hässlichen Krieg ohne Verwundung überstanden hatte.

Aus dem Atlantik schoben sich plötzlich mächtige Wolkengebirge an Land, schwarze Galeeren, wie zerbrochene, riesige Rümpfe gewaltiger Schiffsaufbauten, die nach verlorenem Gefecht einen schützenden Hafen suchten. Gelbe Blitze, furchterregend, grell, durchzuckten die geballte, kolossale, dunkle Wolkenmacht, die mit unbeschreiblicher

Wucht aus dem Atlantik an das Festland drängte, über die Stadt hinwegfegte und sich ausschüttete auf den Straßen, den Dächern und Gärten. Tage vor der Ankunft hier in Boston hatte er auf halber Strecke mitten im großen Meer ein gigantisches Unwetter erlebt, »überlebt«, wie er später an die Eltern schrieb und er könne künftighin darauf verzichten in solche Abgründe und riesigen Schlünde zu schauen.

Er drückte sich in die offene Türe einer Kneipe, suchte durch das Fenster die Straße ab nach dem Indianertrio, konnte sie nicht entdecken. Die Kinder, die eben noch kreischten und johlten, suchende, nach noch fehlenden Kindern Ausschau haltende Mütter, die zumeist noch jungen Männer stürmten in ihre Wägen, im Nu war die Kaianlage menschenleer gefegt. In seinem Brief an die Eltern in der Heimat schrieb er später über das Inferno: »Dann schüttete dieser gigantische Wolkendämon seine gewaltige Wasserflut aus, entleerte mächtige, scheppernde Tonnen Wassers über der Stadt, Regentropfen groß wie Taubeneier, wie ich sie bisher nicht gekannt hatte, knallten auf das Kopfsteinpflaster, rissen den Sand zwischen den Pflastersteinen aus den Fugen, von einem Moment auf den anderen war die Hafenstraße kniehoch überflutet. Nie zuvor hatte ich dergleichen himmlische Mächte wüten sehen. Dann war dieses höllische Unwetter vorbei, schnell wie es das Land heimsuchte, war es verschwunden und die Sonne brannte in diesen Vormittagsstunden auf den Hafen, als wäre nichts gewesen. Die Kinder tobten wieder auf der Straße, von einer Minute auf die andere brodelte das Leben wie eh und je.«

20

Diese drei zerbrochenen Gestalten, die ihren Weg vorbei an den Wägen der Einwanderer suchten, schwankend in einer

Seitenstraße verschwanden, erinnerten ihn an den Deller Jörg und den Luger Wasti von der Altstadt, beide schon in der Wiege vorprogrammiert für das Elend, ohne eigene Schuld in die Ärmlichkeit, in lebenslange Bedeutungslosigkeit hineingeboren. In einem Kellerloch am Minoritenweg der eine und der andere nicht weit weg in der Silbernagelgasse geboren, aufgewachsen und der Jörg von den Eltern zu den ersten Diebereien angehalten. Dem Wasti schaute die Not aus dem blassen, verhärmten Gesicht, still und bedrückt saß er in der Schulbank, schrieb dem Deller Jörg die Aufgaben, dafür trug der ihm die verschnürten Schulsachen von der Schule nach Hause, war doch der Wasti zu schwach dazu.

An seine Schuljahre hatte Manfred wenig Erinnerung, doch mit vierzehn hatte man den Jörg schon zum ersten Mal eingesperrt und der Wasti siechte an einer Lungengeschichte dahin. Sein Vater, der alte Luger, mit fünfunddreißig schaute er aus wie der leibhaftige Tod, brachte den einen oder anderen Pfennig durchs Betteln heim und die Mutter wusch die Wäsche fremder Leute rund um den Minoritenweg bis hinüber zur Von-der-Tannstraße, fiel jeden Abend erschöpft auf den Strohsack, bis der Kummer und die Not am nächsten Morgen von Neuem ihren Weg gingen, ihr das Äußerste abverlangten. Dann lag sie eines Tages in der heißen, schmierigen Waschlauge und war gar schon länger tot, als man sie gegen Mittag im Waschkeller gefunden hat. »Koana is der armen Frau auf'd Leich ganga«, sagte Manfreds Mutter, als sie von der Beerdigung heimgekommen war. »Wennst als armer Teifl auf'd Welt kimmst, bleibst arm und koana tuat se ab um dich, um de Lugerin tuat si a koana ab, de is scho vergessn«, setzte der Vater hinzu, »es is einfach a Kreiz auf dera Welt«, fügte er hinzu.

Das war eine traurige Sache, der alte Luger bettelte sich durch die Altstadt, sein Revier reichte bis an den Dachauplatz hinunter, am Domplatz saß dann der Sagerer, der immer lachte und sicher auch nicht mehr viele Winter seine Hand aufhalten würde, dem durfte man aber nicht in die Quere kommen.

Dem Luger fehlten auf der oberen Zahnleiste die Schneidezähne. Die habe er bei einer Rauferei verloren, sagten die Nachbarn, früher hat er die Leute angelacht und ist auf sie zugegangen, das machte er ein paar Jahre, dann war es mit dem Stehen oder Knien aus und er sackte irgendwo zusammen und zeigte mit dem Zeigefinger der rechten Hand auf das Stück Stoff, das vor ihm im Straßenstaub lag, hoffte, dass eine gute Haut ihm einen Groschen drauflegen würde. Der Tag war lang.

»Geh arbeiten, fauler Hund«, das waren noch die feinsten Aufforderungen, die er sich jahraus, jahrein angehört hatte. Zum Arbeiten war er zu schwach, zum Sterben noch nicht krank genug. Im Frühjahr würde er sich in die Donau werfen, sagte er sich jeden Herbst, dann schleppte er sich doch wieder durch den Winter, kroch Abend für Abend heim in sein Kellerloch, noch bevor es ganz dunkel in der Stadt wurde und schlief auf seinen Holzlatten ein, dem Tod viel näher als dem Leben. Als dann seine Frau ihr bisschen Leben ausgehaucht hatte, jämmerlich und still, wie es bei den armen Leuten eben oft so zugeht, dauerte es bei ihm auch nur noch bis in die ersten Wintertage des Jahres, dann kam er nicht mehr heim und der Wasti klopfte beim Nachbarn. Die legten den Bub über die Nacht auf einen alten Strohsack im Keller, warfen ihm einen leeren Kartoffelsack über den dürren, ausgemergelten Bubenkörper und brachten ihn am nächsten Tag zur Polizei. Der Wasti schleppte sich noch ein paar Jahre als Knecht bei einem Bauern in der Gegend durchs verfluchte Leben, dann war er verschwunden, niemand vermisste ihn, niemand hat ihn je wieder gesehen.

Den Deller Jörg hatte der Manfred in deutlicher Erinnerung. In der dritten Klasse sagte der Jörg: »Gib mir dein Brot, sonst hau i di aus.« Der Mane teilte sein Brot notgedrungen und sagte ihm ins Gesicht, dass der Jörg sich des nur trau'n sollt', er würd' schon sehen, wer gewinnt. Als sie den Deller Jörg zum zweiten Mal bei einem Einbruch erwischten, warf ihn der Richter für ein paar Jahre ins Zuchthaus, dann soll er in den Siebziger Krieg gezogen sein und von da an hat der Ratisbona Mane auch von ihm nichts mehr gehört.

Der Indianer, den die beiden anderen in der Mitte schleppten, erinnerte ihn an den Deller Jörg, zog der doch auch wie der Indianer sein rechtes Bein leicht hinter sich her. Deswegen hatte der Jörg sich manchen Spott von den dummen Buben anhören müssen in der Schule und schlug dann den einen oder anderen für die Stichelei ins Gesicht oder lauerte ihm nach der Schule auf und drückte ihn in den Straßengraben, bis dem Feind die Luft ausging.

Mit diesen Gedanken im Kopf überquerte Manfred Waldstein nach überstandener Sintflut die Straße am Kai, auf der hunderte von Karren, Droschken für hastigen Verkehr sorgten, hoch beladene Wägen warteten darauf, entladen zu werden. Dann kletterte er über das Fallreep an Deck der Commonwealth, die ihn aus dem schönen Europa ins Gelobte Land gebracht hatte.

Wenn er wirklich so wichtige Aufträge auf dieser Engel-Ranch vor sich habe, bemerkte McOwen, nachdem Manfred seine gegenwärtige Situation kurz skizziert hatte, könne er ja übers Jahr hier am Hafen wieder vorbeischauen. Er, Brian McOwen, würde Alfredo Benedetto seine Nachricht hinterlassen und bis zu dieser Farm draußen vor der Stadt mit den beiden Racheengeln dürfte es doch nicht gar zu weit sein, lachte er, das könne man im Ernstfall zu Fuß gehen. Der Zweite Bordingenieur der Commonwealth vergewisserte sich noch, dass Manfred Waldstein die Adresse seiner Verwandten in New York eingeschoben hatte. »Die McOwens findest nicht nur in New York, die triffst du auch in Pittsburgh und Washington, auch in Vermont oben, wo sie Elche und Bären jagen, und als Fischer am Lake Champlain. Im nördlichsten Zipfel von Maine, wo Fuchs und Hase sich »Gute Nacht« sagen, hausen die Jeffrey McOwens, daheim in Irland schon die schwarzen Schafe unseres Clans, die immer alles besser wussten, den Ton angaben, aber dann für viele unserer Sippe erste Anlaufstelle in der Neuen Welt geworden sind und einen Cousin hat es hinunter nach Costa Rica verschlagen«, fügte er an.

Mit Brian hätte es ein langer Vormittag werden können, aber der Ratisbona Mane machte sich auf den Weg zurück zur Gastwirtschaft, der Tag könnte noch einige Überraschungen bereithalten.

21

Die beiden jungen Damen standen mit großen, weit geöffneten Augen in der Eingangstür zum Gasthaus, waren in die neuen Hosen und Jacken gestiegen, gestriegelt und gebügelt, wie ihr Pferd, ein doch schon betagter scheckiger Wallach, der sie nun wieder langsam aber zuverlässig auf die Farm bringen würde. Manfred erzählte ihnen, woher er stamme, dass es da einen schönen Fluss gäbe und eine große Kirche in der alten Stadt und sie meinten, dieses Deutschland wäre ja gar nicht so weit weg von Russland, daher stamme nämlich ihr Vater. Er käme aus Sankt Petersburg, wo die alten Zaren immer noch vorbei schauten und er habe zu Hause mit Töpfen, Kesseln und anderem Blech, dann mit Lederstiefeln und Lederschuhen, mit Lederhosen und Lederjacken gehandelt und sei arm geblieben. Schließlich wäre er mit einem Segler von Petersburg durch die Ostsee gefahren und nachdem er das alles überlebt hatte, meinte er, dass sein guter Adonai, sein Gott, doch noch Großes mit ihm vorhabe und er sei weiter gefahren über den großen Ozean, wäre in Neufundland gestrandet und habe sich dann allein auf den Weg in den Süden gemacht.

»Vater hat die vielen Jahre nur ständig gearbeitet, bis zum Umfallen geschuftet und gespart und bevor die Haare ganz grau wurden, hatte er die Mama geheiratet und jetzt sind wir eine große Familie.« Uriel hob das kleine Kinn, »und die Kleinen ziehen wir auf, Angelina und ich, mich kannst du Valerie nennen.« Uriel wagte einen intensiveren Blick auf diesen jungen, starken deutschen Einwanderer und sie glaubte unter den Hemdärmeln recht kräftige Arme zu entdecken, er wäre ja zum Arbeiten angestellt. Zwei Dutzend Acres hätte der Vater von der Regierung gepachtet, für das Vieh und für den Weizen, der hier oben im Sommer gut gedeihen würde, das Getreide müsste aber rechtzeitig eingebracht werden, weil die Schneestürme manchmal schon zur Unzeit durch die Landschaft fegten und der Vater würde heuer wohl ganz ausfallen, liege die meiste Zeit auf einer hölzernen Bank und sei totunglücklich. »Der Kummer drückt ihn und die Mama weint oft und er betet nur noch, dass wir wieder glücklich heimkommen und dass uns ein guter Geist beisteht.«

Die erste Stunde hatten sie plaudernd, dann auch nahezu schweigend miteinander auf dem Kutschbock verbracht. Weite, ebene Täler wechselten hinüber in grünbraun gefärbte Buchenwälder soweit das Auge reichte. Rechterhand öffnete sich unverhofft die Waldlandschaft und ein klotziger steinerner Bau reckte sich heraus aus dem Wald, gelbbraun getüncht, die Fenster zur ebenen Erde mit eisernen Gittern geschützt, ein lieblos hingestellter Klotz, mehr Burg als Wohnhaus. Nahe des großen, verschlossenen, eisernen Eingangstores vor dem steinernen Kasten standen eine Anzahl von Kindern wie die Soldaten aufgereiht, exerzierten wie junge Kadetten nach dem Befehl einer jungen, schreienden, spitz mit den Händen gestikulierenden Ordensfrau. Die Mädchen und Jungen schauten zum Wagen herüber, einige winkten, schrien, die Schwester rief sie streng und unnachgiebig zur Ordnung. Das mächtige Tor öffnete sich und die Kinder wurden in den Innenhof dieser Kaserne hineingescheucht, begleitet vom schrillen Gekeife der Ordensfrau. »Fahren wir doch weiter«, sagte Uriel, »das ist die Hölle.«

Dann erzählten die beiden Mädchen von einem größerer Jungen, der vor einigen Wochen aus diesem Zuchthaus, wie sie es nannten, davon gelaufen wäre, er habe sich mehrere Tage im Wald versteckt, man habe ihn mit Hunden gesucht und wieder eingefangen. Er hätte es im Waisenhaus nicht mehr ausgehalten, sagten manche Dörfler, dort ginge es unmenschlich zu. Andere meinten, der Bursche wäre einfach böse und undankbar, die Schwestern meinten es nur gut mit den Waisenkindern und er habe schließlich eine Heimat gefunden, jemand der sich um ihn kümmere, nachdem die Eltern nicht mehr lebten. Den Kindern würde es nicht schaden, wenn sie Ordnung und Disziplin beigebracht bekämen. »Wo kämen wir denn da hin, wenn schon kleine Kinder eine eigene Meinung hätten«, zitierte Gabriel die Stimmung einiger der Bauern in den Dörfern.

»Eine Hölle ist das«, wiederholte Uriel. »Vater sagt immer, es wäre besser gewesen, die Kinder und ihre Eltern wären mit ihrem Schiff auf der Überfahrt von Europa im Ozean versunken, dann bräuchten die Waisenkinder diesen finsteren Ort nicht mit erleben.« Manfred konnte sich keinen rechten Reim auf die Äußerungen der Mädchen machen, was könnte er da schon ändern. »Vater jagte einmal die Oberin davon, weil sie mit dem Stecken gegen die Haustüre donnerte und Brot und Fleisch einforderte«, erzählte Gabriel weiter. Er habe selber zu wenig für seine fünf

Kinder, da könne er nicht auch noch etwas abgeben, sie solle sich in der Stadt an den Bürgermeister wenden oder an ihre Ordensleitung, damit sie Hilfe bekäme, sagte er ihr ins Gesicht.

Manfred wusste, dass manche Schiffe in den europäischen Häfen oft verspätet die Fahrt über den Atlantik beginnen würden und manche Familien waren genötigt, ihre letzte Habe billig zu verkaufen, um nicht schon im Hafen zu verhungern. Nicht wenige Reisende würden dann bei der Überfahrt an Bord vor Auszehrung sterben, andere kämen sterbenskrank in der Neuen Welt an, überlebten nicht lange und ihre Kinder wären dann als Waisen allein auf sich gestellt.

»Die Schwestern pressen bei den Bauern das Letzte heraus und wer nicht spurt, wer die Körbe der Schwestern, die mit einem großen Kastenwagen übers Land fahren, nicht reichlich füllt, wird verunglimpft und verleumdet, über den wird schlecht geredet. Eine junge Schwester ist einmal während des Stadtbesuches einer Gruppe von Ordensfrauen davon gelaufen und hat bei der Polizei Bericht erstattet, sie musste dann vor den lärmenden, protestierenden Mitschwestern geschützt werden«, erzählte Uriel weiter. »Die junge Schwester riss ihr Ordenskleid vom Leib und ist mit dem Zug weggefahren. Die Oberin in der Anstalt ist gnadenlos und den Kindern geht es in diesem Gefängnis schlecht, wer weiß, was denen alles passiert«, fügte sie erregt hinzu.

»Eine heile Welt ist das hier in Amerika nicht, was wird mich noch alles erwarten?«, fragte sich Manfred. Dann tauten die beiden Mädchen allmählich immer mehr auf, überboten sich gegenseitig, ihr Redefluss war kaum zu unterbrechen und sie erzählten von den drei kleineren Geschwistern und ihrer Mutter, die dringend Hilfe bei der vielen Arbeit bräuchte, weil sie sonst zusammenbrechen würde und die dummen Jahre der anderen Mädchen in den Dörfern und Weilern könnten sie beide sich nicht leisten, weil sie ja die Kleinen aufziehen müssten und schon jeden Morgen, noch bevor die Hähne krähten, im Stall ihrer Arbeit nachzugehen hätten. »Da heißt es für uns anpacken«, erklärte Gabriel, der sich Angelina nannte, »wenn Vater nicht hinlangen kann und das wird noch ein paar Monate dauern. Wir müssen weiterleben und arbeiten, von früh bis spät und zusammenhalten müssen wir, sonst geht es uns wie unseren Nachbarn.«

22

An der Nachbarfarm waren sie vor einer guten Stunde vorbeigefahren, Totenstille hatte über dem verschlafenen Hof gelegen, nur ein alter Köter hatte pflichtschuldig zum Fuhrwerk herübergebellt. »Die alten Greens schlafen tagsüber, sie sind müde geworden, können nicht mehr arbeiten, die beiden Töchter sind längst weit weggezogen, in den Westen wollten sie. Die Alten leben spärlich von dem bisschen, das sie im Keller aufbewahrt haben und wenn es an der Zeit ist, dann sterben sie alle zwei weg, das wäre der Lauf der Dinge, sagte unser Vater und wenn sie den Kohl und die Kartoffeln aufgebraucht haben, wenn der Weizen am Ende ist, dann verhungern sie still und leise. Aber Mutter meinte, um diese Leute müsse man sich kümmern und sie reitet jede Woche bei den Greens vorbei und hilft aus, erledigt das Gröbste und ist traurig, wenn sie wieder heimkommt.« Valerie redete wie eine erwachsene Frau, mochte sich dem Gezeter und Flennen, das andere in ihrem Alter an den Tag legten, nicht mehr hingeben, viel zu ernsthaft stand sie im Leben. Manfred Waldstein bekam an diesem halben Tag auf einem alten wackeligen Bauernkarren eine Lehrstunde in Lebenskunde.

Am späten Nachmittag bogen sie von der unebenen,

holprigen Straße, die aus der Stadt hinein in die ländliche Provinz führte, in einen mächtigen Buchenwald ab, nicht weit über knorriges Wurzelwerk, dann öffnete sich eine weitläufige Lichtung. Diese helle, sonnendurchflutete Blöße war zehnmal größer als der Domplatz im heimatlichen Regensburg, so schien es dem Ratisbona Mane. Die Farm stand windgeschützt vor dem breiten Buchenwald, was im Winter gegen die schrecklichen Blizzards Sicherheit bot, von denen die Seeleute auf dem Dampfer schon erzählt hatten und wer hier in diesem einsamen Waldstück, umsäumt von mächtigen Buchen-und Hickorybeständen gebaut hatte, musste sich Gedanken gemacht haben.

Waldstein erfasste mit einem Blick das ganze Areal. Zwischen zwei Pfosten neben dem Kuhstall war ein Balken gespannt, daran hing eine frisch geschlachtete Ziege, schon vom braunen Fell befreit. Zwei Hunde bellten und sprangen dem Wallach zwischen die Vorderbeine, eine weitere Ziege meckerte vor der Stalltür und tat sich an einigen dürren Grasbüscheln gütlich.

Levys Hof machte einen gepflegten, gediegenen Eindruck, gehörte eher zu den älteren Gehöften in der Gegend. Beiderseits des Farmgebäudes, das drei, vier nicht zu große Räume beinhalten dürfte, waren aus massiven Baumstämmen gefertigte, klobige, weitläufige Ställe angebaut, die wohl den Kühen und Pferden gemeinsam Unterschlupf gewährten. Ob die Stallungen wirklich einen guten Stand hatten, würde sich noch erweisen.

In einer kleinen Koppel, die sich daran anschloss, tänzelten vier Pferde, mehrere Kühe grasten vor der Lichtung auf freiem Gelände, im Hof gackerten zwei Dutzend Hühner, pickten übrig gebliebene Körner, zogen den einen oder anderen Wurm aus der Erde und in einem Schweinekoben grunzten wohl ein halbes Dutzend recht ordentlich gemästete Säue, einige würden den Winter nicht erleben. Neben dem Schweinekoben standen mehrere Muttersäue mit ihren jungen Ferkeln und durchwühlten den Morast und eine grau getigerte Katze lag auf der Bank, die auf der Holzveranda zum Verweilen, zur Rast einlud, sie durchschlief den Tag und hatte für die Ankommenden kein Blinzeln. Zwischen zwei jungen Buchen, abseits des Farmgebäudes, stand eine neue Scheune, die den ersten Wirbelsturm im Sommer mit Mühe überstehen könnte, so wacklig erschien sie dem Mane.

»Das ist unsere Gang«, lachte Valerie, sprang vom Wagen und herzte und liebkoste die drei tollenden und springenden Kleinen und unter der Tür stand eine noch recht junge Frau, wischte sich die Hände an einer Schürze ab, lief auf ihre beiden Erzengel zu und nahm sie in die Arme, weinte, lachte und war unendlich glücklich.

»Ich habe gebetet, nur noch gebetet, dass ihr heil und gesund wieder kommt. Ihr habt tatsächlich einen Menschen mitgebracht«, staunte sie, »ich hätte das nicht für möglich gehalten.« Weitab vom Farmhaus erhob sich aus dem Schatten einer Buche ein hagerer Mann, schob sich zwei Krücken unter die muskulösen Schultern und humpelte mühselig heran, er umarmte still seine beiden Mädchen, sie drückten sich an den Vater. »Ja, das ist ein echter Mensch«, lachte Angelina, »der wurde von deinem Abraham, von Isaak und Jakob gemeinsam auserwählt und zum Arbeiten abkommandiert.«

»Sie hat unser Herrgott geschickt«, weinte Maria Levy dankbar und glücklich. »Schau ihn dir an, Paul«, sagte sie an ihren Mann gewandt, »so sieht ein Erzengel aus.« Paul Levy war der glücklichste Mensch der Welt, er hatte diesen jungen Mann gründlich betrachtet und wusste aus einem untrüglichen Gefühl heraus, dass er der Rechte sein würde. »Sie sind für uns wie der Erzengel Raphael«, lachte er, »der hat unsere Töchter begleitet und Sie als ihren, unseren Beschützer auserkoren.«

23

Manfred Waldstein dachte an seinen Vater, der hatte einmal an einem warmen Herbsttag einen Bauern außerhalb der Stadt, auf dem Weg nach Barbing, unter seinem umgestürzten Heuwagen hervorgezogen, kurz bevor der erstickt wäre. »Da war ich eben zur rechten Zeit an der rechten Stelle, der Erzengel Raphael hat mich hingeführt, der begleitet die Menschen auf ihren Reisen, wie er es bei dem jungen Tobias in den Geschichten des Volkes Gottes schon gemacht hatte«, hatte der Vater gesagt.

Der Wallach hatte selbstständig sein Fahrzeug vor den Stall gezogen, wurde ungeduldig, wieherte, wurde aus dem Gespann gelöst, begab sich unverzüglich an den Wassertrog, stillte seinen Durst und ließ sich dann ein Bündel Heu schmecken, hatte er doch tapfer und zuverlässig seinen Karren stundenlang über Stock und Stein gezogen.

Die erste Nacht im neuen Wohnsitz ließ Manfred Waldstein trotz Müdigkeit keinen rechten Schlaf finden. Er sah sich auf der Überfahrt im Maschinenraum des Dampfers von dicken schwarzen Rauchschwaden umgeben, flüchtete ziellos aus der Dunkelheit nach oben ans Licht, fand sich plötzlich an Deck, haushohe Wellenberge schlugen auf das Schiff und fegten krachend durch die Reling in den aufgepeitschten Ozean zurück und eine riesige, graue, wolkige Masse waberte auf das Schiff zu.

Er stand noch übernächtig am frühen Morgen schon vor dem Wassertrog und wartete, bis die junge Frau des Hauses aus dem Stall käme, war die doch schon lange vor ihm tätig geworden. Die kommenden Tage machten die beiden Männer eine Bestandsaufnahme der Arbeiten, die im Frühjahr und im Sommer bis in den Herbst hinein zu erledigen wären. Auf diesem Hof war systematisch gewirtschaftet worden, nur der Unfall des Vaters brachte die ganze Familie in eine krisenhafte Situation.

Die Arbeit im Stall blieb weiterhin das erste Anliegen der jungen Bäuerin, die tägliche Stallrunde begann noch bevor die ersten Sonnenstrahlen den Tag ankündigten, die Kühe mussten regelmäßig gemolken werden, sonst würden sie krank. Valerie oder Angelina halfen abwechselnd mit bei der unumgänglichen Stallarbeit oder kümmerten sich um die drei Nachzügler, die Schule der Missionsstation im nächsten Dorf lag doch zwei Reitstunden von der Farm entfernt und Maria leistete den Erstunterricht für ihren sechsjährigen Paul im Haus.

Auf zwei Acres war im September und Oktober des Vorjahres der Weizen eingebracht worden, der milde Winter, eine wärmende Schneedecke ließen eine gute Ernte im Juli und August erwarten. Bis dahin dürfte Paul Levy jedoch noch nicht wieder voll einsatzfähig sein. Levy hatte sorgsam darauf geachtet, dass sich die Erntezeiten der Kartoffeln mit denen des Weizens nicht überschnitten, hatte die Kartoffelpflanzung für April vorgesehen, aber der Unfall brachte die ganze Arbeitsplanung des Jahres durcheinander. Auf dem Acker war genug Mist eingebracht worden, nun stand die Pflanzzeit an, Manfred hatte genug zu tun.

Die Ställe hielten einer genauen Prüfung stand, aber der Heustadel musste stabilisiert werden, er würde den nächsten Winter in dieser Bauweise nicht überstehen, selbst der Braunbär, der regelmäßig um die Farm strich, würde das Tor mühelos aufreißen und im Heu wüten. Ebenso unsicher war der Koben, hier bedurfte es massiver Eisenangeln und stabiler Riegel. Manfred fand eine Vielfalt von Blechen, Eisenstangen, alten Pflugscharen nahe der Koppel im Freien liegen, die dem Rost ausgesetzt waren und nur darauf warteten, bis sie in der Hand eines kundigen Schmieds in neue Form gegossen würden. Manfred schlug Levy vor, einen neuen Stall zu bauen, genügend massives Holz wäre ja vorhanden, die Buchen müssten nur geschlagen werden. »Zunächst brauche ich jedoch für die Arbeit im Acker einen neuen Pflug«, sagte Manfred Waldstein, »ich schmiede zwei Pflugscharen nebeneinander, das bringt uns bei einem Zug die doppelte Breite, bei dichtem und schwerem Boden ist das Gewicht des Pflugs wichtig, anstelle der Ochsen spannen wir die schweren Pferde vor, mit denen sparen wir Zeit und Kraft und übers Jahr werden wir dreischarig arbeiten.« Er würde den Pflugrahmen leicht verändern, zumindest etwas verlängern, erklärte Manfred, der die vom Vater geschmiedeten Pflüge vor Augen hatte.

Eine Anzahl neuer Zinken für die Egge war zu schmieden und Manfred nahm sich zudem vor, eine sehr schwere Egge mit stabilen Zinken zu konstruieren, die anstelle eines Pfluges über die Stoppelfelder im Herbst gezogen werden könnte. Allerdings, fügte er hinzu, ist der Weizen eine tiefgründige Pflanze, ob eine Egge genügt, wäre vielleicht mit dem Nachbarn, der über langjährige Erfahrung verfüge, abzusprechen. Das weite Farmland wies guten schwarzen und lehmigen Boden auf, auf dem die Kartoffeln ebenso gediehen wie das Getreide, zudem könnte man die Rinder in meterhohes Gras treiben, man müsste nur aufpassen, dass sie der Braunbär nicht reißt.

24

Die folgenden Wochen sahen Manfred nicht unter einer Lokomotive liegen, vielmehr begann er sich zu einem passablen Bauern zu entwickeln, der unter hilfreicher Anweisung von Maria Levy seine Arbeiten im Hof und im Stall, auf dem Feld, den Wiesen und im Wald gewissenhaft erfüllte. Dann nahm er sich die Zeit für einen halben Tag in der Stadt, besorgte einen Amboss und mehrere Schmiedehammer, der Schmied entrostete eine alte Esse, die er aus seinem Lager hervor kramte und schob sie ihm mit einem geflickten Blasebalg auf den Wagen, am Hafen kaufte er mehrere Säcke Steinkohle. Am späten Abend kehrte er nach Hause zurück, vor dem Hauptgebäude standen drei Indianer. »Sie haben dir beim Fällen der Bäume zugeschaut und möchten dir helfen«, sagte Levy, »jedoch gegen Bezahlung.«

»Ich habe kein übriges Geld«, erwiderte Manfred, »aber ich schmiede dem Dorf im Sommer noch eine Egge und einen zweischarigen Pflug, dafür müssen sie jeden Tag erscheinen, die nötigen Bäume fällen, die Stämme entrinden und beim Hausbau helfen, sag ihnen, ich brauche dazu wirklich starke Männer.«

Der Häuptling sprach ein gutes Englisch und meinte, das wäre in seinem Sinn und sie würden am nächsten Morgen schon rechtzeitig vor der Farm warten.

Nun fällte er mit zwei kräftigen indianischen Mitarbeitern einen Baum nach den anderen, die Pferde schleppten die Stämme aus dem Wald, seine Mitarbeiter lernten mit einem scharf geschliffenen Beil die starken Äste und die dicke Rinde von den Bäumen zu entfernen und die Hölzer genau auf das vorgegebene Maß zu sägen. Mit einer Seilwinde hievten sie die Stämme aufeinander, bald ragten die vier Wände der neuen Scheune hoch, Manfred war zufrieden. Paul Levy begutachtete das Werk des Freundes und nickte: »Da sieht man den Fachmann am Werk.«

Manfred Waldstein fand in den Abendstunden noch Zeit genug, um sich mit den Plänen für die neuen Pflüge und Eggen zu befassen. Es sollte Ende Juli werden, bis für die Farm und für das Indianerdorf die Werkstücke fertig geschmiedet waren. Der Herbst kündigte sich gemächlich an, die Sommermonate hatten es gut mit der Natur gemeint, der Weizen war prächtig gediehen, das Gras stand hoch und die Rinder, die Schweine und die vier Ziegen hatten Fleisch angesetzt. Noch im September würde er einige Rinder in die Stadt treiben, mehrere Pferde und Ziegen standen zum Verkauf, das Heu musste geerntet und in den Stadel gebracht werden.

Die beiden alten Greens von der Nachbarfarm waren bei den Levys eingezogen, alleine würden sie den Winter nicht überstehen, wenn die Blizzarde über dem Land meterhohe Schneewächten abluden. Manfred hatte für die Neuankömmlinge noch eine feste Hütte gebaut. »Lass uns drei Hütten bauen, eine für dich, Herr, eine für Moses, eine für Elias«, hatte schon der gute Petrus vor zweitausend Jahren zu seinem Herrn gesagt. Darüber diskutierten der fromme Jude Paul Levy und Manfred Waldstein nicht lange, sie feierten im Oktober das Richtfest und die zwei betagten Greens hatten eine Unterkunft für die kalten Monate.

Wochen später hatten Braunbären den verlassenen Stall der Greens fürchterlich zugerichtet, Wildschweine die Äcker nach restlichen Kartoffeln durchwühlt, das Haus würde verfallen. Was stünde den Greens bevor, konnte Maria sie pflegen? Viele Fragen wären zu lösen, denn kraftlos, gebückt, voller Schmerzen waren die beiden Nachbarn und gebrechlich durch vielfältige Beschwerden des Alters.

25

Manfred Waldstein hatte also in diesem Jahr tatsächlich Häuser gebaut, wie er den Eltern und dem lieben Großvater in die Hand versprochen hatte, und noch dazu mit Indianern gefischt und gejagt, Fangeisen geöffnet, er hatte

Brachland umgegraben und gar einen Bach umgeleitet. Er hatte Bäume gefällt, wie ein gelernter Bauer gepflügt, wie ein Sämann im Herbst das Korn in den Acker geworfen, hatte mit den beiden Erzengeln, die ihn von Herzen liebten, Pilze und Beeren gesammelt. Maria Levy hatte ihm beigebracht, wie richtige Bauersleute das Fleisch salzen, pökeln und räuchern und nun hingen Schinken, Speck und Wurst gut gewürzt in der Kammer. Im Keller lagen Kohl und Karotten, rote Rüben und Bohnen, Zwiebeln, Äpfel und Birnen und der Winter durfte ins Land ziehen, dann würde es draußen still werden und er hatte versprochen, den neu gewonnenen Freunden viel von seiner Heimat zu erzählen. Krank werden durfte keiner in dieser Abgeschiedenheit, denn der stundenlange Weg zum Arzt in die Stadt barg im Winter genug Gefahren, da war der Mensch allein auf sich gestellt. »Im Frühjahr werde ich mein Ränzlein schnüren«, sagte er, das Weihnachtsfest war schon vorbei, »dann setze ich mich in die Eisenbahn und fahre in den sonnigen Süden nach New York, dort leben viele Menschen und ich hoffe, ich komme nicht unter die Räder.« Da wurde es still im Haus und die Kinder weinten. Aber Paul Levy konnte endlich wieder zupacken und Waldsteins Arbeit war getan. Er würde nun an seine Zukunft denken und da setzte er alles die Karte Eisenbahn.

Den Eltern und seiner lieben Monika erzählte er in langen Briefen von den schönen Monaten in der Neuen Welt, von der Arbeit auf der Farm der Levys, die Freude machte, den guten Menschen, die er getroffen hatte. »Ich werde mich dann im Frühjahr mit der Eisenbahn von Boston aus nach New York auf den Weg machen, es wird höchste Zeit.« Er wollte in die große Stadt, dann erst wäre er in Amerika angekommen.

Der Indianer, den die Levys Hidalgo nannten, saß schon den halben Vormittag am Rand der Lichtung. Hidalgo hatte beileibe keinen spanischen Vorfahren in seiner Ahnenreihe, verhielt sich zurückhaltend und beherrscht, wie der Abkömmling eines indianischen Adelsgeschlechtes. Das Schicksal hatte seine kleine Sippe vor Jahrzehnten schon vom oberen Mississippi in den Süden verschlagen.

»Hidalgo hat Sorgen, er möchte mir etwas mitteilen, sucht das Gespräch«, sagte Paul Levy, »er kommt von selber, aber er braucht seine Zeit, um sich zu nähern. Wir kennen uns schon seit vielen Jahren, aber er würde nie ungestüm auf das Haus zulaufen und seine Anliegen vorbringen, er ist ein höflicher Mann.«

Gegen Mittag erhob sich der doch schon recht betagte Mann, ging auf Levys Farmgebäude zu und blieb vor der Holztreppe des Wohnhauses stehen. Levy begrüßte ihn, die beiden waren einander vertraut, die Unterredung dauerte geraume Zeit, Levy schien immer wieder nachzufragen, der Menominee-Dialekt war ihm wohl nicht so ganz vertraut.

Dann verließ der Indianer den Hof, still, wieder ganz beiläufig, ohne einen Blick zurück zu werfen. Er hatte das Nötige gesagt, mehr zu reden bedurfte es nicht.

»Auf der Farm der Greens hat sich seit Tagen jemand eingenistet«, erläuterte Paul Levy, »Rauch zieht aus dem Kamin im Wohnhaus, jemand hat die Veranda gekehrt, die noch unreifen Krautköpfe, die Zwiebeln gegossen, ist durch die noch unreifen Getreidefelder gegangen, hat die Schäden, die der Bär und die Wildschweine verursacht hatten, ausgebessert, schien seltsam vertraut mit dem Anwesen. Ich muss mit den Greens reden.«

Maria Levy hatte den Tisch bereits zum Mittagessen gedeckt, die Kinder und die alten Greens, Manfred Waldstein hatten gewartet, bis Hidalgo und Paul Levy ihr Gespräch beendet hatten.

»Ihr habt Besuch auf eurer Farm«, wandte er sich an die zwei alten Leute, nachdem sie das Tischgebet gesprochen hatten. »Hidalgo meinte, es könnte eine weiße Frau sein, eine Siedlerin vielleicht.«

Die alten Greens schauten einander an, er legte seine schwere Hand auf die seiner Frau. »Das kann nur die Kleine sein«, sagte er, »wir müssen sie sehen, wir müssen zu ihr, sie braucht uns.«

»Sie scheint sehr selbstständig zu sein und wenn es denn eine Frau ist, schaltet und waltet sie souverän, als wäre sie dort tatsächlich zu Hause, ich begleite euch mit Manfred nach dem Mittagessen zur Farm, nehme noch den Braunen mit.«

Die genannte Kleine war vor zehn Jahren mit der Familie ihrer älteren Schwester in den Westen aufgebrochen, nach Kalifornien wollte sie, in das Land der Sonne, Gold gäbe es dort auch und es wäre einfach das Land, wo Milch und Honig flössen. Dass sie die Eltern an der Ostküste zurückließen, diese beiden zukunftsorientierten Töchter, die Farm aufgaben, dass sie allein in einem Aufbruch in den Westen, in das neue Eldorado, das Goldene und Gelobte Land, Zukunft sahen, mag dem Trend der damaligen Jahre geschuldet gewesen sein. Die Einwanderer aus Europa machten sich in großen, endlosen Trecks auf durch den Mittelwesten, versuchten unter größter Mühsal die Rocky Mountains zu überqueren und viele der Städter an der Ostküste taten es ihnen gleich.

In den ersten Jahren schrieben die Töchter Briefe, die Eltern warteten jeden Samstag mit klopfenden Herzen, wenn der Briefbote aus der Stadt bei seiner wöchentlichen Tour ihren Hof ansteuerte. Von Marlen, der älteren hörten die Eltern schließlich von deren Ankunft in San Francisco, die Jüngere meldete eine Ehe mit einem Gastwirt in Oklahoma, in einer Ortschaft weit ab von jeder Zivilisation, wie der Vater verbittert und verzweifelt meinte. Die Farm würde nun in andere Hände übergehen, der Kontakt zu den Töchtern schien endgültig beendet, deren Leben spielte sich außerhalb ihrer alten, gefestigten Welt ab. »Für wen haben wir aufgebaut, gearbeitet von früh bis spät und gespart, uns aufgeopfert, doch für die beiden Mädchen«, grübelte der Alte oft genug und die Mutter schlug die Hände ineinander und schickte ihre heißen Gebete in den Himmel, da wäre doch einer, der immer Hilfe zugesagt hätte, man müsse ihn nur bestürmen, dann könne der gar nicht anders.

26

Manfred Waldstein spannte den Wagen an und nach einer guten Stunde, die Sonne prallte auf die ausgetrocknete Ebene, lag die Farm vor ihnen. Mühselig stiegen die Alten vom Gefährt, gingen auf ihr Haus zu, dann öffnete sich die Tür des Farmgebäudes, eine junge Frau in Männerkleidung trat aus dem Haus und ging auf die beiden zu, sie schloss die hinfälligen Eltern in die Arme und trat mit ihnen ins Haus, Waldstein wartete.

Woher sie Brot und Speck und sauberes Wasser hatte, blieb Manfred rätselhaft. »In dieser Dürre wächst doch nichts«, meinte Waldstein. Bei genauem Hinschauen merkte der Neufarmer Waldstein, dass rund um das Haus der Boden gekehrt, der steinerne Brunnen mit Wasser gefüllt war, die gelockerten Pfosten an der ehemaligen Pferdekoppel schienen wieder fest arretiert, das Gemüsefeld mit den Krautköpfen, dem Lauch, den Karotten und Zwiebeln leuchtete grün.

Dann holte sie ihn ins Haus, sie wäre die Elizabeth lachte sie und sie wäre nun wieder daheim, sie würde sich um die Eltern kümmern, könnte aber die eine oder andere starke Hand in den nächsten Wochen gebrauchen.

Manfred Waldstein war nun ausgelastet, er trieb aus der

Stadt einige Rinder auf die Farm und kaufte zwei Ferkel, die die junge Bäuerin Elizabeth hoch füttern würde, in einem Korb gackerten drei Hühner, die täglich ihre Produkte abliefern würden. Einer der Erzengel blieb die kommenden Wochen auf der Green-Farm und die beiden Frauen schulterten Arbeiten, für die sie keinen Mann zu Hilfe hatten. Manfred Waldstein pendelte zwischen der Levy- und der Green-Farm, schlug hier und dort das Holz, sägte und schichtete es dem Haus entlang. »Da kann der Winter kommen«, lachte er, »ihr werdet nicht erfrieren.«

»Wo kommt der denn her«, fragte Elizabeth, als der Manfred Waldstein unermüdlich mit großer Lunge von früh bis spät das Dach ausbesserte, die Pferdekoppel fertig stellte, das Scheunentor flickte, die quietschenden Türangeln ölte, die Pumpe am Brunnen zerlegte und wieder zusammenbaute, sägte, hämmerte, hobelte und feilte. »Irgendwo ist der vom Himmel gefallen und so wie er gekommen ist, wird er eines Tages verschwinden«, erklärte der Erzengel Uriel traurig. »Vater muss nur noch auf die Füße kommen, dann macht der Raphael, wie ihn Mutter nennt, sich in den Süden auf, er ist eigentlich kein Farmer, sondern ein deutscher Lokomotivenbauer, ihn zieht es nach New York.« Dann erzählte sie von ihrer Reise vor einem guten Jahr in die Stadt, nach Boston hinein und wie der Raphael so ganz einfach meinte, er müsse den beiden Erzengeln doch beistehen. »Einen solchen Engel könnte ich auch brauchen«, meinte die aus der weiten Welt zurückgekehrte Elizabeth.

27

Ein langes Jahr mit den Levys hatte sich dem Ende zugeneigt. Diese ungeahnte und ungewöhnliche Lebenserfahrung hatte sich ihm zutiefst eingeprägt. »Ich brauche kein

Geld für meine Arbeit, war ein guter Esser und es könnte sein, dass ich einmal auf eure Hilfe angewiesen bin«, sagte er beim Abschied zu den Levys.

Er dachte an die beiden Mädchen, seine beiden Erzengel, wie er sie nannte, die umtriebigen und liebenswerten Kleinen, an Maria und Paul Levy, der wieder auf geraden Beinen stehen konnte. Mane hatte der angedachten Schiffsreise nach New York die Fahrt mit der Eisenbahn vorgezogen.

Er arbeitete mittlerweile in einer New Yorker Eisenbahnwerkstatt, dorthin hatte ihn McOwen vermittelt, bei gutem Geld und der Aussicht auf längere Anstellung. »Einen ausgewiesenen Fachmann haben wir hier dringend nötig, wir brauchen Spezialisten, händeringend.« Der Maschinenmeister Kraus, ein Brunsbüttler, vom schönen Nordseestrand, suchte ihn an seine neue Arbeitsstelle zu binden.

Der Brief der Eltern, an seine Vermieter in Queens zu seinen Händen adressiert, erreichte ihn in den Wintertagen vor Weihnachten.

»Denk daran, dass tausende von Einwanderern in New York und den anderen Staaten am unteren Rand dahin vegetieren, sei froh für jede Arbeit, die dir das Eingewöhnen erleichtert. Wer einen ordentlichen Beruf mitbringt, fleißig ist, kann es hier zu etwas bringen«, fügte Kraus hinzu.

Nachdem er von der Infamie der Traudi gelesen hatte, schrieb er, sie sollten sich das Kind erst genau anschauen, von ihm kann es nicht sein, er hätte keinen Kontakt zu der Traudi gehabt, sie wäre eine schamlose Lügnerin.

28

Vieles löst sich von selber. Es waren keine fünf Wochen vergangen, nachdem er den Eltern nach Deutschland zurückgeschrieben hatte, das Christfest war wieder vorbei. Die

McOwens verwöhnte ihn, er durfte in der Familie die Heiligen Tage mitfeiern. Da erreichte ihn eine weitere, eilige
Nachricht aus der Heimat.

»Tu dich nimmer ab, Bub, des Kind kann gar net von dir
sein, es ist ja ein roter Bub. Der Vater ist der Sederer Bene
von Kumpfmühl, du kennst ihn, ein Ministrant war er wie
du einer, ein rechtschaffener Bursch. Er ist halt reing'falln
auf die Traudi, er wird sie heiraten, dass der Bub einen Vater hat. Das Aufgebot ist schon bestellt, brauchst dich nicht
mehr sorgen.«

29

In den ersten milden Frühjahrstagen des darauf folgenden
Jahres änderten sich die Umstände wieder ohne sein Dazutun. Es gibt Tage, da schlägt das Schicksal mit harter Kante
zu, dann wieder hält es unverhoffte Freuden und Hoffnungen bereit, schüttet aus einem weiten Füllhorn seine Glück-
seligkeiten.

Der Telegrammbote brachte ihm an einem späten Samstagnachmittag – er hatte vormittags in der Verwaltung
noch einen Bericht verfasst – zunächst unverhoffte und er-
freuliche Nachricht: In der Coney Island Avenue drüben
in Brooklyn würde am Sonntag ein Herr Strauß aus Philadelphia auf ihn warten. Kaum ein Augenzwinkern später
klopfte Frau McOwen lächelnd an der Tür und drückte ihm
einen Brief seiner Schwester Monika in die Hand. Es war
einer der vielen Briefe seiner lieben Schwester Monika und
Roger McOwen war beim gemeinsamen Abendessen der
Ansicht, dass sich das mit dem vielen Briefeschreiben in den
nächsten Jahren schon noch geben würde. Allerdings, fügte
er lachend hinzu, vermisse seine Frau wiederum die Kontakte in die irische Heimat, die Kinder wären aus dem Haus

und sie den ganzen Tag allein, und hätte sie mehr Briefkontakt, so könnte sie einen nach dem anderen immer wieder lesen und sich vorstellen, wie es zu Hause wäre.

Ihr fehle das Grün der Heimat, auch die regnerischen Tage, die schroffen Felsabstürze nahe ihres Heimatdorfes an der Westküste mit den zerklüfteten Klippen, den Riffen in der Brandung, dem weißen Gischt, der an das Ufer leckt, die Sonntagswanderungen könne sie nicht vergessen, wenn Vater und Mutter die Kinder über die kargen, spärlich bewachsenen Hochebenen mit den großen Schafherden, die dort ihr Auskommen hätten, geführt hatten. Sie erzähle oft genug von den vielen, unheimlichen, so bedrohlichen Mooren und jahreszeitlich so unterschiedlich gefärbten Heidelandschaften. Ann schwärmte und hatte das Verständnis ihres Mannes, der seine Gedanken wiederum bei den sehr alten Eltern hatte. In einem kleinen Küstendorf bei Oranmore hatten sie sich kennen gelernt und McOwen warf immer noch den Bogen über die Fiddle und Ann spielte ihre Altflöte dazu.

Ann war viel allein, Robert, der Älteste war weit weg in Baltimore und versuchte sich als jung promivierter Zahnarzt, während die Tochter Katharine ihre Gehversuche als Lehrerin in New York machte. So war sie allein und dankbar für jede Ansprache, half dem Manfred Waldstein, wenn ihm das eine oder andere Wort in der neuen Sprache fehlte.

Monika erzählte in ihrem Brief vom Schwabelweiser Opa, der nur mehr huste und die Mama weine nun um den Opa, der den kommenden Winter sicher nicht erleben würde, eher dürfte er schon im Herbst das Zeitliche segnen, wie der Doktor der Mama gesagt habe. Sie würde gerne nach Amerika nachkommen, hätte er nur einen Platz, eine Arbeit für sie und Englisch habe sie auch seit einem Jahr schon gelernt und viele Bücher über das große Land gelesen.

Über die Treppe bei den McOwens kamen dann unvermutet Schritte näher, ein Kutschenfahrer überbrachte eine Nachricht von Herrn Strauß. Der Kriegskamerad aus dem Siebziger Krieg bat um Verständnis, dass er unvorhergesehen heute noch wegfahren müsste, eine dringende Eilnachricht sei ihm kurzfristig zugestellt worden, er müsse in den Norden nach Boston und weiter hinauf ins Kanadische, dort gäbe es Probleme mit dem Pelzhandel, mit Preistreibern, Wilderern und missliebigen Konkurrenten. Diese unaufschiebbare geschäftliche Transaktion würde mehrere Monate in Anspruch nehmen, er verzichte auf die mühselige Bahnfahrt, wo man nie wisse, ob man den Anschlusszug erreiche und er nähme eine Kabine auf einem Passagierschiff, da habe er frische Luft und die Wetterlage sei günstig für eine Schiffspassage.

»Sobald ich zurück bin, mache ich Halt in New York und bin bei dir. Ich habe nichts vergessen und bin ewig in deiner Schuld, lieber Freund.« Das sah der Mane anders, niemand solle in seiner Schuld stehen, er sei eben sein Freund, ließ er ihm durch den Kurier mitteilen.

Mit seinen Gedanken war er nun beim Großvater in Schwabelweis, der ihm zeitlebens mit so viel Verständnis entgegen gekommen war und er dachte an sein forsches Schwesterchen, das nun sicher entgegen aller elterlichen Ratschläge sich auf den Weg ins Amerika machen würde und an Ferry Strauß, den geschäftigen Kaufmann, der die Welt umarmte, der meinte, in seiner Schuld zu stehen.

30

Herr Krause bat ihn am Montag in sein Büro: »Du bist einer der wenigen, die ohne Familie sind, sprichst inzwischen die neue Sprache ausgezeichnet, bist einer meiner besten Fachleute, bist flexibel und kannst mit Menschen umgehen, ich brauche dich. Wir sind dabei, das heißt unsere Firma, die Railroad in North-Dakota und Minnesota auszubauen und wir spekulieren auch über eine Ausdehnung unserer Interessen hinüber nach Milwaukee und nach Chicago. Die Regierung stellt den Bahnbaronen Land an den Trassenführungen zur Verfügung, da entstehen neue Städte, große Lager müssen gebaut werden, Bahnhöfe hingestellt, unser Chef übernimmt eine marode und finanzschwache Linie, die den ganzen Mittelwesten mit Kohle und Holz beliefert, du wirst gebraucht. Du hast Zeit zum Überlegen, natürlich. Sagen wir bis morgen. Du wirst viel unterwegs sein. Mit aufständischen Indianern wirst es wohl nicht mehr viel zu tun haben, aber du brauchst Fingerspitzengefühl bei den Verhandlungen mit Farmern und Stadtmenschen, mit Bürgermeistern insbesondere. Vor allem müssen die Leute auch in den ländlichen Gebieten spüren, dass die Eisenbahn ein Vorteil für sie alle sein kann. Noch gehören die riesigen Landmassen von Dakota nicht zum Staatenbund, aber wir werden das erleben«, fügte er an. »Du wirst die Wirklichkeit im Alltag zu bewältigen haben, aber wer, wenn nicht du, wird sich bewähren, ich setze große Stücke auf dich.«

Ratisbona Mane, Manfred Waldstein, bedachte das einmalige und interessante Angebot, sprach mit Roger McOwen und stellte sich der Aufgabe, wer wird schon nach einem Jahr in der Neuen Welt mit einer dermaßen verantwortungsvollen Aufgabe betraut. Er hatte die Donau Woche für Woche bezwungen, hatte zwei Berufe erlernt, hatte einen schlimmen Krieg überlebt, Freunde gefunden, die Überfahrt nach Boston und New York glücklich überstanden, in New York hatte er gute Menschen kennen gelernt und war nun schon über ein Jahr im Dienst der Eisenbahngesellschaft.

Krause machte ihn tags darauf bereits mit seinen künftigen Obliegenheiten vertraut. Er könne jedoch nicht bei jeder Gelegenheit nach New York kommen, um sich Rückendeckung zu holen, er müsse selbständig und verantwortlich entscheiden. Eines wolle er ihm nicht verheimlichen, er sei jung, sehr jung und würde sich die Hörner abstoßen und hätten sie einen älteren Mitarbeiter, der diese Aufgabe hätte übernehmen wollen, dann wäre er nicht gefragt worden. Das waren deutliche Worte und trotzdem sagte sich Manfred Waldstein: »Ich bin gefragt worden und ich werde das meine dazu tun, um erfolgreich zu sein, die an mich gestellten Erwartungen nicht enttäuschen.«

Katherine McOwen hatte er nicht mehr getroffen, ein kleines Brennen im Herzen unterdrückte er. Den Eltern im fernen Heimatland teilte er mit, dass er in den nächsten Monaten eher in irgendeinem Präriedorf im Westen der Staaten, denn in New York oder gar auf einem Dampfschiff auf der Rückreise nach Deutschland sei, er denke an sie und mit Monika würde er in den nächsten Monaten viel zu schreiben haben.

Eine Woche später verließ er die McOwens und zog in Richtung Westen. Von New York über Ohio, durch das waldreiche Indiana und das wunderschöne Iowa fuhr er in zehn Tagen bis hinauf nach Dakota, strandete endlich in Fargo, machte sich mit der hiesigen Dependance und den Mitarbeitern dort bekannt und erfuhr, was Einsamkeit bedeutet. Er hatte die Appalachen überquert und hatte sich der Eisenbahn und den Pferdekutschen durch die unermesslichen Prärien anvertraut, mit Farmern und betrunkenen Kuhhirten, mit Indianern und Schwarzen im Bahnabteil gesessen und auch mit einem methodistischen Pfarrer und seiner Frau, einem Gesetzeshüter und zwei torkelnden Damen in einer Postkutsche.

Er fühlte sich eine Zeitlang als Held, der neue Länder zu entdecken hatte, befuhr aber nur Gebiete, die andere vor ihm längst schon in weiten Teilen erschlossen hatten, war müde, enttäuscht, mutlos und niedergeschlagen. Bald wurde ihm bewusst, worauf er sich eingelassen hatte, er wusste nicht, wo er zuerst mit seinen Aufgaben beginnen musste, wem er sich anvertrauen könnte, wer mit wem unter einer Decke steckte und vieles andere mehr, dem er vielleicht nicht gewachsen wäre. Der kaufmännische Direktor im Büro in Fargo war wenig redselig, eher mürrisch und er sagte dem Herrn Cloe, dass er seine Kompetenzen achte und er nur der technische Leiter sei, er freue sich auf die Zusammenarbeit und wäre für jeden guten Rat dankbar. Er erinnerte sich des Ferry Strauß aus Philadelphia, der anscheinend landesweit im Pelzgeschäft und in der Immobilienbranche agierte, der, wie Strauß meinte, in Manes Schuld, und das auf ewig, stecken wollte und er schrieb ihm einen Brief, schilderte ihm seine Not und bat um Hilfe.

31

Der Sommer von Dakota stand vor der Tür, jedoch nur die Winter seien, so versicherte ihm ein einheimischer Bauer glaubwürdig, gefährlich, weil man vor den Blizzards nicht sicher sei, ein Schneesturm löse den anderen ab und er solle in diesen harten Monaten in seinem Haus bleiben, er solle es winterfest machen. Man wisse hier nicht recht, fügte er an, ob man sich durch die unerbittliche Winterkälte die Zehen abfrieren lassen sollte oder ob nicht doch die heißen Sommermonate vorzuziehen wären.

So wollte Manfred Waldstein sich zunächst auf die Sommermonate freuen, er hatte wieder Oberwasser, was seiner Mentalität eher entsprach, er hatte in den Monaten vorher den Eltern und der Monika geschrieben, wo er seine Zelte aufschlagen würde. Er erwartete auch einen Brief von Katherine McOwen, war enttäuscht, dass Strauß sich noch

nicht gerührt hatte und er würde den heißen Sommer überstehen mit Besuchen bei den Honoratioren des Landes und
der Farmeraristokratie wie auch bei den Bürgermeistern,
würde Pläne zeichnen und Kalkulationen mit Cloe zusammen durcharbeiten, der englischen Sprache war er mächtig
und er harrte dessen, was da noch kommen sollte.

Und es kam ein Brief von Monika, dass sie beabsichtige,
in die Staaten zu reisen, auswandern würde sie, und wenn
er ihren Brief in Händen halte, würde es nicht mehr lange
dauern und sie stünde vor seiner Haustüre. Vor der Haustür
stand dann jedoch nicht Monika, sondern ein anderer kulti-
vierter Mensch, der sich als Abgesandter der Strauß & Son-
Company vorstellte. Lester sei sein Name, er wäre Advokat
und stünde ihm mit Rat und Tat zur Seite, er kenne hier
Hinz und Kunz, habe bei der Union Pacific als Rechtsbei-
stand gearbeitet, bevor er in die Dienste der Familie Strauß
getreten war, er habe ein Zimmer im Hotel Eagle gemietet.
Herr Strauß lasse ihn vielmals grüßen und er hoffe, dass
er, Lester, ihm eine Hilfe sein könne. Das alles war Manfred Waldstein nicht geheuer, er musste diese Wendungen
erst verarbeiten. Strauß hatte also in überwältigender Weise
Wort gehalten, ihm einen seiner besten Leute geschickt, der
ihn durch die Untiefen seiner Arbeit hier in Dakota führen würde. »Es liegt einfach an den Umständen, dass wir
noch nicht zueinander haben finden können«, schrieb der
Kriegskamerad, »aber die Zeit wird kommen. Ich bin viel
unterwegs, die Firma braucht mich und nach einem erneu-
ten halbjährigen Aufenthalt in Neufundland, Maine und
Massachusetts bin ich nun wieder in Philadelphia eingetroffen, das Pelzgeschäft boomt und wird meine Zukunft
bestimmen.« Sie könnten sich am nächsten Tag zum Essen
treffen, meinte Herr Lester und dann das weitere Vorgehen,
seine Planungen abstimmen.

Die Postkutsche der Wells Fargo erreichte an diesem Tag die Stadt verspätet, fuhr an seinem kleinen, weiß gestrichenen Haus, das er gemietet hatte, vorbei und hielt vor Lesters Hotel. Geraume Zeit verstrich, dann stand sie vor der Haustür, lachte spitzbübisch und meinte, sie würde gerne den Urlaub mit ihm verbringen. Katherine McOwen hätte dringend mehr Luft und Sonne nötig, die New Yorker Schulen wären muffig, sagte sie und dunkel und nach diesen neun Tagen Urlaubsfahrt durch die Berge und die Prärien wäre sie nun für ein Bad dankbar.

»Nun wird hoffentlich noch meine Schwester eintreffen, dann weiß ich nicht mehr, wem ich mich zuerst widmen soll.« Manfred Waldstein würde sich den unvorhergesehenen Ereignissen ergeben.

Die Vormittage verbrachte er mit Herrn Lester, sie fabrizierten Pläne, studierten Karten und Finanzierungsmodelle, überdachten die Trassen, die die Mitarbeiter vorgeschlagen hatten, machten Besuche bei Politikern, Bauern und Stadträten. Die Nachmittage gehörten Katherine, das Umland von Fargo entdeckten sie auf langen Ausritten, die Gemeinsamkeit mit Katherine verknüpfte er, um unterschiedliche, schon im Bau befindliche Bahntrassen zu prüfen und die Schwierigkeiten der Bahnlinienführungen zu verstehen. Dann besprach er seine Erkenntnisse mit Lester und Cloe.

Die Tage mit Katherine verstrichen, sie waren sich näher gekommen, wollten sich Zeit lassen, einander weiter kennenlernen, die Schule in der Heimat wartete auf sie und Manfred Waldstein wollte sich mit ganzer Kraft seiner Aufgabe widmen.

Fargo boomte, die Zuwanderer kamen aus dem Osten mit der Eisenbahn, fanden Arbeit beim Gleisbau, auf den Ranches der Umgebung, sie versprachen sich fruchtbares und billiges Land, wollten ein sorgenfreies, arbeitsames Leben führen, das ihnen und ihren Kindern eine gute Zukunft bieten würde, Frauen und Männer, Familien aus der alten Welt, die den politischen Wirren, den ausbeuterischen wirtschaftlichen Verhältnissen in Europa entflohen waren. Wie andere Städte auch, die wie die Pilze in den unermesslichen Weiten heranwuchsen, gedieh dieses wunderschöne Fargo prächtig. Unablässig und in kürzester Zeit kamen Tausende Siedler nach langen zweitausend Meilen und großen Strapazen an, krempelten die Ärmel hoch, packten an, ergriffen jede Chance, die sich ihnen bot.

Der Missouri River, Lebensader seit Menschengedenken, hatte als Transportweg Konkurrenz bekommen. Die Railroads zogen übers Land, fanden ihren Weg durch die trockenen Plains, die Wüsten, hinauf in die Rockys, hinüber nach Kalifornien, wo man den Goldrausch hinter sich hatte, ein Land, das mit Milch und Honig lockte, wollte man nur arbeiten und anpacken.

Die Eisenbahn hatte in Fargo einen neuen großen Bahnhof an die Gleise hingestellt, auf Land, das der Staat den Bahngesellschaften geschenkt hatte, oft genug zum Nachteil der Neubürger, die als Farmer und Rancher ihre Familien durchs Leben bringen und Boden erwerben wollten, in der Stadt Geschäfte aufbauten und vielfach vom Wohlwollen der Eisenbahnmagnaten abhängig waren.

Als Manfred Waldstein die Stadt erreichte, war sie noch kein halbes Dutzend Jahre alt, die Wells Fargo hatte längst einen weitläufigen Postkutschen-und Transportdienst in Betrieb, mischte im Bank- und Hotelwesen mit und ihr

Reichtum mit der Gründung und dem Betrieb von höchst einträglichen Transportgesellschaften war gewaltig, die Renditen stiegen von Jahr zu Jahr. Protestanten und Katholiken bauten ihre Kirchen in der Stadt und die Stadtverwaltung plante Jahr für Jahr neue Schulen für die Kinder. Hotels wuchsen aus dem Boden, in den Saloons wogte das Leben und die Geschäfte der Ankommenden brachten allmählich Gewinn.

»Einen langen Atem brauchen Sie, wenn Sie hier mitmischen wollen, Waldstein. Kaufen Sie Grund und Boden entlang der Bahnlinie. Wo immer die Bahn ankommt, wachsen die Städte, die Preise der Grundstücke steigen ins Unermessliche, so war es von Chicago bis hinüber nach Philadelphia.« Lester wusste, wovon er sprach.

Dem Ratisbona Mane, erst das zweite Jahr bei der Railroad Company, noch wenig vertraut mit finanziellen und geschäftlichen Gepflogenheiten im neuen Land, standen viele Erfahrungen erst noch bevor, er hatte eine lange persönliche und berufliche Entwicklung vor sich, würde wohl auch lernen müssen, Misserfolge einzustecken. Noch hatte er nicht die gleichen Rechte wie die langjährig hier im Land Lebenden, aber er nahm sich vor, jeden Dollar auf die Seite zu legen, sparsam zu wirtschaften und zu lernen.

»Überlege genau, ob du dich auf diese neuen unbekannten Verhältnisse einlassen willst«, schrieb er seiner kleinen Schwester, unverblümt schilderte er ihr die Sorgen und Probleme der Neuankömmlinge. Monika brachte sich daheim mit dem Schneiderhandwerk durch, konnte davon leben. Ein Mann fehlt ihr halt, der Monika, schrieb die Mutter, aber sie nimmt eben nicht jeden, da schaut sie genau hin und Recht hat sie. »Wir legen ihr nichts in den Weg, sie muss ihre Zukunft selber in Griff bekommen, aber als Frau allein in der weiten amerikanischen Welt, das ist nicht einfach«, schilderte die Mutter ihre Sorgen in ihren Briefen nach Fargo und wenn der Opa einmal nicht mehr wäre, würden sie aus der Stadt wegziehen, hinunter nach Schwabelweis.

Die methodistische Kirche lag nur einen Katzensprung von Manfred Waldsteins Wohnung entfernt. Der Pfarrer läutete dreimal am Tag das Glöcklein der Holzkirche, freute sich scheinbar über die Gottesdienstbesucher, die Sonntag für Sonntag in das Gotteshaus strömten, die Kirche bis auf den letzten Platz füllten, inbrünstig mitbeteten und mitsangen, ihr Opfer in den Beutel warfen und die Gemeinde war überschaubar. Er begrüßte jeden an der Kirchentüre mit Handschlag und redete mit den Menschen, bevor sie wieder in ihre Häuser zurückgingen, hörte sich wohl ihre Sorgen an, scheinbar auch einer, der den Osten verlassen hatte, nicht nur, um seinen Schäfchen das Evangelium zu predigen.

Er predigte von Tod und Teufel, donnerte mit den Fäusten auf die Kanzel ein, wenn er die Boshaftigkeit und Schamlosigkeit der Welt geißelte, ein Kämpfer für die Sache des Herrn war er, der das Himmelreich schon auf dieser Welt erstreiten wollte. Er sagte seinen Schäfchen ihre Ausschweifungen während der gewaltigen sonntäglichen Standpauke auf den Kopf zu, seine Strafpredigten schienen zu fruchten, kam die brave Herde doch Woche für Woche in die Kirche. Er kündigte regelmäßig den Untergang dieser verlotterten Welt an, üble Nachrede sei eine Niedertracht, schrie er, die es anzuprangern, die es auszumerzen gelte wie ein stinkendes Geschwür, sie sei wie jede Ausschweifung, die Fresserei und die Maßlosigkeit eine Geißel der Menschheit und vor allem für die Unkeuschheit in ihren Reihen werde Gott der Herr sie alle strafen, geiferte er und nur die Sittsamen und Züchtigen würden in das Reich Gottes eingelassen.

Im Haus dieses tugendhaften Predigers lebte eine Indianerin, die er schon von weiß woher mitgebracht hatte, wohl als seine Haushälterin, die ihm die Wohnung sauber hielt und das Essen kochte, seine Wäsche wusch, die Hühner und Gänse im Stall versorgte und jeden Morgen die zwei Kühe melkte, das Pferd striegelte, wenn der Herr vom Ausritt zurückkam. In den späten Abendstunden noch hörte Manfred Waldstein aus dem Pfarrhaus, das an die hölzerne Kirche angebaut war, gewaltiges Lachen und Gekichere, dann ab und an ein Geschrei und Gewimmer. Er konnte sich darauf keinen Reim machen. Im Hotel, in dem der Advokat Lester abgestiegen war, kehrte ein junger Indianer seit geraumer Zeit die Dielen, reinigte die Spuknäpfe, machte allerlei Botendienste und wenn es finster wurde, schlich er hinter Waldsteins Haus vorbei und wartete an der hinteren Eingangstür des Pfarrhauses. Bald öffnete sich dann die Türe und die junge indianische Frau, die sich nie in den Straßen der Stadt sehen ließ, trat auf ihn zu. Sie redeten miteinander, scheinbar suchte sie ihn zu beschwichtigen.

An einem späten Abend im Oktober, der Referend hatte wieder gegrölt und im Hause getobt, wurde die Türe zur Straße aufgerissen und der Pfarrer stieß die junge Frau auf die Straße, hielt in der einen Hand eine Flasche, setzte der über den Boden Kriechenden nach, stieß ihr mit den Füßen in den Körper. Sie solle verschwinden, schrie er, sie sei ein verdorbenes Luder, nutze ihn nur aus, sie solle ihr verpfuschtes Leben bei ihren Ahnen fortsetzen, für solche wie sie, gäbe es in seinem Haus keine Unterkunft mehr. Dann stand der junge Indianer plötzlich vor dem Haus und nahm die Frau in den Arm. Waldstein trat auf die Straße und zerrte beide ins Haus. Der grölende Priester lag betrunken auf dem hölzernen Gehsteig, der an seinem Haus vorbeiführte. Als die Frau sich beruhigt hatte, schickte Manfred Waldstein die jungen Leute in sein Schlafzimmer. Die beiden wären Geschwister, sagte der Junge, ihr Vater habe die junge

Frau dem Geistlichen mitgegeben, dass sie Zukunft hätte, fügte er hinzu.

Auf welche unerklärliche Weise sie noch in der Nacht den Vater verständigt hatten, entzog sich Waldsteins Kenntnissen. Am frühen Morgen des nächsten Tages stand ein älterer Indianer vor der Tür, noch war die Stadt nicht aus dem Schlaf erwacht, hatte drei Pferde am Zügel und verschwand mit den beiden Geschwistern. Er sei ein Mandan und er würde alles für ihn tun, sagte der Alte zu Manfred Waldstein gewandt, wenn er ihn brauche, sie lebten westlich des Red Lake, er sei immer willkommen,

Das sagte dem Manfred Waldstein nichts, er hatte viel von den Indianern gehört, von den Kriegen, die sie mit den Weißen um ihr Land führten, auch von einer Reservation, die im südlichen Dakota eingerichtet worden wäre.

Dieses nächtliche Ereignis hatte den jungen Einwanderer sehr bewegt, er sah die Welt mit anderen Augen. Der Pfarrer konnte sich nicht mehr in der Stadt halten, zu viele Augen und Ohren hatten dieses nächtliche Drama miterlebt. Er habe schon mehrere Kinder in der Umgebung gezeugt, hieß es, aber niemand wollte ihn bloß stellen, er wäre zudem zu einflussreich und könnte das Leben der Betroffenen weiter zerstören. »Der Krug geht so lange zum Brunnen, bis er bricht«, dachte Waldstein, als der priesterliche Heuchler mit Schande die Stadt verließ.

Die heile Welt des Ratisbona Mane hatte einen Riss bekommen. Licht und Schatten lägen nahe beieinander, hatte der Herr Prälat Stumvoll daheim in der Schottenkirche gepredigt und man solle die Leute nicht voreilig nach ihrem Gesicht oder dem, was sie sagen, beurteilen.

Manfred Waldstein sattelte seinen Braunen und ritt hinunter zum Red River, hatte eine neue Donau gefunden und kühlte seine Hitze im reißenden Fluss.

34

Er berichtete regelmäßig aus Fargo nach New York an die Zentrale von den Erfolgen und offenkundigen Missständen und Problemen vor Ort. Cloe meinte, die Company müsste nicht jedes kleine Dorf mit einer Eisenbahnstation versorgen, für diese Leute reichten Postkutschen, zudem gäbe es endlos Ärger mit den Ranchern und Farmern, deren Land durch die Schienenstränge zerschnitten würde. Die New Yorker empfahlen in ihrer Analyse, den Herrn Lester als Syndikus fest anzustellen, ein Rechtsberater mit dergleichen einschlägigen Kenntnissen wäre ein großer Gewinn und sie legten einen Arbeitsvertrag bei. Das Gebiet bis hinauf nach Bismarck müsse zudem neu konzipiert, Karten neu erstellt werden. Das wiederum sei auch nicht nötig, sagte Cloe, die Roads über die Rockys hinüber nach Kalifornien müssten zuerst angedacht werden. Die New Yorker kennen dieses Tausendmeilenland nicht, meinte er, die sollten sich auf die Ostküstenprobleme konzentrieren.

Cloes Positionen kollidierten mit den Ansprüchen und Zukunftsperspektiven der Eisenbahngesellschaft. Waldstein übermittelte auch die Einsprüche des Mitarbeiters. Die Direktion müsse sich nach den Erfordernissen der Gegenwart richten, war die Antwort und die Ansichten des Herrn Cloe mögen zwar aus dessen partikularer, momentanen Sicht gerechtfertigt sein, entsprächen aber nicht den Überlegungen des Direktoriums. Herr Cloe würde aufgefordert, seine Arbeit danach auszurichten. Sollten in den angedachten kommenden zwei Jahren die nötigen, von der Gesellschaft angedachten Konzepte in die Wege geleitet sein, richte sich der Blick der Eigner zunächst hinüber nach Minneapolis, weiter dann nach Chicago und Milwaukee. Chicago entwickle sich zum Fleischtopf der Amerikaner, da wären sinnvolle Investitionen in ein umfassendes Bahnnetz vonseiten der Company nötig. Wer nach Chicago hin sein Netz ausbaue, investiere in die Zukunft und die schon bestehende Konkurrenz sei riesig und da wird die Gesellschaft, wie auch immer, dabei sein. Diese Überlegungen teilte Manfred Waldstein.

Er wolle doch nicht mit New York streiten, meinte Cloe, und konzentrierte sich auf seine Arbeit.

35

»Lieber Bub«, schrieb die Mutter aus der Heimat, »jeden Tag denke ich an dich von früh bis spät und ich schick alleweil meine Gebete zum Himmel, dass dir nichts passiert. Der liebe Großvater ist noch vor dem ersten Adventsonntag gestorben und es ist ihm viel erspart geblieben und ich leg dir ein schönes Sterbebildchen von ihm in den Brief, er lässt dir ausrichten, dass es ihm jetzt so richtig gut geht und dass er bei dir ist. Wir ziehen im Frühjahr ins Großvaterhaus nach Schwabelweis, da ist es größer und lichter und die Monika könnte dort ihre Schneiderei aufmachen, so viele Zimmer hat der Ahnl gehabt.«

Manes Herz war voller Trauer, aber der Großvater war ein gelassener Mann gewesen. »Was sei muaß, muaß sei und dem Tod is no koana vo da Schaufel g'sprunga, da dawischt es die Großn und die Kloana«, das waren so seine Sprüche gewesen und er hatte den Großvater sehr gern gehabt. »Schaug, Bua, dass du deine Freiheit in Amerika lebst, der Zwang ist der Todfeind der Freiheit.«

Das Haus in der Jakobstraße hätten sie dem Bischöflichen Ordinariat verkauft für eine Wohnung für einen Herrn Domkapitular, fügte die Mama hinzu. Auf die Schottenkirche könnten sie jetzt nimmer runterschauen, a net auf den Herrn Prälat Stumvoll, weil den der Schlag erwischt hätte und er wäre schon vor dem Großvater eingegraben worden. ›Der hot z'guat g'lebt‹, hat der Papa g'sagt. Aber ich habe ihn gern gehabt, weil er ein guter Mensch gewesen ist.«

»Da wird also die Monika nicht nachkommen in die Neue Welt, gar eine Schneiderei aufmachen in Fargo oder in Boston und heiraten, einen Franzosen oder einen Iren oder sonst wen«, sinnierte der Mane, »Junggesellen gäb' es genug, aber es wird ihr wohl keiner gut genug sein.« Aber er hatte ihr schon vor Monaten die Adresse der McOwens als Anlaufstelle in New York zugeschickt. »Die würden dich aufnehmen, wenigstens für die erste Zeit und Frau McOwen hätte jemand, mit dem sie reden könnte.«

Frederik Lester hatte den Vertrag unterschrieben, der Herr von Strauß hatte auch von sich hören lassen. Er wäre längst wieder aus Maine zurück, die Geschäfte liefen wieder in geregelten Bahnen, ein Zweig seiner Familie lebe übrigens in Manchester/Maine seit Mitte des Jahrhunderts schon. Damals wäre dieses Manchester noch ein größeres Dorf gewesen und jetzt wäre es sicher so groß wie Manfreds geliebtes Regensburg. Von Strauß würde sich über seine Nachricht freuen.

Katherine teilte ihm mit, dass die Mutter lange krank gewesen sei, die Wände im Haus wären einfach zu feucht und Schimmel hinge in den Wänden. Fargo wäre etwas für Mutter, schrieb sie, aber Vater wolle den Dienst bei der New Yorker Polizei nicht quittieren, um in die Hitze von Dakota zu ziehen. Ihr Bruder lebe noch als Eigenbrötler in Philadelphia, ziehe den Leuten die Zähne und arbeite zudem an der Universität, vielleicht verschreibt er sich ganz der universitären Lehre, aber sie meine, er wäre ein geachteter Zahnarzt und verdiene da auch mehr. Es könne jedoch auch möglich sein, dass er wieder nach New York zurückkehre. Wer weiß, was morgen ist, schloss sie ihren Brief.

Jeden Morgen frühstückte er mit Frederik Lester im Hotel Eagle, wo Lester auch logierte und seine Büroarbeit erledigte. Der junge Eigner des Hotels hatte eine noch jüngere Frau mitgebracht, eine Französin wohl, vielleicht aus Chicago, meinte Lester, der Aussprache nach. Andere meinten, sie käme eher aus Baltimore oder gar aus Washington.

»Ich meine, ich kenne sie, habe sie irgendwo auf meinen Reisen mit der Union Pacific gesehen, ich kenne die Strecke, seit sie in den Anfang der Siebziger den Betrieb aufgenommen hat. »Ich werde sie einfach fragen, was meinst du«, er wandte sich an Manfred Waldstein, »oder ist das gar unanständig?« Dem kultivierten Frederik Lester würde keine Unhöflichkeit unterlaufen.

»Sie bringt jedenfalls die besten Butterhörnchen weit und breit auf den Tisch, das sind doch typisch französische Croissants, die gibt es seit ein paar Jahren in allen größeren amerikanischen Städten.«

Die junge Frau kam an den Tisch, lachte, fragte nach weiteren Wünschen. »Ich kenne Sie doch von irgendwo her, Frau Milton, helfen Sie mir weiter, ich bin weit herumgekommen mit unserer Railroad, war es in Chicago, war es …wer weiß, wo ich Sie gesehen habe, das ist auch nicht wichtig?«

»Denken Sie nicht weiter darüber nach, woher ich komme, wer ich bin, nehmen Sie mich einfach als eine Frau, die eine Zukunft an der Seite eines guten Mannes haben möchte.«

»Ich verspreche Ihnen, liebe Frau Milton, dass mir Ihr Leben, Ihre Zukunft alles wert ist.« Die junge Frau lächelte und trug das Geschirr ab, still und zuvorkommend.

36

Der Waldstein Großvater hatte nun auch das Zeitliche gesegnet und die Jungen aus der Jakobstraße an der Schottenkirche hatten sein Haus in Schwabelweis übernommen. Der Vater hatte das Anwesen hergerichtet, einen Dachsparren ausgebessert, einen zweiten ganz ersetzt, etliche Ziegel ausgetauscht, schöner als jedes andere im Dorf war das Gehöft geworden. Die Mutter trauerte der alten Wohnung ein paar Wochen nach, jeden Morgen hätte sie nur fünf Schritt in die Frühmess' g'habt, meinte sie, aber sie hat sich schnell wieder eingewöhnt, war sie doch in der Schwabelweiser Georgskirche schon zur ersten Heiligen Kommunion gegangen und die Eltern und Großeltern waren im Friedhof beerdigt. Sie war wieder heimgekommen, wie sie sagte, aber die Stadt habe schon auch was für sich g'habt. Der Mane hat ein schönes Geld geschickt, viel mehr, als sie ihm seinerzeit mitgeben konnten ins Amerika.

Ein reicher Mann wäre er noch nicht geworden, schrieb er, aber in den paar Jahren könne er Amerika ja nicht erobern. Er habe gute Freunde, den Herrn Strauß würde er erwarten, der ihn noch immer als seinen Lebensretter feiere und mit dem Zupfer Schorsch schreibe er sich, möchte ihn besuchen, von einem Herrn Krause schrieb er, der ihn fördere, wo es nur gehe und jetzt sei er für ein paar Monate in Philadelphia gelandet und wie es weiter ginge, wisse er noch nicht, aber er wäre meistens mit der Eisenbahn unterwegs, habe da sein eigenes, großes Zugabteil mit einem eigenen Tisch und einem gepolsterten Sessel, einem Bett und in diesem modernen Zugabteil würde er arbeiten.

Ein kleiner Departementleiter sei er schon geworden und würde sich die Moni auf die lange Reise übers große Meer machen, wäre er immer für sie da. Er würde wieder schreiben, das verspreche er den lieben Eltern, müsste aber in einigen Wochen schon ganz weit oben sein in Boston, wo er ja seinerzeit mit dem Schiff angekommen wäre und zum ersten Mal amerikanischen Boden betreten habe. Alles ändere sich so schnell, da käme man oft gar nicht mehr zum Denken, es wäre viel zu tun. Er wäre lange schon eingebürgert und dürfte auch wählen. Darauf war der Vater stolz und er erzählte beim Fischen in der Donau seinen Freunden davon und der Bachler, der Vater vom Girgerl, mit dem er Tauben handelte, seufzte, dass er doch auch nach Amerika hätte gehen sollen, »damals vorm Kriag scho«, und da Mane hätte es richtig gemacht.

37

Der Manfred Waldstein war nach der kurzen Phase in Philadelphia und Boston wieder in Fargo zurück, er hatte seine Reitkünste verfeinert, nutzte die freien Sonntage für den obligatorischen Ausritt. Auch wenn die Tage kürzer und kälter wurden, wollte er auf seinen Abstecher zum Red River nicht verzichten. Es war gar nicht üblich, schon gar nicht hier im Westen, dass Menschen freiwillig in die kalte Flut eines Flusses springen, es den Ottern gleichtun, den Fluss mit einem Atemzug durchschwimmen. Er hatte seine geliebte Donau wieder, aber viel braune Brühe brachte der Red River of the North zeitweilig mit sich, zumal wenn einer der gefürchteten Prairiestürme übers flache Land gezogen war, die trägen Wasser des Stroms übers Ufer geschwappt waren und die Krume der Felder mitgerissen hatten, zum Leidwesen der fleißigen Farmer. »A Lunga hot der Bua wia zwoa Pferd«, hatte der Großvater seinerzeit immer wieder einmal lachend festgestellt.

Die mächtige Lunge hatte er noch immer, seine vortreffliche, eiserne Gesundheit gab ihm Kraft für die anstrengende Arbeit im Betrieb und die tagelangen Ausritte in die Dörfer, zu den Farmern der Umgebung, durch deren Land er Trassen zu legen hatte und als er nach geraumer Zeit aus dem kalten Wasser stieg, sah er sich am Ufer der jungen Frau Milton und ihrem Mann, die sich auf einer karierten Decke niedergelassen hatten, gegenüber.

»Wir laden Sie ein zu Butterhörnchen und Kaffee, Herr Waldstein«, lachte sie ihm nach, während er sich eilig fluss-aufwärts auf die Suche nach seiner Kleidung davon machte.

Der Red River war eigentlich ein lethargisches Gewässer, lag, zumeist teilnahmslos am Geschehen seiner Mitwelt, in seinem Bett, doch bisweilen musste er sich aufbäumen, um sich zu beweisen, im Frühjahr vor allem, um mit Brachial-gewalt Sand und Gestein von einem Tag auf den anderen zu verschieben, Felsen und Bäume auf die Felder zu packen, die Ufer nach seinem Gutdünken zurechtzurücken. Immer wieder zerlegte er dann eine Brücke, um danach wieder behäbig und träge, wie um Abbitte zu leisten, seinen Weg fortzusetzen. Der Fluss und Mane waren einander sympa-thisch, als lebten sie füreinander. Der Red River hatte es ihm angetan.

38

Ein Blizzard um den anderen fegte über das Land, die Schneemassen machten oft genug ein Durchkommen auf dem flachen Land unmöglich, die hoch schneebedeckten Straßen der Stadt zwangen die Menschen in den Häusern zu bleiben. Mane traf Lester jeden frühen Morgen zum Frühstück im Eagle, sie besprachen gewissenhaft den Fort-gang ihrer Arbeit, sie konnten sich auf die gewissenhafte Mitarbeit ihrer Vorarbeiter, der Schienenbauer, des Büros verlassen. Mehrere Unterkünfte für die Gleisbauer waren im

Herbst noch fertiggestellt worden, nun ließen die schnee-reichen und frostigen Wintertage keine Arbeit zu, lagen die Männer in den lang gezogenen Baracken, Einwanderer aus Deutschland, England, Skandinavien, ein paar Italiener und Franzosen, viele Chinesen ebenso fernab ihrer Heimat, Schwarze, die vor allem aus den Südstaaten herauf gezogen waren, junge Leute zumeist, die jeden mühsam erarbeiteten Dollar für ihre Familien sparten, die irgendwo in einem der Dörfer entlang der Bahnstrecke ein kümmerliches Dasein fristeten. Im Februar ließen die Schneestürme nach, von einem Tag auf den anderen verzogen sich die schwarzen, schneegesättigten Wolken, die aus dem kanadischen Nor-den über die Seen heruntergezogen waren und die Sonne brach endlich durch.

Im Eagle war unermessliches Leid eingekehrt. Die Unvernunft einiger junger Leute aus der Stadt hatte eine Gruppe von ihnen auf den gefrorenen Fluss hinausgetrie-ben, mehrere Gleisarbeiter hatten sich angeschlossen. Auf Holzschuhen, die sie mit einer dicken Drahtschiene von der Schuhspitze bis ans hintere Ende unterlegt hatte, glitten sie lachend, gestikulierend über die glatte, trügerische Eisflä-che des Flusses. Dann brach die Eisdecke unvermittelt und riss mehrere Männer in den nassen Abgrund, es tauchten noch unvermittelt mehrere der jungen Leute kurz auf, hiel-ten sich an den eisigen Bruchstücken, zwei von ihnen ver-schwanden in der eisigen Tiefe. Der junge Milton, der erst im Sommer seine Claire geheiratet hatte, kam nicht mehr heim, zwei Gleisarbeiter blieben für immer verschwunden. Das Entsetzen war groß, die Trauer um die Verunglück-ten legte sich über die ganze Stadt. Die junge Frau Mil-ton war vom Entsetzen, von der Trauer um ihren jungen Mann überwältigt, der Vater des Verunglückten konnte das schreckliche Geschehen nicht bewältigen und starb einen Tag, nachdem sein Sohn den Tod in den kalten Fluten des

Red River gefunden hatte. Manfred Waldstein machte sich auf den Weg, um den Angehörigen seiner verunglückten Arbeiter die schreckliche Nachricht zu überbringen.

Die Frühlingssonne machte die Tage freundlicher und länger, der Schnee schmolz und verlor sich in der Erde, machte sich auf den Weg in den Fluss. Die Eisdecke löste sich allmählich auf, die Verunglückten blieben verschollen. Die Menschen gingen ihren alltäglichen Geschäften nach, der Tod war schnell zur Stelle. Waldstein würde nicht mehr in den Fluss steigen und in der kalten Flut Kraft holen können.

Schon in den Tagen vor dem Christfest hatten seine Gleisarbeiter einen Farmer gefunden, erfroren, weitab von seiner Behausung, von der Familie, von einem Blizzard vom Fuhrwerk gerissen. Er erinnerte sich eines Gesprächs mit einem alten Farmer, der ihm bei seiner Ankunft geraten hatte, die Wintermonate das Haus nicht zu verlassen, Blizzarde würden auch den Eisenbahnern wenig Respekt erweisen. Er hatte den Alten wieder getroffen, einen Tagesritt weg von der Stadt, als er auch mit ihm wegen der Trassenführung des Gleisneubaus verhandeln musste. Man könne den Fortschritt nicht aufhalten, sagte Willem Forst, ein Einwanderer aus dem holländischen Utrecht und erzählte von der mühseligen Überfahrt mit einem brüchigen Segler in den Vierzigern, der sie mit Mühe und Not bis New York gebracht hatte, erzählte von der qualvollen Enge und dem schrecklichen Gestank unter Deck, den er nie aus seiner Nase bekommen würde, vom Geschrei der Kinder, dem Weinen der Frauen. »Mehrere der Frauen, Kinder und Männer waren den Anstrengungen der Überfahrt nicht gewachsen, der Kapitän ließ ihnen ein Seemannsgrab zukommen mit Gebet und so«, erinnerte er sich.

In New York hätten sie mehrere Monate in dreckigen, verlausten Auffanglagern vegetiert, einige der ausgemergelten Menschen wären auch dort ums Leben gekommen, dann seien sie von New York mit einem mächtigen Treck in den Westen gezogen durch Indianerland, seine Mutter habe das alles nicht überlebt und liege irgendwo auf der Strecke begraben. Hätten sie doch damals schon eine Eisenbahn nutzen können, fügte er an, viel Elend wäre ihnen erspart geblieben. Von den fünf Kindern hätten die beiden jüngsten den ersten Winter nicht überstanden, schon nach fünf schrecklichen, frostigen Tagen wären sie verstorben. Der Vater hatte seinerzeit Land geschenkt bekommen hier in Dakota, mit den drei Söhnen habe er die Felder bestellt, einige Rinder gezüchtet, dann habe ihm einer der Rinderbarone das meiste Land abgeschwatzt. »Heute wären wir reiche Leute, die Bahn zahlt gut und ich könnte in die Stadt ziehen.« Nach New York würde er gerne noch einmal in seinem Leben kommen, von vielen reichen und schönen Leuten dort könne man ja in den Zeitungen lesen, setzte er hinzu und lachte. Aber ihn zöge es zu diesem Lager, das nahe am Hafen gelegen habe musste, er habe die Umstände auch nach vierzig Jahren nicht aus dem Kopf bekommen.

»Das Lager steht heute wohl nicht mehr, vielleicht ist es einem Neubau gewichen«, erwiderte Manfred Waldstein, »die Stadt ist modern, Eisenbahnen fahren durch Queens hinauf in die Bronx und nach Philadelphia hinunter fährt sogar ein Schnellzug, da bist du in sechs Stunden angelangt.« Frost bekam einen weiten Blick. »Nur einmal möchte ich nach New York«, wiederholte er.

39

Krause, inzwischen zum Gebietsdirektor für die Ostküste avanciert, entstieg eines Morgens gemeinsam mit einem jungen Mann müde und unausgeschlafen seinem Abteil, logierte im Eagle, frühstückte, lobte das vorzügliche Croissant der Frau Milton, war vom guten Kaffee begeistert, der eindeutig besser duftete als der New Yorker und schickte nach Manfred Waldstein. Der wäre dienstlich unterwegs berichtete ihm Herr Lester, käme sicher nicht vor morgen Abend zurück, die Grundstücksverhandlungen hätten sich in den letzten Wochen mit einigen Rinderbaronen zunehmend schwierig gestaltet. Cloe, Finanzchef der Niederlassung, zeigte ihm kurz die Bücher, stellte ihm wortkarg und einsilbig die Mitarbeiter im Büro vor.

»Sie müssen nicht glauben, ich würde Sie unangekündigt überprüfen wollen, meine Damen und Herren, aber ich stelle Ihnen den Nachfolger unseres geschätzten Mitarbeiters Waldstein vor. Herr Cromwell wird nach einer Einarbeitungszeit die hiesige Niederlassung übernehmen und Herrn Waldsteins Geschäfte fortführen, mit Herrn Waldstein berede ich das Ganze morgen Abend und nun brauche ich eine Kutsche, ich schaue mir die Streckenführung an, die Dämme und Trassen.«

Die Angestellten hatten diesen Vormittag nichts anderes zu tun, als über Waldsteins Zukunft zu räsonieren, ob der denn in Ungnade gefallen sei, sich etwas habe zuschulden kommen lassen. Das habe er schon immer gewusst, das würde kein gutes Ende nehmen, so junge Leute mit derart hervorgehobenen Aufgaben zu betrauen sei ja unverantwortlich, ihn, Cloe, habe ja niemand gefragt.

Manfred Waldstein war am nächsten Tag bereits gegen Mittag von der mehrtätigen Inspektion zurück und im Eagle zum Mittagessen eingekehrt. Claire Milton machte ihn mit den neuen Umständen vertraut, ein Herr Krause wäre gestern früh mit der Bahn eingetroffen, ein netter Mensch übrigens, der ihre Butterweckchen gelobt hätte, einen jungen Mann hätte er im Schlepptau gehabt, den er respektvoll Herrn Cromwell genannt habe.

»Das ist der Sohn vom obersten Chef an der Ostküste, ein hoch respektabler Mann. Na, da bin ich gespannt, was mir Krause zu sagen hat.«

»Du bist ab heute für die Ostküste zuständig. Du hast dich hier in Fargo bewährt, wie kaum ein anderer unserer Außendienstposten. Herr Cromwell löst dich ab, du kommst wieder zurück in die Heimat. Die Gesellschaft stellt dir ein Haus zur Verfügung, dann kannst auch heiraten.« Es wäre wohl an der Zeit, meinte er und Manfred Waldstein dachte nur an Claire Milton. Er würde nichts tun können gegen diese Versetzung, hatte damit rechnen müssen. Cloe buckelte und gratulierte. Lester würde mit Waldstein in den Osten ziehen, vielleicht wieder Strauß zuarbeiten, wie es die Umstände ergeben würden, lachte er. Waldstein würde die Stadt verlassen und wäre ohne Claire Milton zutiefst einsam und voller Trauer, vermutlich würde ihm das Herz brechen. Claire war noch nicht über den Tod ihres Mannes hinweg gekommen. Der Pfarrer hatte in der Trauerfeier für ihren verunglückten Mann und die beiden Gleisarbeiter gesagt, dass man heutzutage, besonders hier im Westen, schnell sterben könne und man solle sich damit abfinden, sozusagen in Gottes Namen und immer wieder von vorne anfangen und sie trug Manfred Waldstein im Herzen.

Manfred Waldstein hatte seit den Vorweihnachtstagen den Brief von Katherine McOwen im Tischschub. Sie könne sich nicht von New York trennen, hatte sie ihm im Oktober, bald nach ihrem Spontanurlaub, geschrieben. Sie liebe zwar seine neue Heimat im Westen, die unverbrauchten Weiten, die Menschen, könne aber nur hier in der Stadt, die ihre Heimat wäre, glücklich sein.

40

Willem Frost saß neben Manfred Waldstein in der Eisenbahn nach New York. Krause hatte sich in Dakota noch
mehrere Wochen umgesehen, den jungen Martin Cromwell
an der Seite und wurde mit Land und Leuten vertrauter.
Die sich anschließenden Monate der Einarbeitungszeit hatten den jungen Menschen geformt, ein geschickter Ingenieur, aus der Westinghaus-Schule, mit modernster Eisen-
bahntechnik vertraut, der die Arbeit, das Lebenswerk seines
Vaters eines Tages fortzusetzen und sich hier in Dakota die
ersten Sporen zu verdienen hatte.

Manfred würde den Willem Frost bei den McOwens für
ein paar Tage oder Wochen unterbringen, der zähe Farmer
würde durch New York streifen, sein Ankunftslager suchen,
das ihm vor vierzig Jahren das Tor zur neuen Welt war, neue
Menschen und Eindrücke kennen lernen und dann glücklich nach Dakota zurückfahren auf seine Farm zu seinem
Sohn und der Familie. Dann könne er zufrieden sterben,
sagte er.

Die moderne Lokomotive, eine aus dem Delaware-Stall,
mit einer neuartigen Druckluftbremse ausgestattet, zog die
Waggons zuverlässig durch die hunderte Meilen weiten
Ebenen, Chicago müsste weit im Norden liegen, über be-
waldete Anhöhen hinein in das Appalachen-Plateau, hier
würden die Züge der Gesellschaft Kohle und Erz transportieren zu den Zentren der Ostküste. Dann fuhren sie endlich ein in die New Yorker Stadtlandschaft, die so vielen
Auswanderern erste Heimat geworden war, seit zwei Jahrhunderten gewachsen zu einer angesehenen und beinahe
Ehrfurcht gebietenden Metropole. Es schien ihm, als wäre
die Weltstadt in diesen wenigen Jahren, seit er sie hinter sich
gelassen hatte, noch weiter unaufhaltsam hineingewachsen
in das Landesinnere. Ein holländischer Handelsmann, Peter

Stuyvesant, ein puritanischer aber aufgeschlossener Politiker, habe sie den Indianern abgeschwatzt, for a few axes and hammers, wie Katherine ihm erklärte. Eine riesige Stadtlandschaft empfing sie, mit neuen Augen sah er die gigantischen Industrieanlagen, die sich eine an die andere reihte, das unendliche Häusermeer und als sie in Staten Island mit dem Boot nach Manhattan, dann nach geraumer Zeit nach Brooklyn übersetzten, fühlte auch er sich wieder zu Hause. Die Männer waren müde, ausgelaugt fühle er sich, sagte Willem Frost und er bräuchte irgendwie ein Bad und eine Bleibe. Die McOwens nahmen ihn auf, er fand die Ruhe, die er nach dieser langen Reise brauchte und er würde New York sehen und neu kennenlernen, die Stadt seiner Träume.

Katherine würden sie verständigen, wandten die McOwens sich an Manfred Waldstein, sie würde sich besonders freuen, ihn zu sehen und dann legten sie ihm Monikas Brief auf den Tisch, die sich scheinbar bald darauf einrichten wollte, in das Land ihrer Sehnsucht auszuwandern.

Sein neues Arbeitsgebiet reiche nun von Philadelphia im Süden bis Quincy in Massachusetts im Norden oben, sagte Konstantin Krause, und da wäre es übrigens nur ein Katzensprung nach Boston rauf und in der Quincy Bay könne er schwimmen, seine überschüssigen Kräfte verbrauchen, wie damals in seiner geliebten Donau. Dakota hätte er nun hinter sich gelassen, fügte er hinzu, seinen Auftrag in den oft doch unwirtlichen Gebieten zur vollsten Zufriedenheit der New Yorker Chefs erfüllt, heimgekehrt wäre er in sein geliebtes Brooklyn. Da wäre dann Washington auch nicht weit, er könne vor dem Weißen Haus seine Sonntagsspaziergänge machen und seinen Urlaub könne Manfred ja in den Appalachen verbringen, fügte er süffisant hinzu. »Tröste dich, ich habe auch klein angefangen, damals waren die Umstände oft unerträglich.«

Krause meinte, dass ihm das viele Reisen nicht liege: »Das

Schaukeln und Rucken bei der Fahrt, die harten Sitzbänke, der bestialische Gestank der rauchenden Kamine meiner geliebten Loks und dann die vielen Leute, einer ungewaschener als der andere, schreiende Cowboys und verschwitzte Landvermesser, Kaufleute und liederliche Damen, das alles ist mir zu viel. Wir brauchen junge und dynamische Leute wie dich, Manfred Waldstein, denen dergleichen Dinge nichts ausmachen«, lachte er freundlich.

41

Direktor Konstantin Krause hatte die Eisenbahnerbelegschaft zur jährlichen weihnachtlichen Feier in einen Nebensaal ins Deutsche Lamm eingeladen, einem Wirtshaus alter Art, wie es der Betreiber noch von den Eltern übernommen hatte, die Anfang des Jahrhunderts ihren geliebten Schwarzwald verlassen hatten. Da ging es sittsam aber recht freudvoll zu, vier italienische Tenöre unter den Angestellten der Gesellschaft schmetterten ihr »O santissimo« und die jungen Leute aus England hängten ihr »Go tell it on the mountain« an, die Deutschen waren nicht minder bewegt, schmückten nach altem deutschen Brauch eine Tanne, dann stand der heiße Punsch auf dem Tisch und die Plätzchen, um deren Herstellung sich die Frauen der Angestellten verdient gemacht hatten. Krause ließe es sich nicht nehmen, die Kerzen selber anzuzünden. Der eingeladene Geistliche redete vom Menschensohn, der vor langer Zeit zu Bethlehem geboren und der Menschen wegen auf die Welt gekommen wäre, dass er uns beistehen würde, jedem einzelnen der Einwanderer in ihren alltäglichen Nöten, und, sollten wir einmal diese Welt verlassen, fügte er hinzu, dürften wir alle auf seine Barmherzigkeit hoffen.

Wenn danach Krause ins Erzählen kam, alte Eisenbahner-
zeiten aufleben ließ, spitzten die Jungen die Ohren, merk-
ten auf und die in Ehren Ergrauten unter den Anwesenden
erinnerten sich an diese frühen Jahre mit Wehmut, vor allem mit Dankbarkeit, dass sie jene schweren Zeiten überlebt hatten. Von Carl Carlson redete Krause, der seinerzeit
– Ende der sechziger Jahre – als Vorarbeiter bei der Central
Pacific Railroad im Gleisbau beschäftigt war, er hatte dort
seinen linken Arm verloren, im schneereichen Winter des
Jahres 1866 hatte ihm eine zurückschnellende Schiene, harter Stahl, den Arm nur eine Handbreit unterhalb des Schul-
tergelenks total zerschmettert. Carlson hatte den Transport
bis ins Lager bei Bewusstsein durchgestanden, überlebt und
der Arzt versicherte ihm, als er auf dem Operationstisch
lag, sein Bestes zu geben, legte ihm die Narkosehaube über
das Gesicht, träufelte den Äther auf die Gaze und begann
sein Werk. Der Doktor Benson amputierte fachgerecht und
ohne sich lange aufzuhalten den Arm, vernähte Blutgefäße,
zog die Hautlappen zusammen und hoffte, dass dieser junge
Mensch durchkommt, dem Tod von der Schippe springt,
hatte er, Benson, doch schon im Bürgerkrieg Arme und
Beine abgeschnitten, klaffende Wunden zusammen genäht,
Kugeln aus allen möglichen Stellen des Körpers herausgezo-
gen, einigen jungen Leuten gar das Leben dadurch erhalten,
hatte diese Jahre des Schlachtens im großen Bruderkrieg
überlebt und fand schließlich bei der Eisenbahngesellschaft
eine neue Verwendung.

Diesen Sechsundsechziger Schreckenswinter würde er
nicht vergessen, kostete die Kälte doch zu vielen jungen
Männern erfrorene Gliedmaßen, das Leben gar, dazu hatten sie die Furcht vor übrig gebliebenen, versprengten, ma-
rodierenden Freischärlern und Soldatenhaufen im Nacken.
Wenn Konstantin Krause von Carl Carlson erzählte, trieb

es ihm selber Tränen der Rührung aus den Augen, der gut gelaunte Krause wurde still, war in sich gekehrt, hielt inne.

Krause berichtete von der harten Arbeit, die morgens um sieben Uhr begann und am späten Abend fielen die Männer todmüde auf ihr Lager. Er kannte nicht nur die oft übermenschlichen Anstrengungen der Gleisbauer, er erinnerte sich auch der Rücksichtslosigkeit der Vorarbeiter, die der unersättlichen, ausbeuterischen Raffgier der Eisenbahnpräsidenten, denen der schnelle Gewinn oberste Maxime war, zuarbeiteten. Krause war mit seinen Leuten über die Sierra gefahren, hatte sich in den harten Wintermonaten mit hunderten anderer durch meterhohe Schneeverwehungen gekämpft. Sie legten massive Dämme aus Stein, verdichteten sie mit Sand und Geröll, zerrten die Gleisstränge auf die dicken hölzernen Bohlen, setzten die eisernen Nägel, bauten Brücken, die im darauf folgenden Frühjahr durch die massiven Hochwasser wieder weggeschwemmt worden waren.

»Der Bau der Eisenbahn forderte die Männer bis zum Äußersten, viele kamen zu Tode«, erzählte er, viele Neueinwanderer wären unter ihnen gewesen, die von der Bahn mit großen Versprechungen, dem erhofften hohen Verdienst angezogen wurden wie die Bienen vom Honig. Die Männer bauten Bahnhöfe und Dörfer für die Gesellschaften, daraus wurden in zwei, drei Jahren kleine Städte, die sich immer weiter in das Land hineindehnten und große Trecks, einer nach dem anderen, zogen von St. Paul im Norden oder von St. Louis im Süden oder von Preston in die Plains bis zu den Rockys und schaufelten ohne Unterlass Tausende, Hunderttausende in den Westen, nach Kalifornien, das gelobte Land, wo Gold und Geld auf der Straße liegen würden, Land der Träume ungezählter Neuankömmlinge, dieses Eldorado sollte ihre Zukunft sein. Der Goldrausch in den vierziger und fünfziger Jahren war an der Westküste lange schon Geschichte, nüchterne Alltagsarbeit war nunmehr gefordert, um eine solide Zukunft für sich und das ganze Land zu bauen und die Eisenbahn legte für viele Menschen dazu den Grund.

Wenn Krause die große Zeit, wie er sagte, schilderte, vergaßen die Zuhörer ihre oft missliche Lage, die Sorgen des Tages, die Abhängigkeit, der sie auch in ihrer alltäglichen Arbeit, die nur allzu oft wenig gewürdigt wurde, unterworfen waren. Die Sehnsucht nach der alten Heimat drückte manchen nur noch mehr und spät würde sich an diesem Abend der Schlaf einstellen, wenn sie in ihren kahlen Räumen irgendwo in der Bronx oder in Manhattan ins Bett fielen.

»Von Lech Koslovsky hab ich noch nicht erzählt, den wir den Schlangentöter nannten«, wandte er sich an seine gespannten Zuhörer. »Er schuftete wie ein Bär, wurde nicht müde, seine Leber vertrug den Schnaps literweise, jeden Samstag setzte er sich abseits der Kolonne, wartete den Sonnenuntergang ab, lehnte sich an eine der gewaltigen Hickorys, wenn wir durch das Waldland zogen. Dann holte er eine mächtige gelbe Flasche mit scharfem Kornschnaps aus der Tasche, zog bedächtig den Kork mit den Zähnen und setzte die Flasche an den Mund. Den ersten Schluck schlürfte er genüsslich mit der Zunge. Sein erster Gang in einer neuen Stadt hatte ihn doch immer zuerst in den Saloon geführt, wo er sich mit einem Blendet Scotch eindeckte.«

Lech Koslovsky, berichtete Krause, gehörte in den Fünfzigern einer Gruppe polnischer Auswanderer an, die aus der Gegend um Bialystok in klapprigen Viehwägen, mit wenig Erspartem und großen Familien in den Norden an die Küste nach Danzig gekommen, mit ungewöhnlichen Strapazen fertig geworden waren, die auf einem Segler durch die Ostsee pflügten und dann unverdrossen nördlich von England über den Atlantik fuhren, im kanadischen Neufundland die freie Luft der Neuen Welt atmeten, sich dort nicht lange aufhielten, denn Kalifornien war ihr Ziel. Die meisten von ihnen kamen nicht so weit, starben an Erschöpfung nach monatelangem Treck in den Süden, fielen der maßlosen Kälte und Krankheiten zum Opfer, denen sie mit mehr Kraft im Leib getrotzt hätten. »Besser hier in der Neuen Welt mit einem Ziel vor Augen sterben, als zu Hause in einem leeren Kartoffelkeller verrecken, weil dir der Hunger die Eingeweide aus dem Bauch reißt«, das war Koslovsky's Spruch.

»Er hatte den Krieg überstanden«, erzählte Krause, »wo sich Südstaatler und die aus dem Norden gegenseitig niedermachten. Lech redete nicht, half den schwachen Schwarzen, die die Kälte der nordischen Winter nicht verkrafteten und den Jünglingen aus dem Osten, aus Boston und Philadelphia, die nach der Mama schrien, wenn sie in der Hitze der Wüste zusammenbrachen, hingen sie doch alle an diesem bisschen Leben. Eines Abends hatte er sich's wieder gemütlich gemacht, hob langsam und gelassen die Pulle und nahm bedächtig den ersten wohl verdienten Schluck aus der großen Flasche, die ihn an diesem Abend wieder das ganze Elend der Welt, die düsteren Gedanken an die verlorene Frau und die geliebten Kinder vergessen lassen sollten. Er würde sich nun bis Mitternacht hin betrinken, den Sonntag durchschlafen, am frühen Montagmorgen wäre er der erste, der an den Gleisen stehen würde. Sein mächtiger, entsetzlicher Schrei erschütterte uns alle, die Arbeiter, die sich unterhielten, musizierten, ihre Wäsche wuschen. Er hatte sich neben einer Klapperschlange niedergelassen, die ihm nun unvermittelt ihre Zähne in die Leber setzte. Dann suchte sie das Weite, Lech schnappte sich noch den Schwanz des Reptils, zog es an sich heran, umfasste es mit beiden Händen hinter dem ekligen Schädel und verbiss sich in den Nacken des Untiers. Mit zwei kräftigen Bissen voller furchtbarer Wut und unbändigem Zorn durchtrennte er das Genick der Schlange hinter dem breiten, hässlichen Kopf.

»Wenn ich gehen muss, dann nicht ohne dich«, schrie er, »der Teufel holt uns beide.«

Den jungen Frauen und Männern im dicht gefüllten Saal des Bahnhofs, die der Erzählungen des Chefs gebannt lauschten, trieb der Schauder die Nackenhaare hoch.

»Ich schaute mir die Verwundung an, das Untier hatte ihm zwei prall gefüllte Giftzähne in die rechte Seite gegraben und sicher eine halbe Flasche Gift in seinen Körper gejagt und rief den Doktor« und er zeigte auf Doktor Benson, der an seiner Seite saß. Doktor Benson erhob sich mühsam, auch er war vom Leben gezeichnet: »Wir trugen Lech in sein Zelt und betteten ihn auf sein dürftiges Lager. Ich schaute mir die Wunde an, dann sagte ich ihm, dass er noch eine Flasche Scotch nehmen solle, dann würde er es leichter tragen, er würde einschlafen, keine Schmerzen spüren. Lech verzog keine Miene, verzerrte die Lippen zu einem schwachen Grinsen und meinte, wenn es schon sein müsse, dann aber mit einem kräftigen Scotch und er leerte die Flasche mit einigen gewaltigen Schlucken. Wir sollten hinausgehen, Musik machen, meinte er, er würde das nun gerne mit sich alleine ausmachen.«

Dann erhob sich Krause und erzählte die Geschichte von Lech zu Ende, dass sie ihn dann die Nacht allein gelassen hätten, das wäre ja sein letzter Wille gewesen, am Morgen schaufelten sie dann ein Grab am Rande der Bahnlinie, um ihn würdig zu bestatten. Sie trugen ihn zum Grab, legten den Leichnam ab und bedeckten ihn mit einer grünen Plane.

»Ich setzte gerade an und wollte ein paar Worte sagen über den guten Lech, mit seinen Kameraden ein Gebet sprechen, als sich Lech bewegte, stöhnte und dann mit einem kräftigen Schrei ins Leben zurück meldete. Jeder andere wäre längst tot gewesen, allein der Scotch hätte einen normalen Menschen umgebracht, geschweige denn der Giftcocktail der Klapperschlange. Lech hat das Schlangengift mit dem Alkohol vernichtet. Er lebt heute noch.«

Manfred Waldstein machte sich zu später Stunde mit seinem Einspänner auf den Nachhauseweg und hatte eine unruhige Nacht. Manchmal war es eben schwierig, in Krauses Erzählungen zu unterscheiden, ob er Schauermärchen auftischte oder die Wahrheit, aber was ist Wahrheit, dachte er.

42

Manfred Waldstein hatte kaum noch damit gerechnet, Strauß zu treffen, zu lange schon waren die Kontakte versandet, auf seinen Brief hatte Strauß nicht mehr geantwortet. »Er wird wohl irgendwo auf dem Kontinent unterwegs sein«, dachte Waldstein. Frederik Lester, der nun im Auftrag der Eisenbahngesellschaft viel zu tun hatte, um rechtliche Probleme zu lösen, Schwierigkeiten, genug Streitigkeiten vor allem auch, aus dem Weg zu räumen, war in New York erschienen, um dem Direktor persönlich von undurchsichtigen Streitfragen mit Cloe in Fargo zu berichten.

Cloe hatte sich wohl in dubiose Geschäfte mit einem Rinderbaron eingelassen und sich Vorteile gesichert. Die Unregelmäßigkeiten, wenngleich kaum beweisbar, doch für mit der Materie Vertraute offenkundig, hatten einem der Rancher einen deutlichen Vorsprung bei der Bewerbung um Eisenbahnparzellen eingebracht. Der Aufruhr unter den unterlegenen Bewerbern war beträchtlich, der Gouverneur eingeschaltet, er, Lester, habe bei der Staatsanwaltschaft Anzeige erstattet. Zudem werde vor Ort gerichtlich abzuklären sein, ob der Rindermagnat nicht auch seine Finger noch in anderen zwielichtigen Vorkommnissen gehabt habe und inwiefern Cloe damit zu tun hätte, was wiederum die Eisenbahngesellschaft in ein diffuses Licht bringen könnte.

Waldstein wurde von der New Yorker Direktion aufgefordert, sich auf eine erneute Reise nach Fargo einzustellen, sich in die Befragung der Angestellten einzuschalten, die Rancher und Siedler der Umgebung zu kontaktieren und den Staatsanwalt bei seinen Recherchen zu unterstützen. Unangenehmere Nachrichten hätte Manfred Waldstein nicht erhalten können, er war neben seiner immensen Reisetätigkeit als Berater ständig unterwegs zwischen Maine und Washington, lebte sein Leben in einem Zugabteil, das ging allmählich an die Substanz, auch wenn er noch jung wäre, zudem konnte er Monika nicht treffen, nicht unterstützen. Er sehnte sich nach einer bodenständigen Existenz, wollte sich nicht ein Leben lang auf die Position als abhängiger Bahnexperte festlegen und bald selbst entscheiden, in welche Richtung sein Lebensweg zu gehen habe. Hätte er sein Leben bei der Eisenbahn verbringen wollen, hätte er nicht nach Amerika auswandern müssen, alle diese Gedanken schossen ihm durch den Kopf.

In Philadelphia waren vor geraumer Zeit zwei Unterhändler der Konkurrenz nach einem Gottesdienst auf ihn zugekommen und hatten versucht, ihn zur Mitarbeit an einem ihrer großen Eisenbahnprojekte im kalifornischen Westen zu bewegen, die Bezahlung könne er bestimmen, läge sicher weit über dem bisherigen Salär, meinten die beiden freundlichen Herren. Sie waren ihm zu einnehmend, er sagte dankend ab, setzte Krause in Kenntnis.

Seine souveräne und gewissenhafte Mitarbeit solle gewürdigt werden, schrieb der Präsident in einem persönlichen Brief und hatte ihm einen neuen, erheblich höher dotierten Vertrag vorgelegt. Daran erinnerte Manfred Waldstein sich und sicherte der Direktion zu, wieder nach Fargo zu reisen und sich den unangenehmen Dingen, die da auf ihn zukommen würden, zu stellen, zudem würde er seinen jungen Nachfolger wieder treffen. Im Eagle würde er sein

Frühstück einnehmen, hatte er doch Frau Milton nie vergessen, sie erschien ihm in unerreichbarer Ferne, wäre sicher irgendwie neu liiert und habe ihn ganz sicher vergessen, er wollte den Red River nicht nur vom Ufer aus in Augenschein nehmen und mit Willem Frost und seiner Familie wollte er über die New Yorker Tage sprechen.

43

»Ich fühle mich wie auf einem Vulkan«, sagte die sonst so positiv denkende Monika, »ich habe noch keinen eigenständigen Platz zum Schlafen, bin völlig von anderen Leuten und deren Wohlwollen abhängig, finanziell hänge ich dir am Hals, ich weiß nicht wie es weitergeht, aber heim fahre ich nimmer, ich bleib hier in Amerika. Wenn ich jedoch diese eleganten, gespreizten Damen durch die Straßen defilieren sehe, diese vornehme, stolze Stadtgesellschaft, so meine ich, dass ich gar nicht in diese Pfauenarena passe, ich muss wohl doch aufs Land ziehen, irgendwohin.« Ihrem kurzen Brief zum Frühlingsanfang folgte der Wirbelwind Monika auf den Fuß, es ging Knall auf Fall. Schon vierzehn Tage nachdem der Brief bei ihm angekommen war, stand Monika Waldstein auf der Pier in New York, war einem flotten Viermaster entstiegen, der sie aus Cuxhafen hierher nach New York gebracht hatte. Sie war das Abbild ihrer Mutter, schlank, rank, dynamisch, von überbordender Lebensfreude. »Hier bin ich«, lachte sie und sprang ihm an den Hals.

Bei ihm habe sich ja auch alles zum Guten gewendet, sie solle nur Geduld haben, tröstete der Bruder. »Begleite mich nach Fargo, ich habe dort für längere Zeit zu tun, es kann ja sein, dass sich dann einiges zum Besseren für dich entwickelt.«

»Schlechter kann es ja nicht werden«, erwiderte sie. Sie

schrieb den Eltern, sie sollten sich nicht abtun, alles würde recht werden und in die gute Richtung gehen und wenn sie mit Manfred aus Dakota zurückgekehrt sei, würde sie wieder schreiben, und der Papa solle schauen, dass sein Husten besser würde. Im amerikanischen Westen hier wäre halt die Temperatur gesünder als im Donautal, wo das ganze Jahr der Nebel nicht wegginge, besonders unten in Schwabelweis.

Die Fahrt nach Fargo verzögerte sich. Auf halber Strecke, die eintönige Landschaft zog langsam und mit stoischer Eintönigkeit an ihnen vorbei, die Hitze wurde manchmal unerträglich, bauten sich schwere Wolken auf, hatten Bedrohliches vor. Sie rückten aus dem Süden an, eine geballte Macht, schwarz, finster, bedrohlich. Der Zug musste auf freier Strecke halten, Manfred kannte das Szenario, das sich nun entwickeln würde aus früheren Erlebnissen. Dann stürzte sich ein gewaltiger Sturm auf die Lokomotive und die Wagen, entwickelte sich zu einem furchtgebietenden Orkan, er zerfetzte die schwachen Glasfenster, machte sich wütend im Innern der Wagen breit, die Insassen der neun Waggons verkrochen sich unter die Sitze, glaubten, ihr letztes Stündlein habe geschlagen. Nach einer guten Stunde fiel der Tornado in sich zusammen, die Luft war erfrischt, aber jäh und grell prallte die Sonne wie vor dem Inferno auf das Land. Die Lokomotive setzte sich erneut in Bewegung, zog die Waggons zuverlässig durch die schon wieder staubtrockene Landschaft. Monika sehnte sich nach einem schattigen Flecken, nach Ruhe und einem kühlenden Bad. »Eine Nacht wirst du noch in diesem Abteil verbringen müssen, vielleicht empfängt dich dann in Fargo ein deftiger Regenschauer«, wollte Manfred sein Schwesterchen aufmuntern.

Die Bahnhöfe an der Strecke wiesen große Schäden auf, Dächer waren abgehoben, viele kleine Ortschaften, Holzhäuser, noch nicht lange erbaut, dem Erdboden gleichgemacht. Die riesigen Wirbel hatten Fuhrwerke durch die Luft getragen, Pferdekutschen lagen auf den Gleisen, die Pferde tot weit abseits. »Das gehört zum Leben in diesem Land«, sagte Manfred.

Der junge Cromwell empfing sie am frühen Vormittag am Bahnhof. Er wäre schon gestern hier Abend gestanden und wäre fassungslos ob der immensen Verwüstungen, die der Tornado angerichtet hätte. »Wenn wir uns nicht durch meterhohe Schneeverwehungen schaufeln müssen, machen uns die Wirbelstürme zu schaffen, meine Vorfahren kennen das seit zweihundert Jahren, sie lebten aber immer an der Ostküste. Nehmt erst ein Bad und schlaft ein paar Stunden, beim Abendessen können wir den Stand der Dinge erörtern.«

Manfred und Monika quartierten sich im Eagle ein. Schon für den Abend des gleichen Tages war das erste Gespräch mit dem angereisten Syndikus Lester und Ingenieur Cromwell, seinem Nachfolger in Fargo anberaumt. »Die Monate vergehen«, lachte der junge Blondschopf, »wäre es hier nicht gar so einsam, könnte ich mir vorstellen, mein Leben in Fargo abzuschließen.«

»Claire Milton hat den Eagle nach dem Tod ihres Mannes verkauft und ist aus der Stadt weggezogen, ihren Aufenthalt weiß niemand, die Zeiten und die Umstände ändern sich«, wusste Frederik Lester zu berichten. Diese Nachricht erschütterte Manfred Waldstein im Innersten, hatte er sich doch die vergangenen Monate immer wieder nach dieser Frau gesehnt und die Vorfreude, sie wieder zu sehen, hatte ihm die Fahrt in den Westen erleichtert.

Die nächsten Wochen wurden schwierig und die hoffentlich richtigen und tragfähigen Entscheidungen zu fällen, könnte ihm sicher nur mit Hilfe von Lester und Cromwell gelingen. Die Gespräche mit Cloe, den er bis auf weiteres im Auftrag der Generaldirektion von seinen dienstlichen

Aufgaben entbunden hatte, erwiesen sich als nutzlos. Die polizeilichen Ermittlungen zogen sich in die Länge. Er würde der Staatsanwaltschaft nicht weiter zu Diensten sein können und könne jederzeit wieder seine Rückfahrt nach New York in die Wege leiten, verabschiedete ihn der Leitende Staatsanwalt, der die Ermittlungen gegen Cloe, einen Großrancher und mehrere Angestellte führte.

44

Ein Brief aus New York gab Manfred Waldsteins Vorhaben in den Osten zurückzukehren, eine neue Wende. Direktor Peter Cromwell persönlich beauftragte ihn, doch noch den Katzensprung nach Chicago und Milwaukee zu machen, dort läge die Zukunft des Unternehmens. Manfred befasste sich mit den detaillierten Aufträgen, die Cromwell den Unterlagen beigefügt hatte.

»Chicago liegt nicht weit von Milwaukee und dort wohnt mein Kriegskamerad Georg Zupfer aus dem böhmischen Bischofteinitz, also ganz nahe bei unserem Regensburg. Willst du mich begleiten oder überwiegt die Sehnsucht nach New York?«, wandte er sich an Monika.

Monika war in den vergangenen Wochen mit dem jungen Ingenieur Cromwell mehrfach ausgeritten. Die Dämme hätte er abzureiten, nach Schäden müsse er sehen, sagte er, als er sie einlud, ihn auf den Ausritten zu begleiten. Ob sie nicht noch länger in Fargo bleiben könne, fragte er, im Büro wäre sicher einiges zu tun, was bisher liegen geblieben war, gerne könne sie helfen und ihr Bruder käme sicher in den nächsten Wochen wieder zurück aus Michigan, dann könne sie, wenn sie dann noch wolle, wieder mit in den Osten nach New York zurück, er selber bleibe auch nicht für ewig in Fargo. Monika bedachte seine Frage lange: »Es ist noch zu früh, zu sagen, ob ich bleiben kann oder gehen muss, wir sollten beide warten, vielleicht ein halbes Jahr, vielleicht länger, da wird sich manches klären bei dir und bei mir«, sagte sie ihm beim Abschied.

In Indianapolis trennten sich die Geschwister. Monika nahm die direkte Route nach New York. Manfred würde in den Norden abbiegen nach Chicago und Milwaukee, viel Arbeit lag vor ihm.

45

Der erste Weg in Indianapolis führte ihn in die Stadtverwaltung. »Wären Sie Einwohner von Indianapolis, würde ich für Sie gerne eine Suche nach der Dame in die Wege leiten.« Die Angestellte war sehr zuvorkommend und hatte sicher nicht zum ersten Mal mit dergleichen Anfragen zu tun.

»Ich rate Ihnen zu großer Geduld«, sagte die freundliche Dame, »wenden Sie sich zunächst an die Städte mit im Wesentlichen französisch sprechenden Einwohnern, im Süden vor allem. Der Zustrom an Einwanderern ist nicht mehr zu überblicken, inwieweit die Stadtverwaltungen ihre Unterlagen schon auf den neuesten Stand gebracht haben, entzieht sich meiner Kenntnis. Viele Städte machen alle zehn Jahre ihren Census. Allein bei uns in Indianapolis haben Sie es mit einer Vielzahl von dezentralen Verwaltungen in den einzelnen Stadtbezirken zu tun.«

Die Verwaltungsangestellte erinnerte ihn daran, dass sich die Vereinigten Staaten nach dem Krieg hinunterzögen bis nach Louisiana, da lebten viele Amerikaner französischer Abstammung, aber auch in Maine oben an der Atlantikküste und in Vermont hätten sie sich niedergelassen.

Maine kannte er durch viele seiner Reisen, er erinnerte sich, dass Lester ihn darauf verwiesen hatte, dass die Dame,

Claire Milton, seinem Empfinden nach aus Chicago stammen könnte, aber auch Baltimore oder selbst New York hatte der Syndikus bei diesem ersten Treffen im Eagle nicht ausgeschlossen.

46

Die Arbeit in Chicago nahm ihn für einige Wochen in Anspruch. Sein Besuch kam für die Verwaltung der Eisenbahngesellschaft überraschend. Es habe sich schon seit langer Zeit keiner aus der New Yorker Verwaltung sehen lassen, man komme sich vernachlässigt vor, monierte der Direktor. Es hätte sich bedauerlicherweise bei vielen Mitarbeitern heftige Schlamperei eingeschlichen und bei der Behandlung von Fragen und Problemen von Zugreisenden, auch aus dem Bereich der Arbeiterschaft nähmen Nachlässigkeiten überhand, derer er kaum mehr Herr werden könnte. »Ich bin doch auch nicht mehr der Gesündeste und da tanzen einem die Leute auf dem Kopf herum. Es ist höchste Zeit geworden für Ihren Besuch.« Mit dieser offenen, freimütigen, für Waldstein doch überraschenden Aussage begrüßte ihn der freundliche, grauhaarige, jedoch sehr müde wirkende Direktor der Niederlassung.

Längst hatte die Eisenbahngesellschaft auch auf der lukrativen Strecke von Indianapolis bis Chicago und hinauf ins Seengebiet vereinzelt die bequemen Pullmanwagen eingesetzt, war er doch schon von New York in den Süden nach Philadelphia und vor einem Jahr auf einer Reise nach St. Louis ausgeruht an seinen Zielen angekommen. Chicago hatte ihn bei der Herfahrt von Indianapolis mit einer selbst für einen New Yorker faszinierenden Stadtansicht willkommen geheißen. Ein Hochhaus neben dem anderen ragte in den Himmel, kleine Betriebe, ausladende Fabrikanlagen mit braunem Ziegel erbaut, standen nebeneinander, wie an eine Perlenschnur gereiht. Weitläufige Parkanlagen, breite Brücken querten den Chicago River. Mächtige Schlachthöfe mit riesigen Arealen, in denen unüberschaubare Massen von Rindern, mit der Eisenbahn ohne Unterlass aus dem Süden und Westen herangekarrt, auf die Schlachtung warteten, nahmen seine ganze Aufmerksamkeit in Anspruch. Über den Schlachthofbezirken hing ein süßlicher, Ekel erregender Geruch. Mächtige Rauchschwaden aus einer Vielzahl in den Himmel starrender Klinkerkamine schlugen sich ihm auf den Magen. Die Zustände, unter denen die Schlachter, die Fabrikarbeiter, in ihr Kräfte raubendes Tagewerk gezwungen waren, seien wohl entsetzlich, berichtete Direktor Alan Smith: »Darüber darf man jedoch bei uns nicht reden, das kommt nicht gut an, da stecken zu viele Kapitalinteressen dahinter.« Smith erwies sich als versierter Eisenbahnfachmann, mit eminenter Erfahrung und einem freundlichen Umgangston, der Waldsteins Recherchen erleichterte und die Vorschläge, die Manfred Waldstein machte, umsetzen würde. Manfred Waldstein hatte nur Gedanken für Claire.

St. Louis kam ihm in den Sinn, dort, erinnerte er sich, sitze ein Freund in der Bahnverwaltung, auch in Portland hatte er Bekannte, die ihm bei der Suche nach Claire unterstützen würden. Er müsste nun zunächst seine Arbeit in Milwaukee angehen und gut zu Ende bringen und er freute sich, endlich nach so vielen Jahren, auf die Begegnung mit Georg Zupfer. Zu Recht dürfte der Kriegskamerad ihn der Untreue zeihen, hatte er doch seit Jahren auf Georgs Brief oft genug verspätet, oder wegen der steten beruflichen Eile nur kurz geantwortet.

Es sollte nicht der letzte Besuch in Chicago sein, nahm er sich vor, diese großartige Stadt hatte ihn für sich eingenommen, der Sommer war sehr heiß gewesen, das Wetter trockener, gesünder, als im oft von atlantischen Stürmen gepeitschten New York.

»Da hat mein geliebtes Heimatstädtchen Regensburg mehrmals Platz«, lachte er, allein das Viertel rund um den Hauptbahnhof von Chicago hätte die Ausmaße der Heimatstadt und er dachte mit einer gewissen Wehmut an den familiären, provinziellen Charakter seiner Heimat, wo er sozusagen jeden kannte.

47

Wisconsin, so sagten es die Leute daheim im vertrauten Regensburg, sei das Land, die große Hoffnung der deutschen Einwanderer in Amerika. Dahin, weitab von der Ostküste, hätte es viele von ihnen gezogen, ins Gelobte Land wollten sie, wo Milch und Honig flössen, als sie in Deutschland vor dem Unrecht und der Armut geflohen wären, Junge wie Alte, nicht nur zu kurz Gekommene, auch Begüterte, Leute mit Anstand und auch Lumpenpack, wie der Vater immer gesagt hatte. »Pass auf, Bub, dass die dich nicht über den Tisch ziehen da drüben in Amerika, stell dich auf die Hinterfüße!«

»Nach Milwaukee gehst, Mane?«, hatte sein Direktor Bartschubel ihn seinerzeit im Ausbesserungswerk gefragt, nachdem er dem Manfred Waldstein aus der Jakobstraß' den Meisterbrief überreicht hatte. »Ja, Herr Direktor, es is' an der Zeit, demnächst ziag i ins Amerika«, antwortete der Ratisbona Mane pflichtschuldigst und war sich seiner Entscheidung ganz sicher. Nichts, niemand würde ihn von seinem Vorhaben abbringen.

»Bleib dahoam, Mane«, erwiderte der Herr Direktor, »und ernähr' dich redlich, Bahnerer kannst dahoam a werd'n, sechtane wia di kenna mia alleweil brauch'n, kriagst

bald an' eig'ne Werkstatt, wannst wuist.« Der Herr Bartschubel hatte es nur gut gemeint.

Dahin sollte er gehen, hatte der Georg Zupfer gemeint,
nach Milwaukee, dort würden sie keinen in Stich lassen.
Der State Wisconsin empfing Manfred Waldstein als ein
Land der Arbeit, aber mit einem besonderen Elan, einem
Geist der Unabhängigkeit, der Freiheit. Wieder führte ihn
der erste Weg in die Stadt, zum Einwohnermeldeamt in die
Stadtverwaltung. Ein Goldstück wär's dieses Milwaukee,
hatte Zupfer geschrieben.

»Eine Frau Claire Milton gibt es in Milwaukee nicht,
sie müsste sich denn noch nicht angemeldet haben«, der
Stadtbeamte hatte die Karteikarten durchforstet, »kommen
Sie wieder, jeden Freitag am besten, noch besser am Sams-
tagvormittag. Da haben wir die Woche geordnet und wenn
einer da war, dann steht der auch da drinnen.«

»Deutsches Bier oder deutsche Holzverarbeitung – mit
beiden sind Sie auf der sicheren Seite und jetzt kommt noch
die Eisenbahn hinzu.« Einem Mitreisenden, den er in Chicago kennen gelernt hatte, einem Holzveredler, wie er sich
nannte, Möbelfabrikant, war er mit seinen vielen Fragen gar
nicht auf die Nerven gegangen. »Wenn Sie sich eingelebt
haben, wenn Sie ihre Geschäfte erledigt haben und einen
freien Abend erübrigen können, kommen Sie hinaus zu
mir in die Kilbourne Ave. Sollten Sie schwimmen können,
stechen wir in den Milwaukee River, nichts Größeres für
mich, als ein Wochenende auf dem Milwaukee River, da
lass ich mich auf meinem Boot in den Michigansee treiben
und dort nehme ich ein schönes Bad.« Walter Körner lachte, klopfte sich auf seine festen Schenkel und steckte Manfred Waldstein mit seiner überschäumenden Fröhlichkeit
an. Einen besseren Einzug in die Stadt der Deutschen, wie
Körner sie nannte, hatte er sich nicht vorstellen können, in

dieses glorreiche Milwaukee, das Jahr für Jahr seine Größe zu verdoppeln schien.

In der Verwaltung der Railroad Company im Department Milwaukee standen umfassende Übernahmeverhandlungen unter dem steinreichen amerikanischen Eisenbahnadel an. Die Linien wurden neu verteilt, hinein in die ausgedehnten Räume des Mittleren Westens und hinüber zu den Rocky Mountains. Wer hier die Hand darauf hatte, konnte ein Imperium aufbauen. Für seine Gesellschaft war es besonders interessant, die Zubringerrouten zu den größeren Metropolen auszuloten, liefen doch viele der großen, der wichtigen Roads, vorerst noch weitab der großen, prosperierenden Städte durch den Kontinent nach Westen. Die Eisenbahnagenten waren ständig unterwegs und teilten in reger Korrespondenz alle interessanten Zahlen und die neuesten Gegebenheiten mit, sie schätzten, zählten, wogen ab, taxierten die Bevölkerungsentwicklung, übermittelten tausenderlei Fakten und wo immer eine Stadt gebaut, eine andere erweitert wurde, die Hauptverwaltung an der Ostküste war auf dem neuesten Stand.

Der Konkurrenzkampf im Eisenbahngeschäft war übermächtig, die Methoden waren rüde und Manfred Waldstein war froh, nicht an maßgeblichen Entscheidungen verantwortlich beteiligt zu sein. Er wusste mittlerweile, wo die Geldströme zusammenflossen, wer das Sagen hatte in einem mitleidlosen Kampf der Kapitalgiganten, wo nur die Skrupellosesten und Rücksichtslosesten ihr Scherflein ins Trockene bringen konnten. Bald würde Chicago für die Streckenerweiterungen im Norden der Staaten die maßgebliche Rolle spielen, Milwaukee die zweite Geige und es könnten von heute auf morgen die Gesinnungen und Entscheidungen in der oberen Etage der eigenen Firma wechseln. Ob er, Waldstein, dann noch eine abgesicherte Position bekleiden würde, in Philadelphia gar, bliebe dahingestellt.

»Heute Bahn, morgen Bier und übermorgen Holz«, an die Abschiedsworte von Walter Körner musste er noch lange denken.

48

Er bestaunte die weitläufigen Parkanlagen, die gepflegten Straßen, die geordnete Abwasserbeseitigung und war von heftigem Gestank, wie er ihn in Chicago allenthalben umweht hatte, in Milwaukee bisher verschont geblieben. Er hatte einen Einspänner gemietet, einen untersetzten, braunen Wallach, den der Knecht im Mietstall als mild und fromm bezeichnet hatte, vorgespannt und sich bereits am frühen Morgen auf den Weg gemacht. Er wollte auf der recht passablen Straße nach Norden über Glendale hinausfahren und könnte im Laufe des späten Vormittags bei Georg Zupfer ankommen, immer in der Hoffnung auch, der Freund wäre überhaupt erreichbar. Auf halber Strecke trabte sein Wallach an ansehnlichen Gebäuden mit schlanken, baumhohen Schloten vorbei, das musste eine der viel versprechenden, reichen Brauereien sein. Nach einer guten Meile öffneten sich rechterhand unversehens die Häuserzeilen und gaben den Blick frei auf eine tiefer liegende Waldlandschaft und er hatte den letzten Bezirk der doch recht weitläufigen Stadt noch nicht hinter sich gelassen, da lag der Michigansee vor ihm. Ein grandioses Seenpanorama tat sich vor ihm auf, mehrere Segler kreuzten auf dem See, am Ufer konnte er Menschen ausmachen, die diesen freien Sonntag zur Erholung nutzen würden. Er fand Zupfers Fabrikationsanlagen, wie sie ihm Georg vor Monaten schon in einem Brief geschildert hatte. Einige hundert Meter abseits der Ortseinfahrt der Ortschaft Glendale führte eine breite und wie es schien stark befahrene Straße zu einem weiträumigen Anwesen »Zupfers Timber, Trade & Furniture.«

Nun galt es, Georg Zupfer aufzuspüren. An der weiten Eingangstür unter einer weitläufigen, aus massivem Holz gearbeiteten Empore, war eine schwere Glocke befestigt, mit einem stählernen Schwängel, wie Manfred mit Kennerblick ausmachte. Er fasste die dicke, geflochtene Lederkordel und schlug den Schwängel an ein flächiges Eisengeviert, das an die feste Bohlentür genietet war. Die Türe öffnete sich nach geraumer Zeit, ein lang gewachsener, muskulöser, grauhaariger Herr, eher eine Häuptlingsgestalt, ein Anführer, wie es Manfred schien, öffnete: »Du bist der Manfred«, lachte er, »mein Neffe, der Schorsch, hat mich vorbereitet.« Manfred Waldstein glaubte Georg Zupfer vor sich zu haben. Die verwandtschaftlichen Erbanlagen waren bei Georg in ungewöhnlichem Maße durchgebrochen, hatte der doch die prächtige Nase dieses Onkels, dieselben imposanten Schultern und Muskelpakete, die enorme Stimme zudem, mit der Georg Zupfer schon im Schützengraben seine Kameraden in die rechte Richtung gelenkt hatte. »Ihr tut genau das, was ich sage, dann bringt ihr euer Leben wieder zur Mama heim.« Der Oberleutnant Zupfer duldete keinen Widerspruch, wusste er doch, dass er es mit einer Herde ängstlicher, orientierungsloser jungen Männer zu tun hatte, die im bisherigen Leben noch keiner Fliege etwas zu Leide getan hatten und die nun auf Menschen schießen mussten. Der Georg Zupfer hatte damals auch nur einen einzigen Gefreiten im Krieg verloren, dem hatte ein Querschläger das Kinn und den Hals weggerissen.

49

»Der Georg ist in der Stadt und das schon seit gestern, er wird doch nicht versumpft sein«, sagte der Häuptling Zupfer, der den Manfred Waldstein an einen dieser grauhaarigen Siouxhäuptlinge aus den amerikanischen Westernromanen, die er in der letzten Zeit auf seinen Reisen zu lesen bekommen hatte, erinnerte, bunt aufgemachte Hefte, die in den Pullmanwagen zu Hauf für die Reisenden in den Gepäcknetzen lagen. Endlich hörte Manfred Waldstein wieder unverfälscht seine Muttersprache sprechen und er dachte an Vater und Mutter und seine liebe Moni, die sich anschickte, eine New Yorkerin zu werden.

Er sah seine Heimatstadt, sein geliebtes, doch so fernes Regensburg vor sich, kam aus Stadtamhof, machte sich auf den Weg in die Altstadt, kreuzte die Steinerne Brücke, schlenderte durch schmale Gassen hinauf zum Krautmarkt, zum Haidplatz, machte einen Schlenker zum Dom, schickte Grüße hinüber zur Alten Kapelle, ging zum Neupfarrplatz, vorbei an der mächtigen Emmeramskirche und weiter zur Schottenkirche, schaute in der Jakobstraße hinauf zu diesem schmalen Fenster, an dem er als Bub von früh bis spät gelehnt und die Leute beobachtet hatte. Er fand sich in seiner Donau, ja, in seiner Donau, denn sie war die Seine, ihr hatte er sich doch mit Haut und Haar verschrieben, sie war sein Lebenselixier von Kindesbeinen an und an den verstorbenen Großvater dachte er, auf dessen Knien er gesessen, an dessen Bauch er gelegen und ausgeruht hatte.

Der böhmische Häuptling führte ihn ins Haus, da standen seine Frau und ein paar schöne Töchter zur Begrüßung, eine Großfamilie, die es in der neuen Heimat durch Fleiß, Gestaltungskraft und den frischen böhmischen Geist zu Wohlstand und Ansehen gebracht hatten, sie lachten ihn an und nahmen ihn in die Arme, kannten sie ihn doch schon durch Georg's Erzählungen. Dann brachte eine Köchin ein deftiges Essen auf den Tisch und Manfred fragte nicht, woher dieses prächtige Stück Fleisch wäre, er schmeckte das Rind, derer es doch hier so viele gab, genoss die böhmische Soße, die mit Zwiebeln, Karotten hergerichtet und mit gehacktem Dill verfeinert, und mit Muskat und ganz wenig Knoblauch abgeschmeckt sei, sagte die Frau Zupfer und goss sie ihm über die deftigen, großen böhmischen Knödel. »Zu den Knödeln braucht es viel Soße, die müssen schwimmen«, lachte sie und forderte ihn immer aufs Neue auf zuzugreifen, er sei ausgehungert und die amerikanische Küche habe einen deutlichen Nachholbedarf. »Unsere Köchin ist eine Einheimische, eine Potawatomi, uralter Indianeradel, sie ist seit vielen Jahren bei uns, brauchte eine Heimat, die indianischen Völker stehen am Abgrund, das Ende einer tausende Jahre alten Menschheitskultur ist eingeläutet«, Franz Zupfer kniff den Mund zusammen und starrte auf seinen Teller, »eine Schande, was sich die weißen Eroberer haben da zuschulden kommen lassen. In meinem Betrieb arbeiten drei Algonkin und ob die Regierung das Unrecht gegen die Schwarzen im Süden wirklich beseitigen kann mit Garfield an der Spitze, einem ausgefuchsten Militär, wage ich zu bezweifeln, alte Vorurteile lassen sich so schnell nicht aus dem Weg räumen und das rassistische Denken der Südstaatler passte eben noch nie in unsere Welt.«

Der Nachmittag mit den neuen Bekannten eilte dahin, das Gespräch mit Franz Zupfer war schnell ins Politische abgeglitten und Manfred Waldstein hatte wieder hinzugelernt und er spürte, wie wenig er von diesem neuen Land eigentlich wusste.

Franz Zupfer erzählte von den Erfahrungen der Eltern, die, von der Ostküste kommend, ihren Planwagen hinaufgesteuert hatten an den Milwaukeesee, wo schon viele

Landsleute gesiedelt hatten, durch endlose Wälder und meterhohe Grasebenen. Sie hatten von den glühenden, erbarmungslosen Wüsten gehört und den hohen, unüberwindlichen Gebirgen im Westen und ließen sich bei Milwaukee nieder, in Eintracht und Frieden mit den Indianern. »Nicht weiter, wir ziehen nicht weiter nach Westen, wir bleiben hier, das ist unsere neue Heimat«, hatte Franz Zupfer's Vater gesagt und dann gingen sie an die Arbeit, rodeten das Land, zogen Entwässerungsgräben in den feuchten, ausgedehnten Gebieten und legten das Land trocken, trotzten der monatelangen Kälte, den kanadischen Schneestürmen. Sie waren mit eisigen Wintern vertraut, wie mit der glühenden Sonne, bauten Gemüse, Korn und Kartoffeln an und brachten die Kinder durch die ersten Jahre, sie fütterten zwei Milchkühe und die Hühner legten jeden Tag ihre Eier, sie mussten nicht hungern. »Geduld brauchen wir, nur Geduld und Fleiß.« Diese Worte der Eltern begleiteten die zwei Söhne und die drei Mädchen durchs Leben. Als dann in den fünfziger Jahren die ersten Eisenbahnen durchs Land zogen, den Kontinent zu erschließen halfen, ging es aufwärts und »Zupfers Timber & Trade« wuchs und blühte auf, die Familie gewann Ansehen bei den Siedlern und nach einer Generation zählten sie zu den einflussreichsten Einwandererfamilien.

Von den befreundeten Indianern lernten sie deren ureigene Weisheit, sich als Teil einer lebendigen, einer heiligen Natur zu verstehen, sie hüteten die Tiere des Hauses, bebauten die Felder und erzogen ihre Kinder zu rechtschaffenen Menschen. Franz Zupfer half die ersten Eisenbahnschienen von Chicago herauf in den Norden zu legen, er bestaunte die erste Lokomotive, erlebte, wie die Schienenstränge die Ostküste mit der pazifischen Westküste verbanden, war jahrelang für einen Streckenabschnitt zuständig, der ihm tagaus, tagein einen Gewaltmarsch abverlangte, kam mit den Indianern ins Gespräch. »Bleibt hier und kultiviert das Land, wir könnten Nachbarn wie euch gebrauchen«, riet ihm einer der verantwortlichen und einflussreichen indianischen Freunde, hatten sie doch schon unerfreuliche Erfahrungen mit rauen Gestalten gemacht, mit böswilligen Landaufkäufern zu tun gehabt und die Zupfer blieben.

In den späten Nachmittagsstunden steuerte Georg Zupfer seine Kutsche in den weiten Hof. Sie gingen einem sentimentalen Wiedersehen aus dem Weg, schüttelten sich die Hände und umarmten einander.

»Ich bin nicht nach Amerika gegangen, um hier eine Karriere zu machen, eigentlich wollte ich nur ein neues Leben anfangen, das alte, wirre hinter mir lassen, kräftig zupacken und mit Gottes Hilfe vielleicht eine Familie gründen, was du hier siehst, ist nicht mein Weg, da bin ich nur Angestellter.« Dann erzählte Georg, dass er in den Holzhandel einsteigen wollte, Holz wachse nach und der amerikanische Norden sei eine Goldgrube. So wie sie es daheim in Böhmen gehalten haben, gute Waldbauern waren sie dort gewesen, wollte er es auch hier halten. Sobald die Eisenbahn den Norden durchgehend erschlossen habe, würden die Güterwägen ihre Holzladungen in die Städte liefern. Ein zweites Standbein habe er am Laufen, habe sich spezialisiert auf die Herstellung von Sägeblättern, Gattersägen, Handsägen. »Was in der alten Heimat produziert wurde, kann man hier auch herstellen«, lachte er, »da lässt sich etwas draus machen.«

Georg hatte sich nicht auf die konstante Hilfe der Verwandtschaft verlassen und die sich ihm bietenden Chancen beim Schopf gepackt. »Hier in der neuen Welt nimmt jeder sein Schicksal selbst in die Hand, da ist jeder seines Glückes Schmied.«

Den zwei kurzweiligen Tagen des Erzählens sollten weitere folgen, versprachen sie sich. »Bring das nächste Mal deine

Schwester Monika mit«, lachte er, »ich brauche eine Frau, am besten eine aus der Heimat, da weiß ich, was ich hab.«

50

»Ja, du Rotzlöffel, du. Hupft ma der auf meine Füaß' aufi. Dass i dir net glei oane scheppern tua, dass'de hinte haut, wost herkimmst.«

»Erst dank' ich für as Auffanga, der Dam' hinter mir hot es pressiert, sie hot mir an Stoß geb'n und so bin i dir auf de Füß aufe g'hatscht… und selber Rotzlöffel.«

»Wo kimmst denn du her, dass de so aufmandelst, bist a Böhm' nach der Aussprach' oder gar oana vo de Nachbarn an der Donau drent, a Linzer gar oder a Welser, der Herr, he red' Bürscherl!«

»Bin aus'm Böhmischen und da red' ma anständig miteinander, weil wir oane Kultur hab'n.«

Dem Zupfer Georg war's zu viel, er machte sich auf den Weg in die Passauer Innenstadt. Die Dame, die hinter ihm herstolperte rief ihm nach: »He, du, langer Lackl, dös war unser Bürgermoaster, da Ritsche, a Hirsch halt.«

Irgendwo in der Spitalhofstraße würde der Onkel seine Werkstatt haben. »Kannst mei' G'schäft net überseh'n, Bua«, hot er nach Bischofteinitz geschrieben, viele Wochen war das schon her.

Der Georg hatte seinen Meister in Budweis drüben gemacht, ein gut bestallter Schreinermeister mit einer eigenen Werkstatt, sollte er werden. Der Brief seines Onkels, des älteren Bruders der Mutter, der vor einer Generation nach Passau ausgewandert war, der Liebe wegen, auch Schreiner seines Zeichens, würde ihm, dem Georg, das Geschäft übergeben, so ihn fünfzehn, zwanzig Jahren.

»Anschau'n kannst es ja, Georg, nur anschau'n, fahr'

naus zum Onkel ins Boarische, die brauchen auch gute Handwerker.«

Anschauen, kennen lernen wollte er dieses Passau schon, war's doch die Heimat des Onkels und seiner Frau und in der Werkstatt des Onkels wollte er fleißig zulangen, das hatte er sich wohl vorgenommen, ein paar Jahre Lernzeit konnte nicht schaden. Kirchenbänke würd' er machen, in Hauzenberg drüben und in Engelghardszell war er das letzte Jahr, das bringt gutes Geld, »die Pfarrer zahl'n wenigstens«, hatte der Onkel geschrieben.

»Einen g'spaßigen Bürgermeister habt ihr da«, erzählte er beim Abendessen, »dem bin ich versehentlich auf die Füß' g'stiegn, als ich aus dem Zug g'stolpert bin. Eine g'schaftige Dame hat mir einen Stoß geb'n, wär' ihm gleich in seine Arme g'falln, mit dem Herrn möchte ich nichts zu tun haben.«

»Es is' a Büffel, der Rattner Ritsche, der halt' sich net lang, es is' oana, der sich net benehmen kann, den wähl'n sie wieder raus aus seinem schönen Kontor.«

Dann arbeitete der Georg Zupfer zwei Jahre in der Werkstatt und sie hatten in der Umgebung und in der Stadt genug zu tun. Inzwischen wäre er ein eingeschriebener Bayer geworden, schrieb er der Mama. »Schriftlich hab ich's von der Regierung.«

Dann nahm das Unheil seinen Lauf für den jungen Neubayern. Am Hacklberg drüben auf der linken Donauseite hatten sie eine Treppe auszumessen, da stand dieser Klotz von einem Mann unter der Tür: »I wöllt bloß eine ins Haus, dienstlich, bloß dienstlich, aber die Herrn Handwerker vasperr'n mir halt mit eahnane Leiber den Zutritt. Büffel san se und koan Anstand ham se, de Herrn Abortdeckelmacher.«

Der Bürgermeister, der von der Dame Ritsche genannte Kommunalpolitiker, stand vor der Tür und er erkannte den

Georg mit einem Schlag. »A, da Herr Böhm' is a do, der von drüb'n, der andere Leit' z'samm rennt, eahnane Stiefel ruinier'n möchte', dass dene anständige Mensch'n d'Füaß bluat'n.«

»Mandl de net so auf, Ritsche, schwing de«, der Onkel drehte sich dem Herrn Bürgermeister zu. Ein fruchtloser Disput endete mit ein paar frechen Worten des Bürgermeisters.

Acht Wochen später, die Kriegsfanfaren hatten schon ihre lauten Töne durchs ganze Land geschmettert, die Franzosen hätten sich aufgemandelt, hieß es überall, erhielt der Georg Zupfer, bayerischer Neubürger, seinen Einberufungsbefehl, ein schnelles, unverhofftes Dankeschön, eine unverblümte Revanche des Herrn Bürgermeisters, wie der Onkel bemerkte.

So kam der ehemalige böhmische Bischofteinitzer Georg Zupfer zu der unverhofften Ehre, seine neue Heimat gegen die Franzosen verteidigen zu dürfen. Dass er mit heiler Haut davon gekommen war, dankte er der heiligen Anna von Bischofteinitz und der Muttergottes von Příbram und er versprach den beiden edlen Fürsprecherinnen auf dem Schlachtfeld, sollte er gesund wiederkehren, würde er nach Böhmen zurückkehren.

51

Sie war wieder nach New York zurückgekehrt, hatte die einwöchige Reise aus Fargo mit der Eisenbahn überstanden: »Gefaltet und verknittert«, wie sie den McOwens lachend kundtat.

Monika öffnete zunächst den dünnen Brief der Mutter mit dem älteren Poststempel. Von zu Hause kamen gute Nachrichten, der Vater schien wieder gesund zu sein, die

Eltern waren aus der Jakobstraße weggezogen, die Mutter hatte sich im Haus ihrer Kindheit in Schwabelweis eingerichtet und alte Freundinnen wieder getroffen, hatte das Grab der Eltern ganz in der Nähe und wenn sie in die Stadt wollte, spannte sie die leichte Kutsche ein.

Der Vater hatte sich seiner Leidenschaft aus Jugendjahren neu hingegeben und kaufte dem Bachler Schorsch eine Taube nach der anderen ab. Er hatte sich eine Schmiede, wo einstmals der Schwiegervater seinen Stall hatte, eingerichtet und schmiedete, was der Tag so brachte. Für den Pfarrhof hätte er ein schmiedeeisernes Tor gefertigt und das Werk hätte großen Anklang gefunden beim Pfarrer von Sankt Georg und der Vater wäre glücklich über die allgemeine Wertschätzung und in den Gemeinderat wäre er auch gewählt worden. Den Bürgermeister machte er ihnen aber nicht, schrieb die Mama, an dieses Amt möchte keiner ran, weil es nur Arbeit und Ärger einbringt. Sie würden genug zum Leben haben und erhoffen für sich noch ein paar gute Jahre und Hauptsache wäre, dass es ihr und dem Manfred in Amerika gut ginge.

Dann erzählte sie noch, dass das Haus in der Jakobstraße immer noch leer stünde, der Vertreter vom Hochwürdigsten Herrn Bischof, der anfangs so großes Interesse am Kauf gezeigt hatte, würde sich nicht mehr rühren, habe ihm doch der Vater einen guten Preis gemacht. Zwanzigtausend Mark müssten es aber schon sein, hatte der Vater dem bischöflichen Abgesandten gesagt, hätte er doch hinten raus in den Garten noch zwei Räume angebaut und einen neuen Abort hätten sie im Haus, schöner als bei der Fürstin, und im Garten stünden eine Reihe prächtiger Apfelbäume, drei stämmige Boskop wären es und zwei weiße Sommeräpfel, wie sie besser nicht schmecken würden.

Der Herr Pater von den Benediktinern von der Schottenkirche hatte wissend gelacht, als ihm der Vater vom misslungenen Verkauf des schönen Hauses erzählte. Sie hätten da auch ihre Erfahrungen, lachte der Pater, die Bischöflichen würden sich nur zieren, hatte er gemeint, der Vater solle nur warten, die kämen schon noch und er, der Pater, würde ein Gerücht streuen, dass das Haus vom Waldstein genug Interessenten von auswärts hätte, dann müsse man warten, einfach nur warten.

Der zweite Brief war dicker, es war ein Zeitungsbericht beigelegt, den die Mama im Brief kommentierte. Die besagte Traudl, die dem Manfred seinerzeit ein Kind hatte anhängen wollen, wäre jetzt tragischerweise, wie sie anfügte, eine junge Witwe und mit den drei Kindern auf sich allein gestellt, aber ihre Mutter könne ja noch ganz schön hinlangen und stehe ihr in der Not bei. Traudls Mann wäre ein Guter, ein Fleißiger gewesen, da habe sie Glück gehabt. Er hätte seinerzeit, bald nach der Hochzeit, noch mehrere Wiesen und Felder dazu gepachtet und es stünden jetzt fünfzehn Rinder im Stall und ein recht fleißiger Bulle, den sie auch verleihen würden. An einem dieser taufeuchten Morgen hätten sie die Kühe und den Bullen auf die Weide gelassen und die Schafe dazu und ein dicker Nebel wäre von der Donau heraufgewabert und da hätte der Schafbockl den jungen Kohlerbauern von vorn ganz radikal angesprungen und hätte ihm einfach die Leber zerrissen und der Bauer wäre noch in der nächsten halben Stunde verblutet. Jetzt habe die Traudl die drei Kinder allein zum Aufziehen, zu dem rothaarigen Buben noch ein rothaariges Mädel und einen Schwarzkopferten, der ausschaut wie der Knecht, der seit zwei Jahren auf dem Hof lebt. Der Knecht, einer aus dem Allgäuischen könnte auch einmal auf den Hof einheiraten, sagen die Leute, wenn er schon der Vater vom Buben ist, es müsst' halt nur eine gewisse Zeit ins Land gehen.

»Mit dem Haus wird es jetzt doch etwas. Der Herr Domvikar Kornmandl war bei uns und hat dem Vater achtzehntausend Mark geboten, aber der Vater meinte, er hätte einen Interessenten aus Deggendorf, einen Viehhändler, der ihm fünfundzwanzigtausend Mark geboten hätte, aber er würde ihm das Haus für zweiundzwanzigtausend Mark geben, weil er weiß, dass der Herr Domvikar es bräuchte, weil es nahe am Ordinariat liege, wegen der vielen Geistlichen, die in der Stadt verstreut leben. Da hat der Herr Domvikar gleich eingeschlagen, nachdem er den Garten angeschaut hatte und das große Zimmer im Parterre.« Jetzt sei die Warterei vorbei und der Vater hätte den Herrn Domvikar nicht über den Tisch gezogen, das Haus wäre in ein paar Jahren noch viel mehr wert, weil die Stadt wachsen würde und die Leute gute Wohnungen suchen würden.

52

Auf der Steinernen Brücke, das heilige Pfingstfest war gerade vorüber gegangen, hat der Herr Kaplan, der den Buben im Obermünster nicht nur die Heilige Schrift so schön erklärt, sondern mehr noch von den fernen Sternen und Planeten erzählt hatte, die alle zur göttlichen Schöpfung gehörten, hat also der Herr Kaplan Farchant die Mutter des Girgerl getroffen und den Buben recht gelobt. G'scheit sei er und brav und eine Lust wär es ihm zuzuhören, wenn er von Amerika erzählt.

»Da möchte er später einmal hin«, erzählte die Mama dem Herrn Kaplan Farchant, »wia der Ratisbona Mane«, aber erst müsse er noch viel lernen, der Girgerl.

Den Ratisbona Mane würde er nicht kennen, entgegnete der Herr Kaplan. Sie kamen ins Reden. »G'wohnt ham' de Waldstein drent in der Jakobstraß'n, z'nächst bei der Schottenkirch', etzat san's drunt'n in Schwabelweis, braucha's blos hinuntergeh'n, beim Alpler hoaßt des Haus.«

Wie sich alles so schickt. Da hat im Juli noch die Barbara vom Herrn Kaplan, die ihm den Haushalt führte, einen frischen Buben entbunden und war zu der Mama heim gezogen, kam sie doch, eine fesche Bauerntochter, aus einem kleinen Dorf bei Straubing, wo der Herr Kaplan sich die ersten Meriten verdient hatte. Bei einem garstigen Pfarrer hatte er die zwei Pferde gestriegelt, die zwei Pfarrersküh' jeden Morgen gemolken, hatte eine Imkerausbildung erfahren und war auch sonst der Depp vom Pfarrhof, wie er sagte. Mit dem deftigen, salzigen Essen der Köchin hatte er sich die Jahre hindurch den Himmel verdient, jeden Samstag hat er sechs lange Stunden im Beichtstuhl gesessen, war ein Braver und hat seine schwachen Stunden gehabt und die junge Ursula hatte ihn ob seines Verhängnisses getröstet. Dafür hat er sie dann mit in die Stadt genommen.

Beim Waldstein in Schwabelweis hatte dann bald darauf an einem späten Abend der Herr Kaplan, der so gut mit den Leuten umgehen konnte, an die Haustüre geklopft. Vom Sohn Manfred habe er erzählen gehört, dass der in Amerika sei, ausgewandert, die Tochter auch noch und wie man es anstellen müsste, um baldmöglichst da hinüber zu kommen, und, bat er, das Gespräch sollten sie vertraulich behandeln, seine Not wär eben groß und es gäbe viel zu überlegen.

Als dann die Sonnenstrahlen wieder matt wurden, der Herbst ins Land kam und die Blätter an den Bäumen sich wieder gelb und rot zu färben begannen, die Kinder wieder zur Schule strebten und im Obermünsterstift die Buben in ihre neuen Klassenräume einzogen, da fehlte der Herr Kaplan Sebastian Farchant. Er sei versetzt worden, erzählte man sich, z'Maria Himmelfahrt hätte man ihn schon nicht mehr in der Kirche gesehen, ins Oberbayerische hinauf, in ein anderes Bistum, gar zum Studium der höheren Theologie nach

Rom gesandt, hieß es und viele Leute haben sich die Mäuler zerrissen.

Mittlerweile hatte der Herr Farchant mit der entfernten Cousine und dem gemeinsamen Kind, der dem Vater aus dem Gesicht geschnitten war, amerikanischen Boden betreten. Manfred Waldstein hatte dem Paar eine Wohnung besorgt und sogar der Herr Krause hatte überlegt, wie man diesen strebsamen, studierten Mann eventuell bei der Eisenbahngesellschaft unterbringen könnte. Einen Pfarrer bräuchten sie da wohl nicht, lachte Herr Krause, aber er könne, wenn er der neuen Sprache mächtig sei, im Büro arbeiten, er könne sicher sehr schön schreiben, habe ja lange genug studiert. Die junge Frau betreute nun ihren Buben im neuen Zuhause, einer doch etwas herunter gekommenen Zweizimmerwohnung in der Bronx, putzte bei der Frau Eisenbahndirektor Cromwell einmal in der Woche die weitläufigen Räume ihres Hauses, brachte Ordnung in den verwahrlosten Garten, wie die Frau Direktor entschuldigend erwähnte und das junge Paar wurde amerikanisch und konnte jeden kleinen Zuverdienst gut brauchen. In der deutschen Gemeinde hat man die jungen Leute gut aufgenommen, nur recht weit drüben in der Bronx hätten sie eben logiert. Der Herr Sebastian Farchant sang mit ihnen in der neuen Welt die alten Lieder von daheim, hatte seine Geige unter die linke Kinnlade geschoben, erzählte von so vielen Ereignissen aus der Heimat, half der einen und der anderen beim Schreiben der Briefe in die entfernte Welt der Verwandten und tröstete, wenn sie jammerten und weinten, dass die Welt ja nirgendwo ganz heil sei.

Im Bischöflichen Ordinariat hatte die Entscheidung des Herrn Kaplan viele Befürworter, hatten die meisten doch großes Verständnis für die missliche Situation, in die der Herr Kaplan geraten war. »Das kann einem jeden passieren«, sagte der Herr Domkapitular Setzmann, »da ist er nicht der erste, gut, dass es Amerika gibt.«

53

»Es müsse kein langes Leben, aber ein volles Leben müsse es sein«, das war die Devise des Konstantin Krause. Er hatte Manfred Waldstein zum Mittagessen eingeladen. »Du bist doch recht allein, kaum angekommen in deiner neuen Welt, stets auf Achse, komm' am Sonntag zu uns, meine Katie serviert uns den besten Braten, den du dir vorstellen kannst.« Krause lebte im oberen Brooklyn, nahe am East River, wo man noch einen Blick hat auf das wachsende, aus allen Nähten berstende Manhattan. Er hatte das Haus seines Zwillingsbruders übernommen, der eine mehrere Jahre ältere Witwe geheiratet hatte und ihr dann nach Pittsburgh gefolgt war, heute eine Tagesreise mit der Eisenbahn entfernt von New York. Die Schwägerin hatte sich um ihren greisen Vater zu kümmern, der sich nicht mehr zurecht fand in seiner Welt, und sein Bruder war nun im Gaststättengewerbe tätig, hatte das kleine Hotel zu leiten. Das Haus am East River stünde nunmehr leer, sagte der Bruder, er könne einziehen und ob er nun von Süden aus der Fulton jeden Morgen zum Bahnhof in Williamsburg fahre oder aus der Kent käme, mache das Kraut nicht fett. Konstantin Krause überlegte nicht lange.

Das Sonntagsfrühstück zog sich in die Länge. Krause holte weit aus, seine Gedanken gingen zurück in die Brunsbüttler Hafenstraße, wo sie in der Metzgerei des Großvaters ein Auskommen hatten, Vater, Mutter, er, sein Bruder. Der Vater schuftete sich in jungen Jahren schon an der Mole ab, hatte mit Pickel und Schaufel Schäden ausgebessert, die die anbrausenden Fluten immer wieder in den Kai gefressen hatten. Er solle die Schlachterei daheim endlich übernehmen, da ginge es ihm gut, er hätte Zukunft, bräuchte nicht betteln. Aber der Vater konnte kein Blut fließen sehen, keinem Schwein etwas zuleide tun. Dann verhedderte sich der betagte Großvater in einer defekten Holzsprosse und stürzte über die alte Leiter zu Tode. Der Vater fackelte nicht lange, verkaufte die Schlachterei und den Laden an den Hänfling in der Fährstraße, schüttelte mitsamt der jungen Familie den Brünsbüttler Staub von den Füßen, vertraute sich einem der großen Segler an, die in die Welt hinaus fuhren und setzte in den Vierzigern seinen Fuß auf den Boden seiner neuen Heimat New York.

»Vater rackerte sich für die Familie ab, von früh bis spät, Mutter putzte die Zimmer und Flure fremder Haushalte, fand dann eine Anstellung in einem Wurstgeschäft und wir Buben durften auf die Schule gehen. Die Geschichte hätte daheim an der Nordsee genauso ablaufen können, aber Vater und Mutter wollten nun mal frei sein, wie sie sagten.«

»Die Jahre flogen dahin, eines schneller als das andere«, sagte Krause und die Eisenbahn wäre dann sein Faible geworden, schon während der Schulzeit habe er sich an den Gleisen herumgetrieben, die Waggons begutachtet und die Lokomotiven gezeichnet, dann habe er sich dem Ingenieurstudium verschrieben, sein Bruder wäre Kaufmann geworden. Kinder seien ihnen, seiner Katie und ihm, verwehrt geblieben, wie auch dem Bruder in Pittburgh, aber drüben an der Nordsee in Brunsbüttel liefen sicher noch viele Krauses die Schuhsohlen ab, um es im Leben zu etwas zu bringen.

Dann kam Manfred Waldstein auf die Ereignisse während der zehntägigen Fahrt nach Fargo zu sprechen, die Auseinandersetzungen mit Cloe, die Unterredungen mit dem Staatsanwalt, dass er Claire Milton vermisse, vertraute er Krause an. Das würde sich zur rechten Zeit klären, tröstete Konstantin Krause, das Land wäre zwar unendlich groß, aber sollten sie beide zusammengehören, kämen sie auch zusammen, ein Weg würde sich finden, er solle nur geduldig sein, eine Eigenschaft, die den Leuten in dieser schnelllebigen Zeit sowieso fehle.

Er streifte mit Manfred durch den Obstgarten hinter dem Haus, Manhattan grüßte von ferne, wo reiche Kaufleute und Fabrikanten hohe Wohn- und Geschäftshäuser zu bauen begannen. »Das ist der Turmbau zu Babel«, sinnierte Krause. Die Birnen standen schon prächtig im Saft, die Äpfel würden bis in den frühen Oktober hinein noch reif werden. Das wäre ein rotbackiger Süßapfel, sagte er, griff den Apfel, drehte ihn behutsam vom Ästchen, wischte ihn am Hemdärmel sauber, drehte sich Manfred zu und starb noch während er zu Boden fiel. Konstantin Krause konnte sich keinen schöneren Tod wünschen.

Konstantin war ein weiser Mann geworden. »Das Leben ist mir nichts schuldig geblieben«, sagte er immer wieder. Er blieb verwurzelt in der alten Heimat, in der Brunsbüttler Hafenstraße und wurde ein Amerikaner mit allen Fasern seines Herzens »und wer weiß, wie sich die Dinge entwickeln«, pflegte er hinzuzufügen und »wenn dir etwas zufällt, nimm es dankbar an aus Gottes Hand.«

54

»Konstantin Krause war ein bescheidener Mann, ein demütiger Mann, deswegen haben ihn alle gern gehabt und geachtet, die Eisenbahn war sein Leben.« Direktor Peter Cromwell hielt nicht hinter dem Berg mit Lob für seinen besten Mann, wie er ihn oft genug nannte. Manfred Waldstein hatte einen väterlichen Freund verloren, einen der es verstanden hatte, seine Mitmenschen mit Worten aufzurichten, die Niedergeschlagenen, die nicht Fuß zu fassen vermochten in der neuen Heimat, aus ihren traurigen Gedanken zu reißen, der es verstand, mit einem Lob die guten Seiten der Schwachen zu fördern, ein Meister heiterer und trauriger Geschichten. »Nun steht unser lieber Bruder Konstantin Krause vor seinem Richter. Komm her, wird der Herr sagen, du warst ein guter Knecht, ich setze dich nun über viele«, sagte der Pfarrer und die Blaskapelle der New Yorker Eisenbahngesellschaft spielte dem Konstantin Krause ein Ständchen nach, was ihn zurecht gefreut hätte. Es war kein allzu langes Leben geworden, aber es war ein volles Leben geworden. Diesem Leben gilt es nachzueifern, dachte Manfred Waldstein.

Die Zeit bleibt nicht stehen. Nach der Beisetzung des Konstantin Krause nahm Direktor Cromwell Manfred Waldstein beiseite. Er würde ihn nur zu gerne mit Krauses Aufgaben betrauen, aber er müsse noch einige Jahre warten, da stünde doch noch einer auf der Warteliste, den er nicht übergehen könne. »Auch als Direktor bin ich nicht unendlich frei in meinen Entscheidungen, die Anteilseigner mischen mit. Ich mute Ihnen jedoch nicht zu, Krauses Nachfolger aus nächster Nähe zu erleben, ich schicke Sie nach Philadelphia. Sagen Sie nicht nein, Waldstein. Bisher waren Sie von Maine bis Philadelphia als Controller tätig, die längste Zeit des Jahres verbrachten Sie im Pullman. Wenn Sie Glück hatten, bei passablem Wetter, oft auch auf harten Holzbänken unterwegs, haben Sie Schneestürmen getrotzt oder auch einem Hurrikan, wie ich von meinem Sohn aus Fargo erfahren habe, das kann allmählich lästig werden. Fahrpläne und Bahnhofsanlagen haben Sie überprüft, lieber Herr Waldstein, das Personalmanagement vor Ort in rechte Bahnen geleitet, für gerechte Bezahlung sind sie eingetreten von der Putzfrau bis zum Direktor und zum Kutscher und das alles zu meiner vollsten Zufriedenheit. Sie sehen, ich weiß einiges über Sie. Philadelphia wird nun Ihre feste, sichere Residenz, da sind Sie der technische Leiter. Kommen Sie morgen zu mir, wir besprechen dann Ihre Zukunft im Detail.«

Manfred Waldstein fiel aus allen Wolken. Sollte er sich das antun, seinen Wohnsitz, die Freunde in New York aufgeben, die vertraute, berufliche Materie würde er missen. Das Gespräch mit Direktor Cromwell hatte bei den Mitarbeitern eine Kaskade an Vermutungen zur Folge.

Manfred trat seine neue Stellung im Oktober an. Monika würde allein zurechtkommen hier in der großen Stadt, sie war nach der Zeit des Eingewöhnens wieder oben auf. »Fühle dich in deinem Fortkommen durch deine fürsorglichen Gedanken an mich nicht gehindert«, redete sie ihm zu. In Old Kensington, nahe dem Hauptbahnhof in Philadelphia, hatte ein leitender Mitarbeiter der Eisenbahngesellschaft mehrere Zimmer für ihn bereitgestellt, dort könne er für eine Übergangsphase einziehen.

Den Eltern schrieb er, wie dankbar er ihnen sei, dass sie ihn damals nach seiner Rückkehr aus dem Krieg angehalten hätten, den Meisterbrief als Kesselschmied anzustreben, nie würde er ihnen das vergessen, denn hier in Philadelphia seien diese Kompetenzen besonders gefragt und den kaufmännischen Bereich habe er im Wesentlichen schon intus. Da hielte jemand eine gute Hand über ihn.

55

Monika hatte mittlerweile drüben in Manhattan, nicht weit vom East River eine Arbeit gefunden bei einer deutschstämmigen Modistin, die neben den schönsten Kopfbedeckungen für die betuchten Damen der Gesellschaft auch noch eine breite Auswahl feiner, moderner Kleidermode anzubieten hatte, da fehlte ihr nur noch eine Schneiderin und sie nahm diese junge Einwanderin Monika Waldstein mit Freude auf. Das Zimmer gleich im zweiten Stock oberhalb des Stofflagers, das sie nun schon seit drei Wochen bewohnte, ließ nichts zu wünschen übrig.

Sie hatte heute einen trüben Tag zu bestehen, die Decke fiel ihr auf den Kopf, es fehlte ihr nur die Mama, die ihr Vorbild und Ruhepol gewesen war seit Kindertagen, sie geprägt hatte in ihren Ansichten, sie war ihre Stütze, konnte sie fragen, wenn sie nicht mehr ein noch aus wusste. »Zieh was über, du wirst dir noch den Tod holen«, das war der liebe und doch so übliche Rat der besorgten Mutter, wenn die Monika in die Stadt ging.

Heute zog aus dem Atlantik, was zu dieser Jahreszeit selten genug war, eine dunkle Wolkenwand auf und würde bald kräftigen Regen über der Stadt ablassen, er würde auf das Kopfsteinpflaster prasseln und dann in der Kanalisation verschwinden. Sie erinnerte sich, als sie mit dem Großvater und der Großmutter einmal über die Wiesen in Schwabelweis stolziert war, ein milder aber kräftiger Regenguss hatte sie erwischt, der sandige Weg, das Erdreich auf den Feldern, die Wiesen war schnell feucht, durchnässt und am nächsten Morgen war auf dem trockenen Hang hinter dem Haus ein herrlich bunter, paradiesischer Blumenteppich entstanden. Sie konnte von ihrem Fenster auf die belebte Straße blicken, Geschäftigkeit allenthalben, eine neue Straßenbahn schob sich am Geschäft vorbei, hatte Sonntagsausflügler geladen, blutjunge Männer, lachende Mädchen liefen über die Straße, ein paar vor Übermut und Selbstsicherheit strotzende Kavaliere trieben ihre Kutschenpferde zu flotterer Gangart an, wollten Aufmerksamkeit erregen. Sie machte sich zum Kirchgang fertig, würde danach noch einmal Manfreds kurze Notiz bedenken, dass der Georg Zupfer eine Frau suche und er meine, der Monika könne Milwaukee gefallen, vielleicht der Georg Zupfer obendrein, aber ganz unverbindlich. Sie hörte den Bruder lachen, sein Lebensoptimismus konnte Berge versetzen. Aber sie würde ja gar nicht weg können von der Arbeit sinnierte sie, außerdem habe sie gar kein Interesse.

Der Herr Strauß kam ihr in den Sinn, der vor ein paar Wochen, sie lebte noch bei den McOwens, unversehens hereingeschneit war. Er wäre schon zweimal in New York gewesen, hier bei den McOwens, auch vor der Überfahrt im April, habe aber Manfred nicht getroffen und war überrascht, seiner Schwester gegenüber zu stehen. Strauß war ihr kein Unbekannter, war der doch der Kriegskamerad, den der Mane aus der Schlacht »ans Trockene« gezogen hatte.

»Ich komme eben aus Deutschland zurück, war eine raue Überfahrt«, hatte er dann beim Abschied auf ein Stück Papier geschrieben, für den Manfred, fügte er hinzu, schaute ihr länger in die Augen, »ich hatte in der Heimat zu tun, wie du in Maine oder Dakota. Orientiere mich neu, Krupp'sche Eisenräder en gros, für die Eisenbahnwaggons, die Unzerbrechlichen, du weißt schon. Irgendwann werden wir uns doch endlich sehen, Philadelphia bleibt meine Heimat. Monika wird dir mehr erzählen.« Sie hatten dann noch den Abend und den darauf folgenden Tag miteinander verbracht, über die Heimat geredet, die Eltern, von Manfred und seinen Plänen hatte sie erzählt. »Ich muss nur noch nach Maine hinauf und in sieben, vielleicht acht Wochen komme ich auf der Rückreise wieder bei dir vorbei.«

»Ich bin gerade dabei, meine sieben Sachen zu packen, ich ziehe nach Manhattan hinüber, über den East River, habe dort eine Arbeit gefunden.« Auf seine dringliche Bitte schob sie ihm ihre neue Adresse zu, mit schlechtem Gewissen, weil sie ihr Verhalten im Nachhinein unangemessen fand. Der Besuch von Strauß hatte sie seltsam berührt, sie war beunruhigt. Sein steifes Bein hatte sie nicht gestört, seinen dicken Schnauzer fand sie nicht so vorteilhaft, aber sonst wäre er doch ganz freundlich und liebenswert gewesen, dachte sie. Den Georg Zupfer konnte sie sich schon gar nicht vorstellen. Dann ging sie in die Michaelskirche.

56

Nun arbeitete Manfred Waldstein in Philadelphia in seinem neuen Büro bei der Pennsylvania Railroad in der 30th Street. Die Stadt war neu für ihn, die Straßen waren sauber, als wären sie gebohnert, die Menschen freundlich, so schien es, viele Schwarze hat er gesehen, weit mehr als in New York, war doch der Süden nahe, Georgia, Alabama, Mississippi nicht weit.

Mit dem Einspänner fuhr er jeden Morgen die Strecke vom Südwesten hinauf in die Verwaltung. An der rückwärtigen Seite des Verwaltungsgebäudes stellte er den Wagen ab, führte seinen alten, müden Rappen in den Stall, den die Company unterhielt. Der heutige Vormittag würde heiße Gespräche bringen, hatte Cromwell sen. doch in einem Brief darauf gedrungen, für anzudenkende neue Konzepte beim Waggonbau auch die neue Janney-Kupplung gründlich zu bedenken. Die sei wesentlich sicherer als die bisherigen Kupplungen, sie sei zudem hoch belastbar, wie er den vielen Gesprächen mit einigen Ingenieuren entnehmen konnte und wäre gerade für Züge, die aus den Appalachen im Güterverkehr eingesetzt würden, für die Holzladungen aus den Bergen, unverzichtbar, er würde Herrn Waldstein mit der Koordination betrauen.

Von seinem Bürofenster konnte er zuschauen, wie ein Lokal auf der gegenüber liegenden Straßenseite neu eingerichtet wurde, konnte den Fortgang der Arbeiten verfolgen, immer deutlicher zeigte sich in den letzten Tagen, dass dieses Lokal den Charme eines französischen Bistros verbinden würde mit der Weitläufigkeit der neuen amerikanischen Hotelarchitektur, die sich auch in den Straßen der Stadt immer mehr durchsetzte. Er meinte, auch so etwas wie Wiener Flair auszumachen und dachte an das Mozart, das ein quirliger Salzburger nahe seiner alten Wohnung in New York führte. Für ihn läge dieses Restaurant günstig, nicht immer war er mit dem oft lieblosen, versalzenen und fettreichen Mittagsessen in der Eisenbahnkantine zufrieden, hatte sich lieber zu Hause ein belegtes Brot in die Tasche gesteckt.

Jeromia Rubin klopfte diskret an die Bürotür, legte ihm die Mittagspost auf den Schreibtisch. In den verflossenen Monaten hatten sie sich angefreundet, waren in nahezu gleichem Alter. Jeromia lebte mit seinen Eltern und seiner jungen Frau in zwei Zimmern, nahe dem Delaware River, in einer unansehnlichen Straße. Jeden Tag hatte er die fünf Meilen am frühen Morgen und am späten Abend zu Fuß zurückzulegen. Nach dem unseligen Krieg hatte seine Familie unter großer Mühsal den Weg nach Philadelphia gefunden. Jeromias' junge Tante, Stella Rubin, wohnte mit ihrem fünfzehnjährigen Sohn Benjamin in ihrer Nähe, hatte eine Anstellung in einem Büro der Company und Benjamin besuchte eine weiterführende Schule, war einer von nur zwei schwarzen Schülern in einer Horde lebhafter Einwandererkinder, viele davon neu Zugezogene aus Deutschland, Italien, Frankreich und Skandinavien, eine bunt gewürfelte Gesellschaft.

57

Im letzten Kriegsjahr noch, der Schienenbau war zunächst zum Erliegen gekommen, war der junge Peter Cromwell von New York aufgebrochen, eine Tausendmeilenreise stand ihm bevor, mit einem Kriegsschiff der Union sollte er nach

Charleston in Alabama fahren und auskundschaften, wie die südlichen Eisenbahngesellschaften, vor allem die Southern Railroad sich nach dem Krieg eine neue Form der Zusammenarbeit mit der Pennsylvania Railroad, vorstellten, waren doch während des Krieges die Arbeiten an den Eisenbahndämmen, den Trassen, an der Verlegung der Schienen fast durchwegs zum Erliegen gekommen.

An eine Rückreise nach New York war dann im Frühjahr 1865 wegen der undurchsichtigen Nachkriegsverhältnisse nicht mehr zu denken, so dass er bis in den Sommer hinein auf dem Landgut des Präsidenten der Southern nahe Charleston lebte. Dort begann er ein Verhältnis mit einer jungen Schwarzen, einer Sklavin, das nicht ohne Folgen blieb. Im Winter desselben Jahres schrieb sie ihm, dass sie einen Jungen geboren hätte und sich auf die Reise in den Norden machen würde, müsste sie doch nicht mehr auf der Plantage ihres Herrn arbeiten, sie seien frei. Peter Cromwell war da bereits Jahre verheiratet und hatte mit seiner Frau schon einen ehelichen Sohn in die Welt gesetzt. Er vermittelte der jungen Frau eine Arbeit in Philadelphia, unterstützte sie all die Jahre und sorgte auch dafür, dass auch ihre Verwandtschaft die Sklavenverhältnisse im Süden hinter sich lassen konnte.

Die Konflikte der Vorkriegszeit ragten auch noch in die Jahre nach dem Krieg hinein und das sogenannte Dred-Scott-Urteil des Obersten Bundesgerichtes von 1856, nach dem schwarze Bürger der Vereinigten Staaten »keine Rechte hätten, die der weiße Mensch respektieren müsste«, polarisierte weiterhin.

»In der Alltagswirklichkeit gilt dieses Unrechtsurteil noch heute«, sagte Jeromia, »denn wir sind und bleiben auf lange Zeit Menschen zweiter Klasse in diesem Land, auch der schreckliche Krieg hat uns nur auf dem Papier befreit, nur auf dem Papier, nicht in der Wirklichkeit.« Jeromia wischte den Tisch, auf dem kleinste Papierkrümel der geöffneten Briefkuverts lagen. »Als wir uns von unserem Brotgeber verabschiedet hatten und ihm sagten, wir wollten in den Norden nach Philadelphia, meinte er zum Abschied: »Verschwindet aus meinem Bezirk, lasst euch nicht wieder sehen.« Das machte uns den Abschied leicht, waren wir es doch gewohnt, als Ware zu gelten, die man verkaufen oder nach Gutdünken gut oder schlecht behandeln durfte.«

Oft genug hatten sich die beiden jungen Männer schon über die Not der Schwarzen unterhalten und Jeromias' Erzählungen bekümmerten Manfred unsäglich: »Du bist ein Stück Dreck, brüllte der Aufseher auf der Baumwollplantage, dann schlug er mit der Peitsche zu, manche von uns traktierte er so lange, bis sie zusammengebrochen sind und wenn ihm dein Gesicht nicht gefallen hat, schlug er zu, dabei zitierte er die Bibel, wo der Sklave dem Herrn zu gehorchen hat.« Er zeigte Manfred die Narben auf seinem Rücken. »Am Sonntag haben sich die Sklaventreiber natürlich in der Kirche versammelt und gesungen und gebetet, zu einem weißen Gott.«

Dann hatte ihm Jeromia von den merkwürdigen Beziehungen seiner Verwandtschaft zu Direktor Cromwell berichtet. Manfred Waldstein konnte nun nachvollziehen, warum Cromwell in New York immer ein offenes Ohr für junge Schwarze hatte, die um Arbeit bei der Company nachsuchten. Die vertrauensvollen Gespräche mit Jeromia waren für Manfred Waldstein eine ungewöhnliche, eine einzigartige Erfahrung. Kam er aus einer überbehüteten, einer zu heilen Welt? »Bald ist die Welt ein großes Dorf, Bub«, sagte der Vater oft, wenn sie beide in der Schmiede standen, »da kann einer dem anderen ins Fenster schau'n, da lernst dann die Leut' kennen.«

58

Am Abend machte er sich auf den Heimweg, überquerte die
noch dicht befahrene Straße, blieb vor dem französisch an-
mutenden Lokal stehen und nahm sich vor, am freien Sonntag dort um ein Croissant nachzusuchen, endlich wieder
einmal ein Croissant, wie Claire Milton es ihm in Fargo im
Eagle aufgetischt hatte. Natürlich dachte er, als er vor dem
Lokal stand, an Claire, er brachte sie nicht aus dem Herzen, konnte in der Nacht kaum ein Auge schließen, schlief
endlich in die Traumwelt mit Claire hinein, erwachte am
Morgen und hatte ihr Bild vor Augen. Am Vormittag dieses
Tages hatte er drei junge Männer zu einem Vorstellungsge-
spräch empfangen, er brauchte gute Leute, die Interesse für
Technik mitbrachten, eine neue Zeit kündigte sich an und
da würden sich die jungen Menschen um freie Stellen reißen, meinte er. »Nicht allein das Können ist wichtig, wenn
du einem Menschen gegenüber stehst, man kann dir viel
erzählen, es geht darum, wie er auftritt, ob er bescheiden
ist, sich nicht überschätzt. Überfordere andere nicht, aber
verlange trotzdem solide Ergebnisse, das bist du dem anderen schuldig«, er erinnerte sich an seinen Mentor Krause in
New York, der auf so schnelle Weise verstorben war.

Nur einer der jungen Menschen schien sich auf die Anforderungen, die er stellen musste, einlassen zu wollen. Der
erste befragte Manfred, mit welchen Salär er denn rechnen
könne, dem zweiten war die lange Arbeitszeit doch nicht
geheuer. Es war enttäuschend für Manfred Waldstein, wie
schnell diese jungen Männer bei geringsten Problemen die
Flinte ins Korn warfen.

Er betrat das Lokal, schaute sich um, was er sah, gefiel
ihm sehr. Noch waren wenige Gäste im Raum, er suchte
sich einen Platz an einem Fenster, grüne Servietten, ein Blumenstrauß in der Mitte des runden Tisches luden ein, eine

junge Dame würde ihm sein Croissant und ein Kännchen Kaffee bringen. Er nahm dankbar die Tageszeitung entgegen, die Philadelphia News und vertiefte sich in die Tagespolitik.

Eine Dame schob das Tablett mit dem Kaffee, eine Tasse und einen Teller mit dem Croissant auf den Tisch und wünschte ihm einen guten Appetit. Er nahm den zarten Rosenduft wahr, hob den Kopf und schaute der Dame ins Gesicht. Claire Milton war ebenso überrascht wie er. »Ich wusste«, sagte sie, »dass ich dich irgendwann in Philadelphia treffen würde, ich wusste es, es war nur eine Frage der Zeit.« Alles Glück dieser Welt schien sich heute nur um sie beide zu kümmern.

Nun brauchte ihm das Schicksal keinen seiner vielen Wünsche mehr erfüllen. Reden konnte er nicht, er schaute diese Claire, die ihm seit Jahren nicht aus dem Kopf gegangen war, nur an. Er würde seiner Mutter schreiben, dass das mit der Vorherbestimmung vielleicht doch Gültigkeit hätte, es wäre ihm ein großes, ein gutes Los im wahrsten Sinn des Wortes zugefallen.

59

»Ich lebte oben in Buffalo, am Eriesee, das ist meine Heimat, meine Vorfahren siedeln dort in der vierten Generation.« Sie erzählte von der Mutter, die für ihre Kinder immer gesorgt, sie tauglich fürs Leben gemacht hätte, vom Vater wäre nur zu sagen, dass er sich mit seiner Trunksucht um das Leben gebracht und die Familie ins Unglück gestürzt hätte. Er wäre von einem Ausflug an den Ontariosee im Norden, den er mit einer Gruppe Gleichgesinnter gemacht hatte, nicht mehr zurückgekehrt. »Für die Mutter mit den drei Kindern war es eine Befreiung, der Vater hatte in seinem persönlichen Elend der Familie nie helfen können, machte der Mutter das Leben oft genug viel zu schwer.«

Sie stamme aus einer alten französischen Familie, erzählte sie. »Meine Vorfahren kommen aus Toulouse, die Urgroßeltern hatten zu den ersten Siedlern am östlichen Ontariosee gehört, hatten es zu kleinem Wohlstand gebracht, doch die Männer, die in die Familie eingeheiratet hatten, waren durchwegs haltlose Charaktere gewesen.« Sie hätten das Leben zu leicht genommen und wenig Verantwortung bewiesen. »Meine Mutter heiratete ein zweites Mal, ein Gastwirt war er gewesen, der uns nachstellte. Wir haben alle zur rechten Zeit das Haus verlassen, noch bevor der Stiefvater sich einen Strick genommen und sich im Wald erhängt hatte. Die Mutter bewirtschaftet heute noch das Restaurant, mit ihrem Fleiß und Lebensoptimismus wird sie es erhalten.«

Das Leben bringt jedem seine Nöte, dachte Manfred Waldstein, es ist ein unverdientes Glück, wenn dein Lebenslauf in einer intakten Familie beginnt. Er erzählte von seinen Kinder- und Jugendtagen an der Donau, nahm sie mit auf die Überfahrt nach Amerika, ließ sie seine ersten Anfänge in der neuen Heimat miterleben.

60

Claire Milton und die Arbeit in Philadelphia entwickelten sich für Manfred Waldstein nun zu einem Ruhepol in seinem privaten wie beruflichen Leben. Die vielfältige berufliche Verantwortung verlange Flexibilität, oft genug war er weit im Landesinnern unterwegs und konnte Claire nicht oft sehen, doch wussten sie umeinander und allmählich nahm die Planung der Hochzeit Gestalt an.

Für die Nebentrassen ins Landesinnere traf er sich mit den Landvermessern, den Ingenieuren und verantwortlichen Vorarbeitern beim Bau der Gleisanlagen. Die größten Probleme gab es mit Tunnelbauten und den Brücken, für den Trassenunterbau stand allerorten genügend Material zur Verfügung, die Steine mussten jedoch mit Tonnen von Dynamit aus dem harten Fels gesprengt werden. Bei den Bahnstationen mussten Abstell- und Wartungsräume für die Lokmotiven erweitert und vor allem tüchtige, zuverlässige Maschinenarbeiter eingestellt werden, die die Loks in gutem Zustand hielten, mit der Technik vertraut waren und dafür sorgten, dass genügend Maschinen bereitstanden, wenn ältere Lokomotiven ausfielen, denn immer wieder entgleisten die Züge, wenn die Trassen unterspült waren. Schwer beladene Züge benötigten über die Anhöhen mehrere Loks, das galt vor allem auch für die Winterzeiten, wenn massive Schneeverwehungen von einer Lok nicht zu bewältigen waren. Manfred Waldstein kannte die Vielfalt der Probleme und Schwierigkeiten auf den Strecken und Bahnhöfen, er wusste aber, dass eine effektive Besiedelung des Landes nur durch die Anbindung der Dörfer und Städte an die Eisenbahn gewährleistet werden konnte.

Für die schon lange in Betrieb genommenen Streckenabschnitte lagen reichlich Erfahrungen vor, immer wieder aber wurden von den Verantwortlichen der Kohle- und Erzminen oder den Bergarbeiterstädten, von den Dorfräten in den abgelegenen Siedlungen, wie von den Leitern der Forstämter in den Holzrodungsgebieten Anträge auf Nebentrassen gestellt, diesen Anfragen galt es nachzugehen. Der Company waren Kostenschätzungen für Bau und Betrieb das einzig Wichtige und die von ihm ausgearbeiteten technischen Einzelheiten und finanziellen Kostenschätzungen mussten einer peniblen Nachprüfung standhalten.

Manfred Waldstein war ein Eisenbahnnarr, er ließ sich nicht hinters Licht führen, begegnete jeder Bewerbung mit der nötigen Offenheit aber auch den entsprechenden Zweifeln, denn kaum einer der Antragsteller war über den Verdacht erhaben, den eigenen Vorteil, den Vorteil des Countys oder seiner Stadt, über das Wohl der Company zu stellen. Besonders die Routen hinein in die Seitentäler der Ausläufer der Appalachen forderten ihn immer wieder und so war er wochenlang zumeist mit auf dem Pferd in den oft noch unerschlossenen, unwegsamen und unwirtlichen Gegenden unterwegs, schlief im Freien und musste sich mit den Unwägbarkeiten des Wetters herumschlagen. Die Verhandlungen mit den Verantwortlichen waren selten ergiebig, zu sehr waren die Erörterungen von Unkenntnis und Eigennutz geprägt.

Die Reise nach New York, wo er dem Direktorium Bericht zu erstatten hatte, ging er jedoch mit großer Vorfreude an, konnte er doch seine Schwester Monika wieder treffen. Für den verantwortlichen Direktor Cromwell in New York, der sich erst wieder mühsam von einer Schwächeperiode, wie er entschuldigend sagte, erholte, war Waldsteins zuverlässige Arbeit viel wert. Seine profunden Aussagen, Übersichten, Tabellen, die Berichte und Beschreibungen der jeweiligen Situation waren für die Verhandlungen mit den Aufsichtsräten von maßgeblicher Bedeutung, Waldstein gehörte lange schon zu den arrivierten Fachleuten der Gesellschaft.

Direktor Cromwell lud ihn nach der Berichterstattung im Aufsichtsrat mit Monika zu einem Abendessen mit seiner Familie in die elegante Villa ein, ein Bau noch aus den Anfängen des Jahrhunderts, nahe gelegen bei der Bahnverwaltung, doch weit genug entfernt vom pulsierenden Lärm der Stadt. »Das Haus stammt aus einer Zeit, als meine Großeltern väterlicherseits zu nachhaltigem Wohlstand gekommen waren«, sagte er zu Manfred, nachdem er ihn durch den prächtigen Garten geführt und ihm den alten Baumbestand gezeigt hatte.

Auch sein Sohn Martin aus Fargo nahm an dem Abendessen teil, war er doch vor einer Woche aus Fargo eingetroffen, ebenso zur Berichterstattung vor dem Gesamtdirektorium erschienen wie Manfred Waldstein, fremdelte noch mit New York, er trauere der Ruhe von Dakota nach, wie er sagte.

»Ich wusste bis heute Nachmittag nicht, dass Sie meinen Sohn kennen, Monika«, sagte Frau Cromwell, »er hat mir erzählt, dass Sie sich schon während seiner Zeit in Dakota getroffen hätten.« Für Martin Cromwell waren diese unerlässlichen praktischen Erfahrungen in Dakota ein Meilenstein auf seinem künftigen beruflichen Weg, würde er doch irgendwann in die Fußstapfen des Vaters treten, der einer der Hauptanteilseigner der Company war. Er erzählte vor allem von den Auseinandersetzungen mit einigen Farmern, die sich durch die Company übervorteilt fühlten. Er habe seine Bedenken vor ein paar Tagen dem Aufsichtsrat mitgeteilt, dort wären diese Befürchtungen jedoch bei den meisten Anteilseignern der Bahn abgeprallt. Manfred konnte das nur bestätigen: »Wir dürfen keinesfalls den Eindruck hinterlassen, dass wir vonseiten der Company nach Gutdünken schalten und walten und die Farmer besonders bei den Frachttarifen über den Tisch ziehen, da regt sich Widerstand, dessen Folgen wir irgendwann zu spüren bekommen, außerdem ist es unfair«, fügte er seine Ansicht hinzu. »Die Eisenbahn muss dem ganzen Volk dienen und nicht auf die Profitmaximierung allein der Anteilseigner ausgerichtet sein«, das sagte mir ein Farmer in Idaho. So deutlich und unmissverständlich hatte Peter Cromwell, hatten auch die Aufsichtsräte am Vormittag noch nie jemand reden hören, einige taten diese Wahrheiten als Geschwätz unerfahrener Junger ab, andere wurden zumindest hellhörig.

»Widerstand wird es immer geben«, hatte einer der Unverfrorensten zynisch Manfred zu bremsen versucht. »Hätten wir uns nach denen gerichtet, nach den Aufrührern, die überall Probleme und Unheil säen, läge der Kontinent immer noch als unerschlossene Wüste vor uns.« Er solle Waldstein ausreden lassen, sagte Peter Cromwell, es wäre besser, man erfahre unverblümt die Wahrheit und seine Fehler, als dass sie einem mit Gewalt um die Ohren geschlagen würden. »Waldstein ist dazu da, eine ungeschminkte Situationsanalyse vorzutragen.«

Er müsse sich im Klaren sein, erwähnte der Vater Cromwell bei der angeregten Debatte beim Abendessen, dass er, Martin, auch die kommenden Jahre noch auf Achse sein werde. »Droben in Maine, einem der schönsten Flecken der Erde, wird es dir sicher gut gefallen.« Monika fühlte sich mit einem Mal abgeschlafft, spürte eine seltsame Kälte und Traurigkeit aufsteigen. »Es wäre für mich wichtig«, sagte Martin Cromwell dann beim Abschied zu ihr, »wenn wir uns in den nächsten Tagen treffen könnten, vor meiner unumgänglichen Reise nach Maine.« So liegen Wehmut und Freude doch recht eng beieinander, dachte sich Monika.

Manfred Waldstein glaubte, ins Herz seiner kleinen Schwester zu blicken. »Kopf hoch, Monika, lass dich nicht unterkriegen, morgen schon kann die Welt anders sein, von einer Minute zur anderen sogar, erinnere dich daran, was Mama immer gesagt hatte. Dass ich heute in Philadelphia eine hervorgehobene Funktion bei der Company inne habe, ich, das Landei aus der Regensburger Jakobstraße, hätte ich damals auch nicht geglaubt.«

Peter Cromwell nahm ihn beim Abschied beiseite: »In diesem Brief steckt meine Lebenslüge, ich vertraue Ihnen diesen Brief an, geben Sie mein Schreiben in Philadelphia bei Stella Rubin ab und stehen Sie den Menschen, die Sie an ihrer Seite antreffen, bitte künftig mit Rat und Tat zur Seite, ich vertraue auf Sie, Manfred.«

Die Lebenslüge des Peter Cromwell war Manfred Waldstein seit geraumer Zeit bekannt, dass Cromwell ihn nun in seine intimsten Geheimnisse einweihte, erachtete Manfred Waldstein als außerordentliches Zeichen des Vertrauens.

61

Das Treffen mit Strauß wurde zu einem Jubeltag. Sie begegneten sich nach so vielen Jahren bei Claire, nach dramatischen gemeinsamen Erlebnissen in einem schrecklichen Krieg im fernen Europa, nach ihrem Aufbruch in die neue Welt. Der Abend verging, die Stunden verflogen »schnell wie die vergangenen Jahre« meinte Strauß. »Ich kam in ein gemachtes Nest, musste mich nicht mit finanziellen Problemen herumschlagen, Vorfahren meiner Mutter sind schon in der vierten Generation in Philadelphia zu Hause. Die Verbindungen in die alte Heimat wurden immer aufrechterhalten. Die Strauß Appalachian Fur Company steuert das Pelzgeschäft in Philadelphia, hat Niederlassungen in Boston übernommen, dort liegen die Anfänge schon im frühen achtzehnten Jahrhundert. In der ersten Hälfte unseres Jahrhunderts blühte der Pelzhandel im Norden in kaum mehr nachvollziehbarem Maße auf, die Kaufleute wurden schwerreich, die Pelzhändler mutierten zum Geldadel von Maine und Vermont. Die Beziehungen nach Kanada, nach Toronto im Westen, nach Ottawa, Montreal und Quebec bilden heute das Gerüst des Pelzhandels im Norden.« Er reichte seinen Freunden Fotografien von seinem Haus, den Besitztümern der Verwandten, den gefüllten Arsenalen in der Niederlassung in Philadelphia, von den Depots im Norden, von Pelztierjägern, Wildhütern und Indianern.

Claire erzählte von der Zeit nach ihrer ersten Ehe in Fargo, der schwierigen Phase, bis sie in Philadelphia wieder Boden unter den Füßen hatte und Manfred nahm sie mit auf seine Reisen mit der Eisenbahn. »Mit der Eisenbahn über Land zu fahren, kann schön sein, du brauchst von Philadelphia bis New York nur einen Tag. Nur der bestialische Gestank des beißenden Rauchs, der unablässig aus den Schornsteinen der Lokomotiven jagt, ist für die meisten Menschen in den Waggons belastend, insbesondere, wenn die Sommerhitze, die ich in den Plains besonders massiv empfinde, niederprallt und die Fenster geöffnet werden. Aber das ist der Segen und Fluch der modernen Technik.«

»Irgendwann, in dreißig, in fünfzig Jahren, gibt es da auch Verbesserungen, den Ingenieuren fällt ja immer Neues ein«, tröstete ihn Claire.

Strauß berichtete von seiner Reise über den Ozean in die Heimat, von seinem Treffen mit den Eltern, seinen Geschwistern und erzählte vor allem von seinen Gesprächen mit einem Direktor bei Krupp in Essen, die sich auf nahezu unzerbrechliche Räder für den Eisenbahnbau spezialisiert hätten und er habe nun, wandte er sich an Manfred Waldstein, die Vertriebskonzession für die gesamte Ostküste. »Ich suche einen Teilhaber«, wandte er sich an den Freund, »wann immer du der Bahn Ade sagen willst, mein Wort gilt und das für alle Zeiten«, fügte er an.

Es wäre schon ein besonderes, ein sehr freundschaftliches und nobles Angebot, beredeten Manfred und Claire, als sie wieder allein waren, die Strauß'sche Offerte. »Du bist dein eigener Herr, verfügst über deine Zeit, niemand sagt dir, wie du einen Auftrag zu behandeln hast, wirst zudem finanziell in ganz anderen Dimensionen angesiedelt sein«, überlegte Manfred.

»Und so lange es eine Eisenbahn in den Vereinigten Staaten gibt, werden sich alle Bahncompanies meine Krupp'schen Räder kaufen«, ergänzte er voller Begeisterung. Er hatte nun sehr viel zu überlegen, schnelle, unbedachte Entscheidungen waren noch nie Manfred Waldsteins Sache.

So hatte er es gehalten, als er die Auswanderung nach Amerika in Erwägung gezogen hatte, als er Konstantin Krause's Angebot seinerzeit in New York angenommen hatte, als er in die Wüstenei nach Dakota gegangen war.

62

Rufus Bancrofft hatte sich schon in vielen Berufen versucht, hatte der Heimatstadt Liverpool den Rücken gekehrt, war ohne Geld in die Staaten gekommen, seine Zukunft wollte er selbst in die Hand nehmen, nicht mehr, nie mehr abhängig sein, von politischen Autoritäten gegängelt werden. Wie viele der Einwanderer war er in Boston an Land gegangen, die Behörden hatten ihn registriert, er wäre bald Amerikaner, sagte der Beamte der Einwanderungsbehörde, er sollte nur fleißig und strebsam sein, dann würde er der Gemeinschaft nicht zur Last fallen.

Rufus hatte langen Atem. Er wollte nicht auf Kosten der anderen leben und hatte jahrelang vor den Hotels in Boston den Dreck weggekehrt, die Dielen in den Hotelhallen, die Treppen gewaschen und gebohnert, hatte mit Kohlköpfen, Karotten und Salat gehandelt, als Goldgräber bewiesen, dass er zu harter Arbeit fähig war, und im Schweiße seines Angesichts als Gleisarbeiter Nagel um Nagel in die Schwellen gewuchtet, sein Brot verdient. Der Leutnant, der ihn dann von der Straße weg für den Krieg »gegen die Sklaventreiber«, wie er sagte, rekrutierte, versprach ihm einen gerechten Sold, gerechte Behandlung. »Für deine Beerdigung sind wir auch zuständig, kein Cent kommt dabei auf dich zu.«

Den Krieg der Nordstaaten gegen die Konföderierten hatte er überlebt, aber der junge Rufus wurde still in diesen schweren Jahren, wo das Leben nichts zählte, sprachlos war er oft genug und diese verflossenen Jahre, in denen das Entsetzen herrschte, wurden ein langer Albtraum, der zeitlebens auf seiner Seele lastete. Immer wieder sah er die ausgemergelten Landser vor sich, ohne Hoffnung, dass sie je wieder heil nach Hause kommen würden. Nicht nur einer hatte sich dann in seiner Verzweiflung in den Kopf geschossen.

Kajetan Kostner, ein junger, schüchterner Korporal, noch nicht lange in die Staaten gezogen, war wie hunderttausend andere auf der Suche nach Heimat, Glück und Zukunft, ein hessischer Bub irgendwo aus einem Dorf um Frankfurt, hatte sich zwei Flaschen Whisky unter den Arm geschoben, war dann in die bittere Eiseskälte einer sternenklaren Nacht hinaus gegangen. Rufus hatte ihn am Morgen gefunden, sitzend, an einen Baum gelehnt, still und stocksteif gefroren. »O wie wohl ist mir am Abend, mir am Abend, wenn zur Ruh' die Glocken läuten, Glocken läuten, Bim Bam, Bim Bam«, sein Lied aus der alten Heimat, er hatte es jeden Abend gesungen, der gute Kajetan. Voller Trauer im Herzen war er mit seinen Lebensumständen, dem Krieg, dem täglichen Tod der Kameraden nicht fertig geworden.

Nach dem Krieg warf Rufus seine Uniform weg, er sprach nicht mehr über die nationale Schande, das Elend, den Tod der Kameraden, die Verwüstung, nicht über die Wunden, die ihm, wie vielen anderen, das Leben geschlagen hatte. Er war bis zum Ende noch bei General Grant, das Grauen von Appomattox war auch vorbei, das Kriegsende wurde abgewickelt, er bekam seinen letzten Sold, da hat man bald darauf den Präsidenten Abraham Lincoln zu Tode gebracht.

Beim Glücksspiel in einem der Goldarbeitersaloons hatte Rufus mit dem letzten Dollar seines Soldatensolds zwei Pferde gewonnen, danach das eine und das andere hinzu gekauft und war nach etlichen Jahren stolzer Besitzer einer beachtlichen Herde. In einer der kleineren Städte, die sich nach dem Siegeszug der Eisenbahn wie die Pilze vermehrten, hatte er die um Jahre ältere Tochter eines Kneipenbesitzers geheiratet, stand am Abend hinter dem Tresen, tagsüber war er auf der Pferdekoppel zu finden, ein stiller und fleißiger Mann. Als die Frau aus unerfindlichen Gründen von ihm ging, sie hatte keine zwei Tage dazu nötig gehabt, stand er wieder allein auf der Welt. Den alten Schwiegervater setzte er jeden Morgen, wenn es das Wetter zuließ, in seinen hölzernen Lehnstuhl auf der Veranda des Lokals, verköstigte ihn gewissenhaft, erledigte die Pflege des Alten bis zu dessen Tod. Rufus errichtete neben seinem Lokal einen Gemüseladen, verkaufte dazu Schnaps, Zucker, Salz und Mehl, Schrauben, Nägel und Spaten, Hosen, Hüte und Jacken für die Männer und für die Frauen Kleider, Unterröcke und Strümpfe, Hüte und Gürtel. Er hatte nach ein paar Jahren drei Frauen im Gemüsehandel angestellt, eine Witwe aus der Nachbarschaft bekochte die Gäste mit deftiger Hausmannskost und Rufus züchtete seine Pferde.

Man habe noch keine derart prächtigen Pferde gesehen, lobten seine Käufer, als er seine erste Herde von Lancaster nach Philadelphia hinunter trieb, einhundertzwanzig Hengste, Stuten und Fohlen. Am Walnut Hill, keine zwei Meilen entfernt vom Schuylkill River, hatte er eine Koppel gemietet, keines seiner Pferde nahm er wieder mit nach Hause. Den beachtlichen Verdienst ließ er in der Stadt, kaufte eine leer stehende Lagerhalle, restaurierte das Gemäuer, baute ein Stockwerk auf die festen Fundamente, im weiten Gartenareal pflanzte er Gemüse und bot es in der Halle zum Verkauf an. Er zählte bald zu den vermögenden Bürgern der Stadt, war durch den Gemüse- und Pferdehandel zu Geld gekommen, hatte Filialen im weiten Stadtgebiet, aber seine ganze Liebe gehörte der Natur. In Wilmington am Delaware River hatte er die junge Claire Milton kennen gelernt, ihre Gaststätte ging mehr schlecht als recht. »Geh hinein nach Philadelphia«, sagte er, »das ist eine aufstrebende Stadt, die Leute können es sich leisten, im Restaurant zu essen.« Er möchte sich zurückziehen, seine Lagerhalle, zentral gelegen, ließe sich in ein Lokal umbauen. Der alte Pferdetreiber war am Ziel, er würde im Alter nicht darben müssen, dürfte sich die letzten Jahre wieder ganz um seine Pferde kümmern, hätte nicht umsonst gelebt und für Claire Milton begann ihr Leben in Philadelphia.

63

Der Telegraph brachte die traurige Nachricht vom plötzlichen Tod des New Yorker Direktors Peter Cromwell nach Philadelphia. »Seine Ausdauer, seine Liebe zur Eisenbahn, sein Gespür für Neues, sein väterlicher Umgang mit den Mitarbeitern haben Maßstäbe gesetzt.« Für den Vorsitzenden des Aufsichtsrates war Peter Cromwell Förderer und Mentor gewesen. Martin Cromwell blieb in Maine, Manfred Waldstein kam seinen Verpflichtungen in Philadelphia nach und für Monika schien der Weg zu einem Neuanfang mit Martin Cromwell in Maine vorgezeichnet.

An einem der stillen Herbstabende stand Stella Rubin vor der Haustür und bat Manfred Waldstein um ein Gespräch. »Ich möchte mich beruflich neu orientieren, nicht mehr abhängig sein von der Company, Benjamin möchte studieren und was im Süden kaum möglich sein wird, gelingt ihm sicher hier in Philadelphia.«

Strauß wurde zum Nothelfer, vermittelte Stella Arbeit bei den Verwandten und stellte Jeromia in der eigenen Verwaltung an.

Der Brief von Georg Zupfer riss Manfred Waldstein aus seiner trübsinnigen Stimmung. »Ich bin während der Wintermonate an der Ostküste und versuche Absatzmärkte für unsere guten Hölzer zu finden. Die Verbindungen und das ausgefeilte Netzwerk unserer holzverarbeitenden Verbände hier oben in Wisconsin wie in Michigan sind für meine weitere Arbeit und den Aufbau meines Betriebes hier in Milwaukee von entscheidender Bedeutung«, schrieb er, »wie geht es Monika, deiner Schwester«, fragte er nach, »gerne würde ich sie kennen lernen.«

Georg Zupfers zupackende Art begeisterte Manfred Waldstein immer wieder, aber über das Leben seiner kleinen Schwester wollte er nicht verfügen. Er kabelte Georgs Anfrage nach New York. Die Antwort ließ nicht lange auf sich warten: Sie wäre mit Martin Cromwell einig, würde nach Maine ziehen und heiraten. Das war für ihn die Weihnachtsüberraschung, die Zeiten, wo sie ihn um Rat fragte, waren endgültig vorbei, sie ging ihre eigenen Wege.

Das Weihnachtsfest feierte er mit Claire, Georg Zupfer wollte in den ersten Tagen des neuen Jahres aufkreuzen. Ferry Strauß wollte wieder in die Heimat fahren, er habe auf einem dieser windschlüpfrigen, schnellen Dampfer eine Kabine gebucht, ob er ihn nicht begleiten wolle, fragte er bei Manfred nach.

Manfred Waldstein war in der deutschen Gemeinde in Philadelphia integriert, die Hochzeit sollte vor Ostern gefeiert werden. Da wäre das Wetter schon angenehmer, meinte er, läge die Stadt doch fast auf dem gleichen Breitengrad wie das heimatliche Frankreich, das Land ihrer Vorfahren. »Ein kleiner Unterschied ist da schon noch«, lachte Claire, »aber unsere hiesigen Temperaturen können sich um diese Zeit sehen lassen, die Bistros und Restaurants weiten sich auch in Philadelphia schon in der Osterzeit auf die Straßen hinaus.«

»Ich müsste ja nicht mit Ferry Strauß alleine nach Deutschland fahren, es könnte nach Ostern sein und wir könnten unsere Hochzeitsreise nach Frankreich und nach Bayern machen«, Manfred Waldstein war die Begeisterung anzumerken. »Das müssen wir schon noch gründlich überlegen«, gab Claire, überrascht von seinen Überlegungen, zu bedenken.

64

Wenn er um die Osterzeit schon, im April, den Fluss hinunter geschwommen war, hatte die Donau diesen erdigen Geruch, besonders nahe dem Ufer, wo sie in den Ufergrund hineingriff und die Erde löste, mit jedem Atemzug sog er ihn tief ein, mit vollen Lungen. Unter den Lokomotiven liegend, im Ausbesserungswerk, hörte er jeden fehlerhaften Klang, wenn er mit dem Hammer das Gestänge, die Räder schlug, um Brüche, schadhafte Stellen zu hören. Vor allem aber saugte er diesen undefinierbaren Duft ein, roch, schnupperte an den Eisenteilen, als strömte aus ihnen ein besonderer Wohlgeruch. Er erklärte sich die Welt vor allem durch den Geruchssinn. Schon in der Grundschule strich er um geruchsintensive Flecken. Am Eingang zum hölzernen Treppenhaus, das in das Obergeschoss führte, nahmen ihn die Dünste des graubraunes Anstrich einer Stellwand und der Wandtäfelung gefangen, zog ihn der herbe Duft des gebeizten Fußbodens in den Schulräumen in seinen Bann, ihr Geruch erinnerte ihn an den Duft des warmen Brotes, das die Schwabelweiser Oma im Dorfbackofen buk.

Die Küche daheim war am Sonntagvormittag gesättigt von den unterschiedlichsten Gerüchen und er ließ sich nicht vertreiben, wenn der Bratenduft, der Duft der gerösteten Zwiebeln aus der Bratröhre drang. Den Weihrauchduft in der Schottenkirche, den Blütenduft im Frühjahr im Garten liebte er seit frühen Kindertagen. In Fargo am Red River stand das Gras im Frühjahr einen halben Meter hoch und verströmte den betörenden Balsam der Wiesenblumen, das Aroma von Hollunder, Brombeeren und Veilchen hing in der Luft.

Claire stand hinter ihm, er war in die Lektüre der Morgenzeitung vertieft, tauchte sein Croissant in den Kaffee, da zog ihn der Duft von Rosen in seinen Bann. Er schwebte auf ihn zu, sie trug das blaue Seidenkleid und setzte sich an den Tisch. »Ich habe dich in Philadelphia erwartet, jeden Tag auf der Straße gesucht, ich wusste, dass ich dich finden würde. Ich freue mich auf die Zukunft mit dir und auf unsere Hochzeitsreise in die alte Heimat.« Die Vorfreude auf die Hochzeit im Frühjahr stand ihr ins Gesicht geschrieben. Sie mochte ihn, seit er seinerzeit unvermittelt dem Red River entstiegen war.

65

Der Bachler Girgerl hatte seine unbeschwerten Kinderjahre hinter sich gelassen, war immer noch den Kropferten im Taubenhaus zugetan, war oft schon durch die Donau geschwommen. Dann hatten ihn die lieben Eltern in Sankt Wolfgang angemeldet, ein Studierter sollte er werden, habe er doch nur Einser, wie der Herr Hauptlehrer Poindl in der Grundschule in Stadtamhof der Mam' gesagt hatte. Geistlicher wär' gar zu schön, hätte es da doch schon einen entfernten Onkel gegeben, den sie damals in Metten hergerichtet hätten zum Pfarrer und der es sogar zu einem Probst gebracht hätte, wie der Bachler-Großvater gerne erwähnte.

Da schulterte der Girgerl nun jeden Morgen sein Ranzerl mit den Büchern, seinen Heften und einem Holzschachterl, das ihm der Vater gesägt, geleimt, lackiert hatte, mit sechs Farbstiften und einem roten Federhalter drin, den ihm der Großvater geschenkt hatte, und mit Bleistiften, die wohlgespitzt zu sein hatten, was ihnen der Herr Regens jeden Tag wieder einbläute. Den Herrn Regens hatte der Hochwohlgeborene Herr Bischof Senestrey erst zum Schuljahresanfang mit der Leitung des Studienseminars Sankt Wolfgang beauftragt. »Wohlgespitzt, Kinder, merkt's euch das, sei' Zeig muaß ma g'richt ham, an' Ordnung muaß ma hom', sonst wird nix aus oam.« Da lernte der Girgerl das Lateinische und viel von der Geometrie und der Physik, in der Mathematik wäre er der Beste in der Klasse, bestätigte ihm der Herr Kaplan Wirzer, der ihnen auch manches von den Sternen und Planeten erzählte und dem auch eine ganz ferne Cousine den Haushalt führte und die Mama war glücklich.

»Dasaff net in der Donau, Girgerl, i hob g'hört am Samstagnachmittag ziagst du die Bäum' vo Sinzing die Donau runter?« und die ganze Klasse lachte, beneidete den Girgerl auch ob seiner Freiheiten und wenn Leibesertüchtigung auf dem Stundenplan stand, hatte der Girgerl nicht einmal noch richtig eingeschnauft, scho gar net g'keucht, wie der Herr Kaplan, ein Straubinger, feststellte, als die anderen Buben schon erschöpft am Rande des Sportplatzes gelegen hatten. »Am Girgerl nehmt's euch ein Beispiel, der rennt euch in Grund und Boden, der hot a Lunga wia a Roß.«

Der Girgerl dachte oft an den Ratisbona Mane, von dem man nichts mehr gehört hatte, nur dass dessen Schwester, die Monika, sich auch aufgemacht hatte, wie man hörte, im späten Herbst schon und jetzt bereits drüben sein müsste in Amerika und der Girgerl hatte eine Sehnsucht im Herzen, sammelte in der halben Stadt Briefmarken aus dem fernen Amerika, bettelte den Herrn Kaplan um Bücher und Landkarten an, fragte, was es denn mit den Indianern und den Cowboys auf sich hätte, ob die Prärie wirklich so riesig sei, wie die Leute sagen, ob die Eisenbahnlokomotiven in Amerika auch so groß seien, wie die alte Donnersberg, die drüben am Bahnhof zischte und den Dampf abließ. Wenn der Wind recht stand, hatte der Girgerl den Rauch noch in Stadtamhof herüben in der Nase gehabt.

66

Katherina McOwen ging ihm nicht aus dem Sinn. Einen Schullehrer hatte sie geheiratet, bald sollte er Leiter der Highschool in der Lee Avenue werden, schrieb sie. Eine dringende Visite in New York stand an, die Company erwartete wieder Berichte, Tabellen und Statistiken, Cromwells schneller Tod hatte Sand ins Getriebe gebracht, Neues stand in der Hauptverwaltung der Company an. Manfred wollte die McOwens wieder sehen, vielleicht auch Katherine und ihren Ehemann. Roger McOwen, dem er so viel zu verdanken hatte, war zum Revierleiter der Stadtpolizei in der 3rd Ave bestellt worden, weit weg von der jetzigen Wohnung, sie müssten umziehen, ein Polizeichef gehört in die Nähe seines Reviers. Das sei das Hafengebiet nahe dem Hudson, schrieb er, nicht für jeden erstrebenswert, aber viele Iren seien dort drüben bei der Polizei gelandet, da könne er noch einmal Heimatgefühle entwickeln.

Georg Zupfer musste seine Reise in das Frühjahr hinein verschieben, das kam Manfred gelegen, hatte er doch zum Rapport in New York zu erscheinen, würde dort den neu zu wählenden Präsidenten der Company kennen lernen, einen aus den mächtigen Ostküstenfamilien, die, einige seit mehr als hundert Jahren schon, die Geschicke des Landes nach ihrem Gutdünken ausrichteten, die Politik diktierten, die Wirtschafts- und Finanzwelt im Griff hatten. Die Reise ließ sich gut an, nach sechs Stunden stieg er aus dem Zug und fuhr in sein Hotel.

Bei den McOwens traf man Vorbereitungen für den Umzug an den Hudson, am Wochenende stünde dann noch die Verabschiedung im alten Revier an. »Komm mich doch morgen besuchen, dann lernst du meinen bisherigen Arbeitsplatz kennen.«

Den darauf folgenden Vormittag würde er nicht vergessen. Er hatte das Hauptportal des Polizeireviers hinter sich gelassen, fragte sich beim Portier nach dem Büro von Roger McOwen durch. Schon am Treppenaufgang empfing ihn scharfer Gestank, eine Mischung aus der ätzenden Ausdünstung, die aus uralten Urinalen und ungelüfteten Toiletten strömte, dem Schweißgeruch vieler Menschen, einem beißenden, die Atemwege reizenden, permanenten Tabakrauch. Der lange Korridor, der zu McOwens Büro führte, war zudem stickig, aus den Büros drangen laute Männerstimmen, schrilles Gekreische von Frauen dazwischen. So muss es in der Vorhölle zugehen, dachte Manfred Waldstein.

»Hast du dich durchgebissen bis zu meinem Büro?«, empfing ihn McOwen. »Dieser Gestank im ganzen Haus empfängt mich jeden Morgen, umgibt mich während der alltäglichen Arbeit, sitzt in meiner Uniform, begleitet mich auf die Straße. Er ist sozusagen die Zustandsbeschreibung unserer verelendeten New Yorker Gesellschaft, es wird von Jahr zu Jahr dramatischer. Das ist der Gestank der Kriminalität, das Parfüm des Bösen, der Geruch der gesellschaftlichen Fäulnis, der Gemeinheiten und Verschlagenheit, der Korruption, der Schurkereien und der allgemeinen Niedertracht, mit denen wir ohne Unterlass zu tun haben. Mein Geschäft.«

Roger führte Manfred durchs Haus, jeder Schritt verursachte ihm körperliches Unbehagen und Übelkeit. »Das Revier am Hudson ist neu, ich werde meine jetzige Arbeitsstätte wohl nicht vermissen.« Dann erlebte Manfred Waldstein ein stetes Kommen und Gehen von Polizisten, das Geschrei von festgenommenen Querulanten, Dieben, Schlägern, Kleinkriminellen und Zuhältern, die im langen

Korridor grölten, bockbeinig und aufsässig waren. Überforderte Cops brüllten, drohten, gestikulierten, rissen renitente Jugendliche in den Korridor hinaus. Ein Mischmasch an Nationalitäten und Problemen probte den Aufstand gegen die Umstände, die Missstände. »In diesem Haus findest du sie alle, die überlasteten Detektive, korrupten Chefs, frechen, dreisten Strolche, die kleinen Diebe, die Totschläger, die Räuber und die Mörder, da triffst du den feinen New Yorker Tandy, der scheinbar keiner Fliege etwas zu leide tun kann, der jedoch ein geriebener Zuhälter ist, für den zwanzig Frauen laufen. Uns bläst ständig der Wind ins Gesicht, jeder Festgenommene plädiert auf Unzurechnungsfähigkeit, das ist die modernste Masche, jeder Zweite bringt den Anwalt gleich mit ins Revier.«

Roger erzählte ihm von einem eleganten Typen, der sich als König der Unterwelt produzierte und am heutigen Morgen mit eingeschlagenem Schädel auf einer Müllkippe ganz in der Nähe gefunden wurde. Bei den kriminellen Banden säßen die Messer und die Colts locker. Die Verbrecher stecken mitten auf der Straße einem patrouillierendem Cop ein paar Scheine zu, er solle sich die nächste Stunde abseilen, diese und jene Straße meiden, sie schieben dem anderen im Büro, noch bevor der Detektiv die Anklage schreibt, ein dickes Kuvert zu, die Anklage wird fallen gelassen, zerrissen, in den Papierkorb geworfen. »Bei uns gibt es ein ständiges Hauen und Stechen, die Hälfte der Polizisten ist bestechlich, finanziert den Familienurlaub mit Bestechungsgeld und ist nur zu gerne bereit, ein Auge zuzudrücken, wenn der Postbote in der Weihnachtszeit ein Päckchen mit Dollarscheinen abgibt: »Gruß von Danny und frohe Weihnachten.«

Manfred Waldstein machte sich auf den Rückweg, setzte sich in seinen Einspänner, zog die Pelzmütze in die Stirne und ließ sich die frische Luft ins Gesicht wehen, in der Stadt lag noch ungewöhnlich viel Schnee auf den Straßen und die

Räumkommandos wurden nicht fertig damit. »Die andere Seite ist uns in allem voraus«, sagte Roger beim Abschied, »die Verbrecher haben mehr Geld, bessere Waffen, sind über das ganze Land hinweg vernetzt und der Zulauf durch junge, orientierungs- und hoffnungslose junge Leute ist enorm, wir haben nichts im Griff.«

Manfred dankte seinem Schöpfer aufs Neue, dass er ihn gut über den Ozean geführt hatte, dass er ein einfacher Eisenbahner wäre, er dankte für seine guten Eltern und dachte an sein geliebtes Ratisbona. Der Wochenanfang war eingeplant für die dienstlichen Gespräche mit der Spitze des Direktoriums in der Hauptverwaltung.

67

In der New Yorker Zentrale der Company würden die Bedingungen des bevorstehenden Machtwechsels, notwendiger Umstrukturierungen, bedingt durch Peter Cromwells Tod, auszuhandeln sein. Ein einmütiges Handeln der Parteiungen, die zum Teil mit sehr unterschiedlichen Überlegungen in die Erörterungen gehen würden, war zunächst nicht abzusehen. Die Hauptanteilseigner beharrten im Vorfeld der Auseinandersetzungen auf ihren Vorstellungen, wiederum war ein einvernehmliches, im Interesse der ganzen Company liegendes Vorgehen nötig, Konzessionen beider Seiten unumgänglich erforderlich. Zugeständnisse in Detailfragen wie Kompromisse in schwerwiegenden Problemen mussten erarbeitet werden.

Schon in den Wochen nach Cromwells Ableben sammelte De Haen seine Bataillone. Diese unerfreulichen Auseinandersetzungen gingen an Manfred Waldstein spurlos vorüber, war er doch als technischer Leiter in Philadelphia in die Händel der Mächtigen in New York nicht eingebunden. De Haen fühlte sich in die Enge getrieben, hatte das untrügliche Gespür, dass er sich in die Realitäten schicken musste, dass sich das Blatt sehr schnell zu seinen Ungunsten wenden könnte. In der New Yorker Society wurde über die Methoden der De Haens gemunkelt, über Unterdrückungsstrategien gegen die schwarzen Sklavenarbeiter auf seinen Plantagen, vornehmlich über unredliches Geschäftsgebaren. Die Presse hielt still, zu groß schien auch der Einfluss dieser mächtigen Familie, niemand wollte sich zu schnell aus dem Fenster lehnen. Die Wahl des Nachfolgers von Peter Cromwell schien schnell, reibungslos vonstatten zu gehen.

Er würde diesen Haufen auf Vordermann bringen, dröhnte der neue Präsident in seiner Antrittsrede in das Auditorium. »Da haben sich Bequemlichkeiten eingeschlichen, Schlendrian ist an der Tagesordnung, da wird man mancherorts neue Saiten aufziehen müssen.« Collin De Haen war vom größten Anteilseigner der Company ins Rennen um den Präsidentenstuhl geschickt und ohne Gegenkandidaten prompt auf der Zielgeraden problemlos an die Spitze manövriert worden, zwar gewählt im Auditorium, aber lange schon bestellt hinter verschlossenen Türen, nach geheimen Absprachen, sehr zum Unwillen einer einflussreichen Eignergruppe, der das Vorgehen der Wahl wie der Kandidat suspekt waren. De Haen stammte aus einer lange in New York ansässigen Kaufmannsdynastie, die sich im vergangenen Jahrhundert nicht nur durch geschickte Finanztransaktionen einen Namen gemacht hatte, De Haen war ein Synonym für Rücksichtslosigkeit und Berserkertum, wenn es um Geschäfte ging. Der nun schon hoch betagte Richard De Haen hatte sich noch auf den Verdiensten des ersten De Haen, seines Vaters ausgeruht, hatte sich in Louisana einen Namen als gewissenloser Sklaventreiber gemacht, aus Afrika Schiffsladung um Schiffsladung »frischer Ware« importiert, die Küsten im westlichen Afrika nach Material, wie er zynisch kundtat, abgegrast, hinein bis Mali und bis in den Osten hinüber nach Sudan und seine arabischen Sklavenjäger gut bezahlt. Er vergrößerte den familiären Landbesitz und legte eine Baumwollplantage neben der anderen an. Wie alle anderen Güter waren sie das kriminell erwirtschaftete Fundament des immer mehr wachsenden, immensen Reichtums und vor allem dem Menschenraub in Afrika geschuldet. Der De-Haen-Gürtel nördlich von New Orleans war berüchtigt, starben dort doch die Sklaven wie die Fliegen, ob der ausbeuterischen und gewissenlosen Haltung durch die Herrschaften. In den Fünfzigern machte Richard De Haen sich in den Norden auf, vom Urvater verkuppelt an eine Bankertochter. Er solle sich bei der Eisenbahn einkaufen, gab er ihm zum Abschied mit auf den Weg, hatte der Alte doch lange schon seine Finger in jedem Geschäft, das Erträge brachte, in den verschiedenen Bahncompanies, im Pelzgeschäft vor allem und im Teehandel. Entlang der Ostküste von Main bis hinunter in den Golf erstreckte sich das De Haensche Imperium, wurden sie Schiffseigner, Landbarone, Politiker und Sklavenhalter.

Nun hatte ein neuer De Haen das Ruder bei der New Yorker Eisenbahncompany übernommen, Richard de Haens Jüngster, ein ebenso rücksichtsloser, ein gewissenloser Magnat, dem der Erlös, nicht die Menschen wichtig waren. »Nichts gegen unseren verstorbenen Freund Cromwell, aber die Ära des Gutmenschentums ist vorbei, neue Zeiten brechen an, die Konkurrenz schläft nicht, wir müssen im Wettbewerb bestehen, der Kontinent will erobert werden, wir werden an der Spitze stehen.«

Manfred Waldstein erwog die aggressive Antrittsrede De Haens. Er wollte für eine Sklaventreiberdynastie, die sich beizeiten in den Norden abgesetzt hatte, die Kastanien nicht aus dem Feuer holen. »Diesen Leuten haben wir ja den Krieg zu verdanken, der die Seelen der Menschen und das Land verwüstet hat.« Martin Cromwell konnte seinen Zorn kaum bändigen.

Die Cromwelldynastie war beliebt gewesen, nicht minder mächtig, aber der Tod des Peter Cromwell hatte eine Lücke im Management der Eisenbahn gerissen, die Größen der anderen Anteilseigner, über Jahre Cromwells Kontrahenten, mussten Boden gut machen, wollten neue Maßstäbe setzen, brauchten willfährige Mitarbeiter. Auch Martin Cromwell, der aus Maine angereist war, hatte seinerseits jene führenden Köpfe der Company um sich geschart, die die Positionen und Marktstrategien seines Vaters unterstützt hatten.

Im Gegensatz zu De Haen, dem die Erfahrung im Bahnsektor weitgehend fehlte, konnte Martin Cromwell auf nun schon langjährige Erfahrung bauen, wurde nach der Wahl De Haens als Vizechef in den Vorstand berufen, De Haen an die Seite gestellt und hatte schließlich nach langen und mühseligen, oft aggressiven Auseinandersetzungen mit den Repräsentanten De Haens mit einer fulminanten Rede zumindest die Mehrheit – auch aus den Reihen der De Haen-Anhänger – für seine zukunftsorientierten Überlegungen im Aufsichtsrat hinter sich gebracht. So hatten die Abstimmungen in zwei turbulenten Tagen die Company doch nicht ganz in die Schieflage gezwungen.

Settleman, der sichtlich aufgebracht war, hielt mit seiner prägnanten Analyse nicht hinter dem Berg und brachte das Problem kurz und knapp auf den Punkt: »Die wirtschaftlichen Konsequenzen für die Anteilseigner insgesamt werden sich durch De Haens Strategien und Vorstellungen katastrophal entwickeln, die anderen Companies im Lande werden sich auf uns stürzen wie die Hyänen, denn der Kuchen wird doch Jahr für Jahr neu verteilt, jeder Fehler von unserer Seite kann schlimme, nicht mehr gut zu machende Folgen nach sich ziehen.«

In einer letzten Unterredung mit einigen vernünftigen

Mitgliedern der gegnerischen Fraktionen analysierte Martin Cromwell das Für und Wider der De Haenschen Politik. »In allen Companies gibt es legitime Auseinandersetzungen, aber bei uns geht es ans Eingemachte. Was De Haen vom Zaun gebrochen hat, ist ein fundamentaler Streit, wäre ein komplett falscher Weg um die arbeits- und marktpolitische Ausrichtung unserer Gesellschaft. Das sind nicht die üblichen Kontroversen, da wird vermeidbare Spannung aufgebaut, Streit ist vorprogrammiert. Der gesellschaftliche Dissens, den seine wirtschaftspolitischen Überlegungen aufzeigen, die Behandlung der fleißigen Arbeiter grenzt an Leibeigenschaft wie drüben im zaristischen Russland.« Die Gesellschafter unterstützen schließlich lauthals Cromwells Argumentation, konnten sie doch mit einer Uraltpolitik weder in der politischen noch in der gesellschaftlichen Öffentlichkeit bestehen, das Ansehen der Company wäre nachhaltig beschädigt, aber De Haen war nun gewählt.

»Die Schere zwischen den Bossen der Company und den einfachen Gleisarbeitern und Zugbegleitern klafft immer weiter auseinander, da fehlt es an Moral wie bei den Plantagenbesitzern im Süden, De Haens Gedanken sind schlichtweg schamlos und unser nicht würdig«, warf George Settleman, der Repräsentant aus Chicago ein und erhielt donnernden Beifall.

Beim Nachmittagskaffee durchdachten Martin Cromwell und Manfred Waldstein unter anderem konkret die Gedanken von Settleman. »Den George Settleman aus Chicago könnte ich in der hiesigen Hauptverwaltung brauchen, der hat Mut, ist kompetent und völlig unabhängig«, wandte er sich an Manfred, »du wirst wohl Philadelphia nicht mehr verlassen wollen, nachdem Vater dich erst vor kurzem dorthin geschickt hat?«

Manfred lachte: »Nein, ich bleibe in Philadelphia, irgendwann muss der Mann zur Ruhe kommen und wenn ich Settlemans kompetenten, aber teilweise sehr konkreten und prononcierten Vortrag weiter bedenke, so könnten bald neue Dinge ans Licht kommen. Settleman ist der rechte Mann für dergleichen Konflikte, er steht solche Auseinandersetzungen durch und ich glaube, De Haens heutiger Aufstieg vom Sklaventreiber zum vermeintlich integren Bahnchef könnte der Anfang seines Abstiegs werden.«

Dem konnte Martin Cromwell nur zustimmen: »Eigentlich ist De Haen ein maßlos ehrgeiziger Populist und die Präsidentschaft bei unsere Company genügt dem doch nicht, in drei Jahren sind wieder Bürgermeisterwahlen in der Stadt, Kandidaten werden gesucht und er bringt sich gerade in Stellung.«

Settleman gesellte sich zu den beiden: »Unsere amerikanische Welt verändert sich radikal, vor allem durch die Vielfalt der Einwanderer, durch deren Kulturen, ihre Hoffnungen und Erwartungen und wir alle werden immer mobiler. Wir können darauf warten, dass bald die ersten Flugmobile am Himmel kreuzen, in der griechischen Sage fliegt Dädalus der Sonne entgegen, solche Maschinen werden bald über unseren Köpfen fliegen, sie sind die Zukunft Amerikas wie die Eisenbahn auch.«

68

Die Debatten an diesem Tag hatten viel Unbehagen ausgelöst. »Im Süden wollen die Politiker und die Wirtschaftseliten keine Veränderungen, da soll ein Tag wie der andere sein, nur keine Neuerungen und jeder Umbau der Systeme, sei es in der Wirtschaft oder auf dem Kapitalmarkt, seien es die gesellschaftlichen Strukturen oder die aufstrebenden Wissenschaften stoßen bei diesen Leuten auf Unbehagen. De Haen bleibt auch in seinen muffigen Schuhen stecken, der tickt anders als wir.« Settleman erklärte die Zustände im Land und vor allem im Denken der führenden Männer der Company schonungslos.

»Ich komme aus Chicago, meine Familie lebt dort in dritter Generation, die Väter haben sich als Farmarbeiter durchs Leben gebracht, ihre Familien redlich ernährt, für uns ist die Eisenbahn lebensnotwendig, unsere Märkte leben durch die Eisenbahn und für uns ist die Bahn nicht nur ein Symbol für die Überwindung großer Räume, eine die Grenzen sprengende Technik, sie könnte auch helfen, die Ungleichheiten zu bekämpfen und so darf der Reichtum der Bosse der Company nicht allein auf Kosten der kleinen Leute ins Unermessliche steigen. Der Hass der immer wieder Ausgegrenzten könnte die Bosse einmal wie ein Tornado wegfegen. Wie erklärt man das nun denen, die seit Generationen bei uns das Geld scheffeln, aber weit weg von den Nöten der einfachen Leute sind?«

Manfred erzählte von den Ungerechtigkeiten im alten Europa, in seinem Land, von den Abhängigkeiten der einfachen Leute von Adelscliquen und Klerus, der sozialen Kälte und den Aufständen, die ihn bewogen hätten, in Amerika seine Zukunft zu suchen.

»Wir alle haben europäische Hintergründe und in unserer amerikanischen Demokratie muss viel bedacht werden, wir drei können die Welt nicht ändern, dazu sind wir zu ohnmächtig, aber in unseren Verantwortungsbereichen wollen wir einen Beitrag leisten, dass es gerechter zugeht«, ergänzte Martin Cromwell.

69

Die drei Idealisten trennten sich in der einvernehmlichen Haltung, dass man Leute wie De Haen bändigen muss:

»Wir leben in einer modernen Demokratie und deren Spielregeln müssen sich auch in unserer Company durchsetzen, der einzelne Arbeiter muss so gut entlohnt werden, sei es als Gleisarbeiter in den Prärien oder in den Mountains, dass er seine Familie ernähren, die Kinder auf Schulen schicken kann, wir sind doch keine Ausbeuter.«

Settleman würde diese Grundgedanken in Bälde auch noch in den Kreisen der De Haen-Gegner darstellen. »Der De-Haen-Clan besteht aus Möchtegern-Despoten im Schafspelz moderner Demokratieverfechter, denen jedoch das Kapital weit über den Menschen geht, die Vergangenheit seiner Sklavenhalterfamilie wird ihn doch noch einholen. Wir haben es hier mit Raubtieren zu tun.«

Martin Cromwell nahm ihn beiseite, ob er sich eine Übersiedlung nach New York vorstellen könnte, fragte er ihn, als Abteilungsdirektor, seine, Cromwells Stelle, würde ja nunmehr frei, nachdem er zum Vizepräsidenten gewählt worden war.

Neue Zeiten, neue Köpfe, neue Umstände. Martin Cromwell würde in Bälde seine neue Etage in der New Yorker Hauptverwaltung beziehen, hoffte auf Settlemans Zusage.

»Wenn du die technische Leitung in New York übernehmen willst, bist du morgen hier«, sagte er zum Abschied noch zu Manfred Waldstein. Der brauchte nicht lange zu überlegen. Er war weder Anteilseigner der Bahn, noch hatte er die Absicht, es zu werden, dazu verfügte er weder über den finanziellen Background noch war er mit den oft seit vielen Jahrzehnten währenden Connections in New York oder in Washington oder in Chicago und Philadelphia vertraut, er wollte in Philadelphia bleiben, brauchte endgültig eine Heimat. Seine Aufgabe als technischer Leiter wollte er dort gewissenhaft erfüllen, mit Claire ein glückliches Leben führen, eine Familie gründen. Manfred Waldstein traf am Abend noch seine freudestrahlende Schwester, die im Herbst heiraten würde, stieg in den Zug und traf tags darauf in Philadelphia bei Claire ein.

Monika würde die Frau des Martin Cromwell werden und in das Haus in West Hempstead, in Brooklyn, einziehen. Sie sorgte sich um das Wohlbefinden ihres Verlobten, dem der Umgangston des neuen Präsidenten scheinbar sehr nahe ging. »Mit solchen Methoden musste mein Vater oft genug fertig werden«, Martin tröstete seine Monika, »im Herbst heiraten wir, wir bleiben in der Stadt.«

Die künftige Schwiegermutter würde ihr das Leben nicht schwer machen und Martin hatte das Zeug, ein guter Ehemann und Vater vieler Kinder zu werden. Monika würde den Eltern, die auf jeden Brief der Kinder sehnsüchtig warteten, viel zu schreiben haben.

70

»Dieser junge Cromwell ist ein Schönling, er wird dich unglücklich machen, so einem laufen ja die Frauen haufenweise hinterher.« Meggy Gulbranson hörte wie ihre Mutter dem Vater aufmerksam zu, dann redeten die beiden Frauen seine Argumente mit gebündelten Kräften klein und ein paar Monate später durfte der schöne Peter Cromwell aus reichem Hause um die Hand der liebreizenden, aber noch viel zu jungen Neueinwanderin Meggy, die mit ihren Eltern noch vor zehn Jahren in einem dieser öden, nasskalten Vororte von Göteborg in Schweden gewohnt hatte, anhalten.

Er müsse wissen, was er tue, sagten Cromwells Eltern, Geld bräuchte sie keines mitbringen, davon hätten sie selber genug, aber anständig müsse sie sein und ihre Kinder im protestantischen Glauben erziehen, eine Katholische hätten sie noch nie in der Familie gehabt. Meggy beendete dann ihre Ausbildung in der Lehrerbildungsanstalt in Manhattan, wurde als Lehrerin angestellt und heiratete, noch keine neunzehn Jahre alt, ihren Peter. Die ersten Ehejahre waren eine intensive Lehrzeit für die junge Frau, sie lernte die Creme de la Creme der New Yorker Gesellschaft kennen, bildete sich durch viele Reisen mit ihrem Mann, kam bis hinauf nach Boston, reiste mit dem neuesten Dampfschiff nach Florida, hatten sich doch dort Verwandte der Cromwells in Miami zu wohlbestallten Regierungsbeamten hoch gedient. Martin kam dann deutlich zu früh auf diese Welt und schrie seine ersten Laute in Florida hinaus, er überstand die Schiffsreise zurück in die nördliche Heimat, wuchs zu einem hübschen, liebenswerten Menschen heran, in der Schule war er Mittelmaß, was ihn nicht weiter belastete, er wurde zu gegebener Zeit ein tüchtiger Maschinenbauer.

Meggy hatte sich als junges Mädchen deutlicher Avancen eines netten Nachbarjungen zu erwehren, den sie auch von ganzer Seele liebte, aber der Peter Cromwell war dann für sie schließlich doch das Maß aller Dinge.

Nun war Peter Cromwell schon zwei Jahre verblichen, ihr geliebter Sohn Martin hatte eine junge Frau ins Haus gebracht und dann stand eins Tages John Fox an der Tür, sprach ihr sein tiefes Mitgefühl zum Tode von Peter aus, erinnerte sie an alte Zeiten und meinte, er wäre immer für sie da, sollte sie jemand brauchen, auch er wäre Witwer, habe ihn doch seine Frau vor mehreren Jahren schon verlassen.

Seine Besuche wiederholten sich, er führte sie eine halbe Tagereise lang mit dem Zug nach Scranton hinauf, wo er eine Kohlenzeche leitete. In einem Vorort dieser lieblichen Kleinstadt hatte er sich ein Haus gebaut.

»Ich habe deinen Vater immer geliebt und ihm die Treue gehalten bis uns der Tode getrennt hat«, schrieb Meggy in einem Brief an ihren Sohn Martin, »als er mir seinen Seitensprung mit dieser jungen Schwarzen gebeichtet hat, wir waren noch so jung, habe ich das alles mitgetragen, voller Trauer auch, aber ich habe zu ihm gehalten, ihm auch gesagt, dass er die junge Mutter und das Kind unterstützen müsse. Ich dachte mir, es wäre diese neue Situation im Süden gewesen, die Hitze in Florida dazu, vielleicht zu viel Wein, ich suchte jede Ausrede für ihn. Du, mein lieber Martin, bist nun glücklich verheiratet und ich werde unser Haus verlassen, nach langen dreißig Jahren und ich ziehe nach Scranton.« Dann schrieb sie noch, dass sie eine Ehe mit John Fox, der ein ebenso ehrenwerter Mann sei, wie es Vater gewesen war, eingehen würde, und das schon recht bald, damit Ordnung herrscht. Ordnung sollte bei Mutter immer herrschen, das wäre das halbe Leben, sagte sie und sie bräuchte diese geordneten Umstände, die Klarheit des Lebens, wie sie sie von ihren Eltern ins Leben hinein mitbekommen habe. »Kümmere dich im deinen Stiefbruder Benjamin Rubin in Philadelphia, das bist du deinem Vater und der Ehre deiner Familie schuldig.«

»Das ist typisch Mama«, sagte Martin am Abend zu seiner jungen Frau Monika, »ich hoffe, ich bestehe mein Leben, wie sie es mir vorgelebt hat. Sie steht im fünfzigsten Lebensjahr und hat noch gute Jahre vor sich. Sie lädt uns zur Hochzeit nach Scranton ein, schon im frühen Oktober soll es soweit sein.«

Meggy hatte ihr Leben für ihre Eltern, ihren Mann und ihren Peter aufgeopfert, die kommenden Jahre wollte sie noch gute Tage erleben.

»Im Frühjahr geht es nach Hause, in mein geliebtes Regensburg«, sagte Monika auf der Heimreise von der Hochzeit »und du wirst mich doch begleiten, ich möchte meine Eltern noch einmal sehen, man weiß nie, was die Jahre bringen, du siehst an deiner Mutter, wie schnell sich die Angelegenheiten des Lebens ändern.«

71

Er stieg nicht wie Graf Koks aus dem Zug, der es in Amerika zu etwas gebracht hatte und nun den feinen, vornehmen Herrn Baron markiert und von Regensburg, der alten Reichshauptstadt Besitz ergreift. Die Eltern standen am Bahnsteig und nahmen die jungen Leute in Empfang. Mit der Kutsche wäre es gerade eine halbe Stunde nach Schwabelweis, meinte der Vater. »Für einen kurzen Besuch in der Jakobstraße muss Zeit sein und in die Schottenkirche möchte ich auch reinschauen«, meinte Manfred, seine Claire sollte wissen, wo er herkommt.

Der Dampfer hatte sie von Philadelphia nach Le Havre gebracht, dann fuhren sie mit der Eisenbahn über Paris nach Straßburg und kamen über Nürnberg in Regensburg an, die deutschen Bahnen waren ebenso vornehm wie die gewohnten amerikanischen, die ihn von Maine nach Philadelphia, nach Chicago oder Milwaukee gebracht hatten. Ein Landsmann seines Freundes Georg Zupfer war Jahre vorher, in den dreißiger Jahren vom böhmischen Prachatitz nach Le Havre im Französischen zu Fuß unterwegs, hatte sich dann einem Segelschiff anvertraut und war in New York an Land gegangen, einer, den es bis an die Großen Seen hinauf getrieben hat, um anderen zu helfen, Bischof, Apostel der Einwanderer. »Einer von uns, ein echter Philadelphian ist Johann Neumann geworden und das lange bevor wir die Stadt für uns entdeckten«, erklärte er seiner Claire, als sie das Dampfschiff in Le Havre verließen und sich der französischen Eisenbahn anvertrauten. Er bewunderte den Dom Sankt Peter, der bald nach dem unseligen Krieg gegen die Franzosen seine beiden Türme aufgesetzt bekam, so war die mächtige Kathedrale nach über sechshundert Jahren endlich vollendet. Der Bahnhof war gewachsen und alte Freunde hatte er getroffen, er ging täglich über die Steinerne Brücke, schaute über die Brüstung, spürte der Strecke nach, die er nach Schwabelweis geschwommen war. »Der Bua hot a Lunga wia a Roß«, den Spruch des Großvaters hatte er im Ohr. Dann hat er sich in den Zweispänner des Vaters gesetzt und seiner Claire die Stadt und das Umland gezeigt, ist Tage weit hinein gefahren in den großen Wald im Osten.

Am Sonntag machten sie sich auf den Weg in das Heilige Hochamt im Dom, da stand dann der Herr Bischof von Senestrey in seinem bischöflichen Festgewand, das Brustkreuz blitzte, den Hirtenstab hielt er in der rechten Hand, und er predigte, schön und lang, wie Claire feststellte, aber sie habe ihn gut verstanden, meinte sie, habe sie doch durch Manfred recht gut Deutsch zu sprechen gelernt. Die dicken Weihrauchschwaden blieben unter dem hohen Gewölbe des Gotteshauses hängen und der Ratisbona Mane fühlte sich in alte Zeiten zurückversetzt. Derr Herr Bischof hat den Manfred Waldstein aus Amerika, der in der Jakobstraße aufgewachsen war und eine Lunge wie ein Roß hatte, natürlich nicht erkannt, aber seine Eminenz stutzte in seiner Predigt den Herrn Reichskanzler Bismarck auf die rechte Größe zurecht und seine kirchenfeindliche Politik geißelte er heftig und den Herrn Kaiser Wilhelm, den Ersten, nannte er, was der war, ein Höriger dieses preußischen Landjunkers. Die Leute bestätigten diese bischöflichen Attacken, sie nickten beifällig, einige Männer nickten auch dem Manfred Waldstein zu und draußen auf dem Domplatz schlugen sich nach dem feierlichen Gottesdienst ein paar alte Kameraden auf die Schulter.

Die Mutter zog Claire in die alte Kapelle, Manfred ging den Weg zur Jakobstraße noch einmal zu Fuß, brauchte er doch die Eindrücke am Neupfarrplatz, hinüber zum Bismarckplatz und blickte zu dem Fenster hinauf, hinter dem er die ersten zwanzig Lebensjahre verbracht hatte. »Da wohnt jetzt der Herr Prälat seiner Heiligkeit Leberecht von

Mehlhard-Klonsdorf, ein schwäbischer Adeliger, den der Herr Bischof zum Domherrn ernannt hat, ein bisserl jung ist er noch, aber er wird gut verköstigt von einer braven Verwandten.« Manfred wandte sich um und erkannte den alten Pater aus der Schottenkirche, den er als Bub so verehrt hatte. »Eine Spaßwachtel ist dös, der Herr Pater Remingart«, hat der Vater immer gesagt. »Ein Adeliger musst halt sein, Manfred, dann stehen dir alle Türen offen, oder du gehst ins Amerika«, grinste der Pater ganz unverschämt.

Die Eltern waren glücklich, als Manfred und Claire von der Hochzeit in Philadelphia erzählten, Monika konnten sie auf den Fotografien ebenso entdecken wie den künftigen Schwiegersohn Martin Cromwell, vom Restaurant in Philadelphia waren sie beeindruckt. »Einmal nur möchte ich nach Amerika fahren, einmal nur, aber den Vater bringt man ja nirgends hin.« Die Mutter betrachtete mit großer Sehnsucht im Herzen die Hochzeitsbilder und dann ließen die jungen Leute die Eltern an der feierlichen Vermählung in der Kirche teilhaben, am festlichen Hochzeitsmahl und Vater und Mutter waren dankbar, dass ihr Manfred das Leben an der Seite dieser lieben und gar so schönen, jungen Frau bestehen würde. »Grüßt mir die Monika und sie soll auch einmal wieder bei uns vorbeischauen«, sagte die Mutter.

»Bevor ich drob'n lieg' am Friedhof«, lachte der Vater, dessen Kraft wieder an alte Zeiten erinnerte, als er den Hammer auf den Amboss geschlagen hatte. Aber der Mensch hat ja sein Geschick doch nicht ganz in der Hand und was morgen ist, weiß man am Abend vorher noch nicht.

Die Heimreise der jungen Leute nahm ihre Zeit in Anspruch und dann widmeten sie sich wieder der gewohnten Arbeit und sie waren glücklich und guter Dinge.

72

In New Yorks Straßen brodelten die Gerüchte, die Presseleute waren außer Rand und Band, bei den Republikanern zündelten die Protagonisten der unterschiedlichen Seilschaften, verunglimpften den Spitzenkandidaten für das Bürgermeisteramt, redeten übel und abfällig, wie es in Wahlkampfzeiten an der Tagesordnung war. Wenn die Meinungsmacher des Eisenbahnpräsidenten De Haen den Kontrahenten als Frauenhelden und unzuverlässigen Büttel der Liberalen titulierten, revanchierten sich deren Anhänger und karikierten De Haen als Ausgeburt eines bösartigen Kapitalisten. Ein Leuteschinder wäre der, schrien sie lauthals und so wenig demokratisch wie im fernen Deutschland der neu installierte Kaiser. Der New York Chronicle nannte De Haen einen Ausbeuter und Halsabschneider, stellte ihn in eine Ecke mit den Ausbeutern der versklavten schwarzen Minderheit in den Südstaaten. Das dürfte der Anlass gewesen sein für die nun beginnende Durchstecherei von sehr unerfreulichen Nachrichten über De Haen, den Nachkommen von Sklaventreibern und Leuteschindern, die sich im Süden als offenkundige Blutsauger erwiesen hätten und wenn es darauf ankäme, würde er seine Eisenbahn wieder einsetzen gegen die Schwarzen und sich gesund stoßen. So einem Menschen könne man eine aufstrebende Weltstadt wie New York nie und nimmer anvertrauen.

In der Appomattox-Schlacht im April 1865 habe er sich als Feigling und Deserteur erwiesen. Es gäbe genügend Zeugen für sein Verhalten und De Haen wäre seinerzeit nur wegen des vermögenden und einflussreichen Vaters nicht vor das Kriegsgericht gekommen. The New Yorker stellte ihn hingegen als großen Patrioten hin, als Helden des Vaterlands, der sich durch Tapferkeit ausgezeichnet, in dramatischen Situationen bewährt und als Leutnant vor seine Leute gestellt hatte. Der Chronicle gab die Aussage zweier Korporäle zum Besten, die mit weiteren Kameraden den Leutnant De Haen in dichtem Strauchwerk vom Feinde versteckt, aufgegriffen hatten. Er wäre beim Gebet eingeschlafen, hatte er damals zu Protokoll gegeben, konnte aber nicht erklären, warum er eine halbe Meile hinter der Front sich dem Gebet hingegeben hatte. Vom Brigadegeneral höchst persönlich abgemahnt, kam diese Rüge der Aufforderung gleich, den Dienst bei der Union zu quittieren.

Da Haen gab schließlich seine Kandidatur an die Partei zurück und erhoffte vom Aufsichtsrat der Eisenbahn Milde. Die Mehrheit der Company bat ihn, von sich aus zurückzutreten. Martin Cromwell empfahl Georg Hugh Allister für die Präsidentschaft, einen bewährten Spezialisten aus Washington, erprobt und bewährt in vielen Debatten, der in geschliffener Rede schwierige Sachverhalte auf den Punkt bringen konnte.

De Haens Reputation hatte schwer gelitten, er nahm sich zurück, schien geläutert, gab vor, sich mehr um seine Familie zu kümmern, meinte jedoch weiter im Hintergrund die Fäden ziehen zu müssen. Die politischen Ränkespiele dauerten nicht mehr lange, die Republikaner setzten sich von De Haen ab, zogen einen weiteren Spross einer politischen Dynastie aus dem Ärmel und gewannen mühelos das Amt des Bürgermeisters. Wieder einmal hatte sich bewahrheitet, wer zu schnell hoch steigt, kann ebenso schnell ins Bodenlose abstürzen.

73

Ferry Strauß war wieder einmal im Lande. Dass er Dreiviertel des Jahres mit dem Schiff oder mit der Bahn, oft genug mit Kutsche oder allein auf dem Pferd unterwegs war, oben in Nova Scotia oder weiter die zweihundert Seemeilen nach Neufundland hinüber, war nicht die Ausnahme, eher die Regel. Er hatte sich vorgenommen, seine Niederlassungen regelmäßig zu inspizieren: »Vertrauen ist gut, Kontrolle ist besser«, und er erinnere sich noch gut an seines Vaters Lebensmaxime, der auf seinen Gütern regelmäßig nach dem Rechten geschaut hätte. Am Lorenzstrom, schon auf kanadischer Seite, hatte Ferry Filialen erschlossen, seine französischen Sprachkenntnisse zahlten sich aus, die Zentrale in Quebec hatte er der Leitung eines deutschen Einwanderers, Friedrich Söllner, unterstellt, einem Sachsen, der vor zwanzig Jahren mit Frau und vier Kindern den Sprung über den großen Teich gewagt hatte.

»Sollte ich in den Rat der Stadt gewählt werden, brauche ich einen zuverlässigen Vertreter, einen profunden Manager. Ohne geschickte Mittelsmänner, die zum einen gute Kaufleute sind und auch noch genügend Sachverstand besitzen, geht nichts mehr. Die Konkurrenz ist mächtig, weitet sich von Jahr zu Jahr aus, nur wer Qualität bietet, wird bestehen können, im Pelzgeschäft muss man den Schund von der gediegenen Wertarbeit unterscheiden können, manche können den Silberfuchs nicht vom Blaufuchs unterscheiden. Biber und Marder, Dachse und vor allem Nerze werden in freier Wildbahn bejagt, aber auch da stehen im Zuchtbereich neue Überlegungen ins Haus und die Dimensionen dieser Entwicklung sind derzeit nicht abzusehen.«

Ferry Strauß erwies sich als kluger Geschäftsmann, zeigte ihnen seine Wohnung, wies sie auf den Ausblick auf den Delaware River hin. »Wenn ich sesshaft geworden bin, können wir unsere Verbindung besser aufrechterhalten und zudem suche ich einen Kompagnon, einen echten Teilhaber. Manfred, gib dein Engagement in der Eisenbahn auf und verschreib dich der Pelztierhaltung, wenn du schon den Krupp'schen Rädern nichts abgewinnen kannst. Pelztierfarmen haben Zukunft. Alleine auf die Pelztierjagd, auf die Fallensteller zu setzen, erachte ich als kurzsichtige Perspektive, die nötigen Kompetenzen werden dir zuwachsen.«

»Ich suche auch eine Perspektive in Philadelphia, aber ohne dass ich den Außendienst bei der Bahn mit dem Außendienst als Pelzkaufmann eintauschen möchte«, antwortete Manfred Waldstein nach geraumer Zeit. Darüber müsse man später noch einmal in Ruhe reden, meinte Ferry Strauß.

74

»Du wirst dir noch den Tod holen, wenn du nichts überziehst«, mahnte Claire den Freund Rufus Bancrofft, den alten Pferdezüchter, der am Giebel des Getreidespeichers klebte und eine Reihe neuer Schindeln auflegte, das Dach hatte bei einem kleinen Hurrikan Schaden genommen. »Der nächste scharfe Wind wird das Dach wegfegen«, rief Rufus und vertiefte sich weiter in seine Arbeit. Claire und Manfred hatten seit einer Woche Philadelphia hinter sich gelassen, um sich auf Rufus' Ranch zu erholen. Manfred hatte der neuen Kutsche eine moderne Blattfederung unterlegt, die üblichen rechteckigen Blattfedern in trapezförmige Form geschmiedet, sie zu einem Federpaket geschweißt und so dem Wagen eine außergewöhnliche Dämpfung verliehen. Die Modi seiner Konstruktion hatte er vor Monaten schon beim Patentamt eingereicht, wartete aber noch immer auf eine Bestätigung seiner Neuerung.

Claire erwartete ihr erstes Kind, es war eine kurze Tour, die sie auf Rufus' Ranch gebracht hatte. In Newark hatten sie im Charlton genächtigt, waren früh am Morgen schon wieder aufgebrochen, die Straße aus der Stadt hinaus und hinüber zum Susquehanna River, dem Rufus Bancroffs'

weitläufiger Besitz vorgelagert war, führte durch ausgedehn-
te Eichenbestände, glitt dann über auf eine von Fichten-
beständen durchwachsene Anhöhe weiter hinab in dieses
anmutige Tal, in dem Rufus' Domizil lag. Einen Steinwurf
entfernt von Rufus' Ranch lagerte eine kleine Gruppe Indianer an der schmalen Straße, zwei Frauen, eine hatte ein
Kind auf den Rücken gebunden, zwei Männer, zwei gelbge-
fleckte Pferde hatten sie an einer verkrüppelten Fichte ange-
bunden. Manfred erkannte einen von ihnen, es musste ein
Arbeiter auf Rufus' Ranch sein. Er hielt seinen Wagen an,
die jungen Leute blieben schweigsam, sie würden sich auf
Rufus' Ranch treffen, meinte Waldstein, der Indianer nickte
nur, deutete ein leichtes Lächeln an.

Rufus hatte sein Haus in den letzten Jahren zu einem
Gutshof ausgebaut, verbrachte die meiste Zeit des Jahres auf
seinem Besitz, während seiner Abwesenheit war der junge
Ahiga für die Ordnung im Haus zuständig, beaufsichtigte
die Rinder und die Pferde im Stall. Ahiga lebte nicht auf
der Ranch, hatte einen Steinwurf entfernt im Wald eine
weitläufige Hütte gebaut, dort wohnte er mit seiner Frau,
dem Kind und immer wieder schauten seine indianischen
Verwandten bei ihm vorbei. »Wir haben ein familiäres Verhältnis, aber er redet fast nichts«, lachte Rufus. »Er ist da,
wenn ich ihn brauche und soweit man blicken kann, wäre
das hier ja seine eigentliche Heimat«, sagte er, »ich habe einen Teil dieser Heimat seinem Vater abgekauft, wir leben in
Eintracht, der Wald hier oben gehört dazu, eine gute Stunde bin ich mit dem Pferd in alle Richtungen unterwegs,
dann endet mein Besitz.«

Da war sie wieder, diese unermessliche Weite, die Men-
schenleere, die Manfred Waldstein kennen gelernt hatte auf
seinen Reisen nach Dakota oder hinauf bis Maine.

Claire bezog ihr Zimmer, war mit all ihren Gefühlen,
mit bangem Warten bei ihrem Kind, das sich regelmäßig,

immer öfter ungestüm meldete, noch war die Zeit nicht reif, sie würde beizeiten wieder in Philadelphia sein.

Ahiga würde Manfred an einem der nächsten Tage begleiten, der wollte den Susquehanna River überqueren, mitten im Fluss hatte Rufus auf Spencer Island eine Hütte, man könne dort kräftige Lachse fischen, meinte Rufus beim Abendessen. Er würde nach drei Tagen zurück sein und Rufus würde Claire jeden Wunsch von den Augen ablesen. »Ich hüte sie wie meinen Augapfel«, lachte Rufus.

»Gebt Rauchzeichen, wenn ihr mich braucht«, lachte Manfred Waldstein beim Abschied. Ahiga hob die Augenbrauen, er würde wissen, wenn sie zurückkehren mussten.

Claire verbrachte die Tage mit Rufus. Seine Lebenserfahrungen bezogen sich nicht nur auf die Jahre seiner Kindheit und seiner Jugend in der alten Welt, der Heimat seiner Vorfahren. Diese entbehrungsreichen Jahre hatte er hinter sich gelassen und mit der Überfahrt in die neue Heimat, als er seinen Fuß erstmals auf amerikanischen Boden setzte wie die Wikinger vor tausend Jahren, hatte sein Leben erst wirklich begonnen.

Gegen Abend des vierten Tages erwarteten sie Manfred und Ahiga zurück. Dann setzten die Wehen ein, unvorhergesehen, ungestüm. Rufus handelte, er spannte in Windeseile die Pferde vor die Karosse. Er wusste, dass hier nur erfahrene Frauen Hilfe sein konnten. Das indianische Dorf war eine knappe Fahrtstunde entfernt.

»Sorge dich nicht, bevor das Kind zur Welt komme, sind wir schon am Ziel«, tröstete er, in der Hoffnung, dass seine Zuversicht nicht von der Wirklichkeit überrollt würde. Der neue Mensch tat seinen ersten Schrei in einem indianischen Wigwam, nahm der Mutter alle Sorgen, als er sich deutlich seinen ersten Umtrunk erlaubte. Ahanu nannten ihn die Indianerfrauen, der lacht, versank er doch, nachdem er sich an der Milch seiner Mutter gelabt hatte, in ein stilles, freundliches Schlummerlächeln.

Der Vater meinte, dass dergleichen nur hier passieren könnte, dass hier in diesem weiten Land sein Sohn in einer Indianerhütte geboren würde. Nach zwei Tagen bettete er die Mutter und das Kind in die Kutsche, verließ die Wildnis, zog, begleitet von Rufus bis hinein nach Newark. Zwei Tage später, nach aufregender Kutschfahrt lag der kleine Erdenbürger in seinem Bettchen, er würde, so hofften seinen Eltern, einer glücklichen Zukunft entgegenschlafen. »Es reicht jedoch, wenn einer im Wigwam geboren wurde«, sagte die glückliche Mutter. »Dieses Land ist dein Land, mein Bub«, beugte sich der Vater zu seinem Sohn, »da machst du deine ersten Schritte, werd' stark und lass dich nicht unterkriegen. Im Susquehanna River, werden wir gemeinsam schwimmen, das verspreche ich dir, es muss nicht die Donau sein, aber ich hoffe, du bekommst eine Lunga wia a Roß.«

75

Die schon länger im Lande lebten, hatten ihm bei seiner Ankunft in New York von den großen Trecks erzählt, die die Neuankömmlinge in unbekanntes Land brachten, von ihrer Sehnsucht noch weiter auszugreifen hinein in den unbekannten Westen. Riesige Strecken Landes wären zu überqueren, hieß es und sie erzählten von den ersten Jahren des Baues der Eisenbahn durch die wilden Landschaften, durch unwirtliche und lebensfeindliche Wüsten, über weite, von der Sonne ausgebrannte, zerklüftete und einsame, kaum zugängliche Öden. Sie berichteten von den Auseinandersetzungen, den oft blutigen Kämpfen mit den Indianern, von den großen Trails, den tausenden Rindern, die von den Kuhhirten zu den großen Städten getrieben würden.

Sein George würde hineinwachsen in ein bergendes Umfeld, sie würden ihm nicht alle Steine aus dem Weg räumen, er würde sich zu bewähren haben, wie seine Eltern und deren Vorfahren auch. Den Eltern daheim im bayerischen Ratisbona, dem geliebten Regensburg, hatte Manfred Waldstein viel zu erzählen.

Zur bevorstehenden Tauffeier des kleinen George Rufus, der Freitag war zudem der Geburtstag seiner jungen Mutter Claire, hatte Rufus Bancrofft seine Kutsche nach Philadelphia gelenkt, er hatte seinen schwarzen Hengst vor seine Karosse gespannt, dem Freund des Hauses war längst das Wohnrecht bei den Waldsteins eingeräumt. »Meinen George werde ich, so lange ich lebe, auf Händen tragen«, hatte der gute Rufus versichert, als er den Kleinen zum Taufbecken trug. George durchschlief die Zeremonie, er träumte auch noch während des Mittagsessens, das zu seiner Ehre aufgetischt wurde und holte sich erst spät seine Portion Milch bei seiner Mutter ab. George Rufus Waldstein träumte vielleicht von seiner Geburt im indianischen Wigwam, wird er doch der erste und letzte des Waldsteinstammes gewesen sein, der unter diesen Umständen das Licht der Welt erblickt hatte.

76

Am Samstag, dem Tag nach der feierlichen Taufe des kleinen George Waldstein, hatte der Philadelphia Mirror dem Sklaventreiber De Haen die Titelseite gewidmet, ein gutes Jahr, nachdem der sich von der Kandidatur für das New Yorker Bürgermeisteramt zurückgezogen hatte. De Haen war wieder erstanden, meldete unverschämt, dreist wie immer, seine Kandidatur für den Delegierten im Washingtoner Senat an, seine Partei war nicht klüger geworden. Das politische Verwirrspiel füllte die Gazetten von Boston bis Washington. So viel Aufmerksamkeit konnte De Haen nur recht sein.

De Haens Partei war gespalten, zerrissen wegen eines egozentrischen Machtmenschen und Manipulators, zudem erfuhren sie die ungewollte und ungeliebte Unterstützung ihrer Gegner. Die Liberalen, die keinen Kandidaten aufzubieten vermochten, die in der Sklavenfrage doch selber Dreck am Stecken hatten, verzeichneten die Meldung über De Haens Kandidatur süffisant landesweit als Sieg der echten Amerikaner. De Haen wäre eigentlich ihr Kandidat, sie würden ihn unterstützen und wollten doch mit ihrer Position nur von den eigenen schweren Versäumnissen in der für das ganze Land eminent wichtigen Sklavenfrage ablenken.

Der Bericht des Mirror war ein Meisterstück objektiver Recherche. Er listete die Schuld und Verstrickung der Familie De Haen in die Massenversklavung über vierzig Jahre hinweg auf. Sklaventreiber der ersten Stunde wurden die De Haens im Artikel genannt, die unendliches Unglück über viele schwarze Familien gebracht, ihren immensen Reichtum allein dem Leid vieler Menschen zu verdanken hatten.

Die New Yorker Liberalen hatten zynisch und spöttisch dem Chef der Republikaner einen in ein wertvolles Lederfutteral eingelassenen Kompass zugestellt, mit der Bitte um Weiterleitung an De Haen. Dessen gesellschaftliche und politische Ausrichtung seien neu einzustellen und ob De Haen denn nichts aus der Geschichte gelernt habe, wurde nachgefragt.

»De Haen hat sein Leben nur der Berühmtheit und dem Reichtum seiner Familie zu verdanken, jeder andere wäre seinerzeit im Sezessionskrieg nach einer Desertion standesrechtlich erschossen worden, man hätte ihn vielleicht irgendwo vergraben«, schrieb der Mirror.

Rufus kannte die Umstände bei Appomattox, De Haens Name war seinerzeit in aller Munde und es war ihm unerklärlich, dass seine Partei, dass auch die Eisenbahngesellschaft darüber im Unklaren gelassen wurden. »Das Unrecht holt jeden ein, aber er ist überheblich genug, sich wieder anzubiedern. Der Artikel kommt zur rechten Zeit und wird ihn endlich in die Bedeutungslosigkeit katapultieren«, fügte er an.

Auf der zweiten Seite der Wochenendausgabe brachte der Mirror die Namen, Lebensbeschreibungen und Konterfeis der Kandidaten für das Stadtparlament, das in zwei Monaten in Philadelphia zur Wahl stehen würde. Ferry Strauß war auf einem sehr aussichtsreichen Platz nominiert. Strauß wurde als Neueinwanderer bezeichnet, als erfolgreicher und fleißiger Unternehmer, der vielen Menschen Brot und Arbeit gäbe, sich um den Aufbau des Landes verdient gemacht und sich im Deutsch-Französischen Krieg 1870/71 mit Bravour geschlagen hätte. Er wäre ein anständiger und gewissenhafter Offizier und Vorgesetzter gewesen und schwer verwundet worden und habe, nach eigenen Angaben, einem Freund, der ebenfalls in Philadelphia wohne, Manfred Waldstein, technischer Leiter der Eisenbahngesellschaft, sein Leben zu verdanken. Waldstein wurde in das Büro des Ersten Direktors gebeten und auch der New Yorker Präsident übermittelte ihm seinen Respekt, er sei stolz darauf, dass ein Eisenbahner solch unglaublichen Mut bewiesen habe, er sei ein Aushängeschild für die Company.

»Mein Glück ist unser Kind, wenn es ihm gut geht, dann bin ich glücklich«, Claire brachte die Prioritäten auf den rechten Nenner. »Und wenn du glücklich bist, meine Claire, dann brauche ich nicht mehr«, ergänzte Vater Manfred Waldstein. Zum Abendessen gab es dann eine einfache

176

Kartoffelsuppe, die Claire bei ihrem Besuch in Schwabelweis zu kochen gelernt hatte.

77

Mutters Brief stimmte ihn melancholisch, sie habe die gleichen Zeilen an die liebe Monika in New York geschrieben, denn »ihr beide trefft euch so wenig, wie wir, eure Eltern, euch sehen«, schrieb sie.

»Wir wünschten uns, ihr wäret bei uns, Vater ist oft traurig, ich mache ihm ja das Leben nicht leichter, weil ich von meiner Sehnsucht nach meinen Kindern erzähle. Nun hat er als erster im Dorf unseren großen Hof mit Granitsteinen gepflastert, viele Dörfler schauen vorbei und begutachten seine Arbeit. Gestern, wir hatten gerade unseren Morgenkaffee getrunken, hielt ein Fuhrwerk vor dem Haus, der Adjunkt des Fürsten stand vor der Tür, zwei weiße Rösser hatte er angespannt. »Seine Durchlaucht lässt nachfragen«, wandte er sich an den Vater, »ob der Herr Waldstein nicht bei ihm im Schloss Emmeram nachschauen könnte, ein altes schmiedeeisernes Tor hänge in den Angeln und so manches andere mehr wäre zu richten.«

»Schnell haben wir das G'schau gehabt. Dann ist der Vater eingestiegen.« Er bräuchte kein Sonntagsgewand anziehen, das Arbeitsgewand würde es auch tun, müsste er doch vielleicht gleich hinlangen«, meinte der Herr Adjunkt.

»Den Herrn Adjunkt Fleischer kennst ja von früher, der mit dem roten Gesicht, der immer so ernst auf dem Kutschbock sitzt. Letztes Jahr ist er vom Bock heruntergefallen auf die Straße, weil er zu viel Schnaps gehabt hat, aber der Herr Fürst hat ihn nicht rausgeworfen, wie sich's eigentlich gehört hätte.«

Der Vater wäre dann den ganzen Tag im Schloss gewesen, schrieb sie. »Dann hat er ein altes Eisentor mitgebracht, ein Gehilfe des Fürsten hat mit angepackt und sie haben es in die Schmiede hineingetragen.«

Es hätte einen eigenen Charakter, sagte der Vater. Die meisten Zierspitzen wären krumm oder abgebrochen, so manch ein Zaungast hätte die eine oder andere Spitze mitgehen lassen. »Die Scharniere müssen erneuert werden, das Tor ist schon gute siebzig oder achtzig Jahre alt«, hat der Vater zum Fürsten gesagt. Die Lilienspitzen zu fertigen, koste viel Zeit, das wisse ja Durchlaucht selber. Der Fürst sagte, der Vater solle nur alles machen, was fehlt und der Vater meinte, am G'scheitesten wäre es, man würde ein neues Tor machen. Aber der Fürst sagte, dass er das alte Tor überholen solle, das würde schon so passen, das habe sein Großvater seinerzeit einbauen lassen, als sie das Schloss haben renovieren lassen.

»Jetzt steht der Vater jeden Tag in der Schmiede, so eingerichtet ist er ja auch nicht und richtet das alte Stück wieder her. Wenn es fertig ist, dann wird es wieder glänzen, hat der Vater gesagt und ich werde euch schreiben, was der Fürst gesagt hat und wieviel ihm die Arbeit wert ist.« Manfred musste lachen, so kannte er seine Mutter, direkt und unverblümt hat sie immer geredet.

Der Vater hätte zwei neue Tauben im Schlag, einen Amsterdamer Kröpfer, es ist eine schwarze, Vater hätte gerne eine blaugehämmerte Musterung gehabt, »aber er ist sehr zufrieden, dann hat er noch einen Trommler, ein schönes Viecherl, das hat einen roten Stich im Gefieder und gefällt mir am besten.«

Das Grab von Großvater und Großmutter hätte sie wieder neu angepflanzt, im Garten wäre so viel zu tun, sie wären gesund, bloß den Onkel Sebastian, ihren Bruder, der in Straubing seinen Geschäften nachgeht, den hat der Schlag getroffen und jetzt würde er liegen und könne kein Wort reden, das wäre schlecht. »Wenn er stirbt, ist die Gundel allein da, die Kinder sind fort und so einschichtig wird sie den Betrieb nicht mehr führen können, das wird noch was.«

Manfred meinte, in der guten Stube in Schwabelweis zu sitzen.

»Der Onkel Sebastian handelt mit allem was nicht niet- und nagelfest ist«, sagte der Vater immer. Manfred kannte den Bruder seiner Mutter als einen lustigen und immer umgänglichen Mann, still auch, geradezu sanft im Gehabe, er konnte mit den Leuten, seinen Kunden vor allem, gut umgehen.

Die Mutter fragte dann, ob sie wieder einmal kommen würden, heim an die schöne Donau, sie getraue sich das gar nicht zu fragen, weil es doch ganz schön weit wäre von Amerika bis nach Regensburg.

Dann setzte sich der Manfred einen langen Abend an seinen Schreibtisch, nahm die Feder und schrieb der Mam', wie es ihm und der Claire und vor allem dem kleinen George so ginge, er würde wachsen, der Bub, er wäre seinem Großvater von Schwabelweis aus dem Gesicht geschnitten, nur die schönen Augen habe ihm seine Mama vererbt, sie würden oft genug um die halbe Nacht gebracht, weil er ein sehr munteres Kind sei und auch in der Nacht eine Ansprache brauche.

Mit Monika habe er guten Kontakt, der Telegraph mache es möglich, die Bahnfahrt wäre natürlich arg weit, aber sie sei glücklich mit ihrem Martin, sie wäre für ihr Lebensglück ihrem Herrgott zu großem Dank verpflichtet. Die Eltern sollten sich einfach mit den Kindern freuen, sie wären fleißig gewesen hier in der neuen Welt, sie lägen niemand auf der Tasche und hätten auch die nötige Portion Glück gehabt und nächste Woche feierten sie in der deutschen Gemeinde hier in Philadelphia ein Fest zu Ehren des Bischof Johannes Neumann, einem böhmischen Priester, einem Prachatitzer,

der vor zwanzig Jahren, noch keine vierzig Jahre wäre er alt
gewesen, schon gestorben wäre.

78

Sebastian Farchant gehörte nicht zu den Glückspilzen und
die Vielfalt neuer und gänzlich unbekannter neuer Dienste,
die ihm die Eisenbahncompany abverlangte, überschritten
deutlich seine Grenzen. Dass er sich das angetan habe, diese
Flucht vor den Geschicken daheim, sagte er immer öfter zu
seiner jungen Frau, könne er rückblickend immer weniger
verstehen. Das schreckliche Wetter verkrafteten sie nicht,
und die kleine Wohnung war nass und verschimmelt. Der
beißende Rauch der tausend Kamine in der großen Stadt
mache ihn wahnsinnig, sagte er. Die kalten Winter, die
noch viel schlimmer waren als die daheim an der Donau,
setzten ihnen zu, die Heizmittel waren teuer und das Geld
reichte hinten und vorn nicht. Die Luft in dieser großen
Stadt würde ihn krank machen, nichts als Häuser um sie
herum, viel zu viele Leute aus aller Herren Länder und die
vielen Verrückten und Besoffenen und die Verwirrten, die
ihre Kutschen durch die Straßen jagten, machen ihm Angst,
sagte der Sebastian Farchant zu seiner lieben Frau, wo sie
doch auf dem Land aufgewachsen wären. Dann erzählte
er wieder und wieder vom Bauernhof der Eltern, seinen
drei kleinen Schwestern, auch vom Bruder, einem ewigen
Grantler, sechs Jahre älter als er, der den Hof vom Vater bekommen hatte, und er, der Sebastian, musste dann zu den
Benediktinern ins Kloster, um fürs Pfarramt hergerichtet zu
werden, hatte sich nach der Mutter gesehnt in diesem Semi-
nar, sich Nacht für Nacht in den Schlaf geweint.

Sie lebten in einer recht heruntergekommenen Gegend
in der Bronx, einen Steinwurf weg vom kalten Wasser, wie

seine geliebte Frau die East Chester Bay oft genug weinend nannte und es fehlte in der ersten Zeit am Nötigsten. Ihr Zusatzverdienst durch die Putzarbeiten, den sie neben dem geringen Verdienst des Hausherrn bei der Company, so dringend brauchten, war wenig genug. Den kleinen Heinrich hatte sie tagsüber bei einer kinderreichen italienischen Familie abgegeben, dort fiel ein weiterer Kopf gar nicht auf, von Mal zu Mal erschien er ihr magerer. Dann holte sie ihn eines Abends unterkühlt und hustend nach Hause und der Kleine erholte sich nicht mehr. Dann betteten sie ihren lieben Heinrich in sein kleines Grab auf dem großen Friedhof in der Bronx und sie fanden beide aus der Trauer nicht ins echte Leben zurück.

»Wir fahren wieder heim«, sagte er bald darauf, »verhungern können wir in der alten Heimat auch.« Sie würde nie ihren kleinen Buben in der Fremde lassen, in Amerika, weinte sie, jetzt müssten sie dableiben und durchhalten, von irgendwoher käme vielleicht ein Lichtlein, wären sie doch alle zwei fleißig und würden keiner Menschenseele was zu Leide tun. »Das ist die Folge unserer Sünde«, sagte er und er zitierte schließlich einige Stellen aus dem Alten Testament, um ihr gemeinsames frevelhaftes Tun theologisch abzusichern, zu stützen. »Solche Schandtaten fallen immer auf die Verursacher zurück«, ergänzte er.

Dann schrieb sie einen Brief an den Herrn Waldstein, schilderte ihm die schreckliche Lage, in der sie sich derzeit befinden würden, berichtete vom schnellen Tod ihres kleinen Heinrich, dass sich der Sebastian immer in einem tiefen Zustand der Trauer befinden würde und erflehte einfach Hilfe.

79

Rufus Bancrofft saß auf der Veranda seiner kleinen Ranch, hatte ein Buch auf den Knien, paffte an seiner Pfeife, sog den süßen Rauch seiner Virginiablätter in seine Lungen und war vollauf zufrieden. Mit Kennerblick begutachtete er aus der Ferne den neu entstehenden Pferdestall, auf dem Dachgebälk machte er neben Manfred Waldstein auch Ahiga und Jeromia Rubin aus, sie hatten sich den halben Tag schon im Gebälk aufgehalten, die Bretter an der vorderen Giebelwand waren fest genagelt, nun nahmen sie die beiden Dachgauben in Angriff. Die Pfetten ruhten auf den kräftigen Pfosten, waren massiv verbolzt, die Sparren waren sicher mit den Pfetten verbunden, so dass sie die Dachziegel souverän tragen würden. Die glatten Stämme des First glänzten im Sonnenlicht. Dieser Dachstuhl würde Generationen überdauern, sollte er nicht vorher einem sommerlichen Tornado, der aus dem aufgeheizten Süden heraufströmte, zum Opfer fallen, resümierte Rufus. Manfred winkte, war zu Recht stolz, dass sein Plan nun allmählich in die Tat umgesetzt würde. Die Erfahrung beim Bau von Häusern, Schuppen, Scheunen in seinen jungen Jahren, auch in der Kaserne, machte sich nun wieder einmal bezahlt.

»Unser Volk pflanzt einen Baum, wir geben der Natur das Holz zurück, das wir für den Bau unserer Hütte dem Wald entnommen haben«, Ahiga legte Rufus einen Buchenschössling, den er aus seinem Dorf mitgebracht hatte, vor die neue Stallung. Rufus grub das Loch, setzte das junge Bäumchen hinein, sanft drückte er die mit Pferdemist vermischte Erde über die kleinen Wurzeln, füllte das Erdreich mit Wasser, das er in den Boden eindringen ließ, goss ein weiteres Mal Wasser hinzu. »Das Wasser darf nicht zu kalt sein, kleine Bäume und kleine Kinder mögen keine Kälte«, lachte er und lud zum Abendessen.

Die Tage wurden kürzer, die herbstliche Sonne nahm sich zurück, bald würden die ersten Schauer auf das neue Dach des Pferdestalles prasseln, die Pferde würden sicher in ihrer neuen Behausung stehen, die kalten Wintertage konnten kommen. Nach dem Abendessen griff Rufus nach der Gießkanne: »Vor dem Schlafen mögen die frisch gepflanzten Schösslinge gerne noch einen kleinen Schluck«, lachte er. Er würde diese kleine Buche George taufen, rief er den Freunden, die auf der Terrasse ausruhten, zu. »Der neue Besitzer wird es zu schätzen wissen.«

80

»Für Bauersleute, und ihr stammt alle zwei aus der Landwirtschaft, wäre eine Zukunft auf einer Ranch in den Ausläufern der Appalachen möglich, mein Freund Rufus Bancrofft legt Wert auf gediegene Arbeit, ein Dutzend Rinder, das Dreifache an Pferden, ein Stall voller Schafe wären zu versorgen. Ihr seid von früh bis spät ausgelastet, Grasland und leichte Hügel soweit das Auge reicht, frische, würzige Luft, aber auch eine harte Natur, Hurrikans und Blizzards, aber die gibt es auch in New York«, schrieb Manfred Waldstein den Farchants ins kalte New York und, fügte er hinzu, »solltet ihr ein Biberfell von einem Stallhasen unterscheiden können, gäbe es auch Arbeit auf einem Handelsposten ebenfalls im Appalachengebiet, nördlich von Harrisburg.« Dann schilderte er den beiden jungen Leuten notwendige Einzelheiten der Arbeit, die auf sie zukommen würde und wartete auf die Nachricht aus dem Telegraphen.

Ferry Strauß hatte ihn längst eingeweiht in die Geheimnisse des Pelzhandels, hoffte er doch noch immer, dass Manfred Waldstein sich auf das Leben als Pelzkaufmann einlassen könnte. »In den Staaten wie in Kanada hat der Biber schon den Charakter einer Ersatzwährung, für ein Biber-fell bekommst du eine tadellose Axt, die Indianer nehmen heutzutage aber lieber bares Geld, tauschen weder Hämmer noch Äxte für die Pelze, wollen keine Glasperlen, die man ihnen früher für ihre Jagdbeute aufgeschwatzt hatte.« Dann erklärte er ihm, dass die Händler vor allem die Winterfelle bevorzugen, sie hätten ein dichteres und widerstandsfähige-res Fell. »Die Sommerfelle der Biber sind im Preis wesent-lich billiger. In Europa genießt der Biber jedoch höchstes Renommee, der Nerz ist aber im Kommen, auch Wiesel-felle und Iltisse stehen hoch im Ansehen und wer gar einen Zobel in der Falle hat, besitzt als Waldläufer sozusagen ein Adelsprädikat.«

Neben den fest angestellten Pelztierjägern indianischer Abstammung hatte Ferry Strauß auch Einwanderer aus Skandinavien, Franzosen und Deutsche unter seinen Wald-läufern und Jägern. »Diese Leute leisten außerordentlich gute Arbeit, man darf sie nicht ausnutzen, manche Compa-nies treiben die oft unreifen jungen Leute in die Schulden-abhängigkeit und zwingen sie so zu unentgeltlicher, soge-nannter freiwilliger Arbeit.«

Er erzählte von den Indianern, die genau wüssten, wie man die Tiere häutet, ihre Felle richtig bearbeitet und sie brächten den jungen Einwanderern bei, wie man die Pelze fachgerecht gerbt, hätten sie doch eine Jahrtausende lange Erfahrung, damit dann in Fabriken qualitativ hochwertige Mäntel, Hosen, Jacken hergestellt werden könnten.

Ferry war ein leidenschaftlicher Pelzkaufmann geworden und berichtete, dass nicht wenige Waldläufer und Jäger nur um des Profits willen viele Gebiete überjagten, dass aber auch die Companies immer öfter und konsequenter gegen Wilderer vorgingen, denn die Tierbestände müssten ja er-halten bleiben. »Der Jäger muss auch ein Heger sein, das wissen wir ja auch aus unserer Heimat«, setzte er hinzu.

Manfred hatte in seinem Brief an die jungen Farchants geschrieben, dass man mit ihrem Fleiß überall in diesem aufblühenden Land Zukunft hätte und man wisse nicht, wie es mit dem Pelzhandel weiterginge, ob der Handel bleibende Bedeutung habe, »aber so lange ihr lebt, dürfte es da keine Probleme geben«, fügte er hinzu.

Er wusste, dass besonders für die indianischen Völker der Pelzhandel enorm wichtig bleiben würde, der Gewinn aus dem Handel wäre für sie lebensnotwendig. Er schrieb zudem, dass die Strauß Fur Company auch Niederlassungen im Kanadischen droben habe, vor allem in Saskatchewan und in Manitoba, denn die dortige Seenlandschaft sei ein Eldorado für den Biber.

Ferry hatte ihm geklagt, dass die Strauß Company im Großraum unterhalb der Hudson Bay kaum einen Fuß auf den Boden brächte, das Gebiet würde von den Kanadiern nahezu ausschließlich allein bejagt, die ließen keinen Ausländer groß werden, zudem hätten sie durch die Hudson-Straße Zugang zu den Seewegen nach Europa, während die Oststaatler nur ihre Häfen in Maine, New Hampshire und Massachusetts nutzen könnten. Das nördliche Appalachengebiet sei schon ziemlich abgejagt, das sei unverantwortlich. Ferry hatte ihm, kurz bevor er seinen Brief an die Farchants verfasst hatte, nochmals versichert, dass die Niederlassung bei Harrisburg für die Farchants frei wäre.

Für Manfred selber war die Bitte der Farchants auch eine Anfrage an ihn selber, die Gespräche mit Ferry Strauß erwiesen sich ja als höchst interessant, eröffneten sie doch eine neue Welt abseits der modernen Technik bei der geliebten Eisenbahn, der er sich bisher verschrieben hatte. Spannende und neue Horizonte taten sich da auf, sein Blickfeld richtete sich auf die ihm eigentlich bisher unbekannte Natur seiner neuen Heimat.

Das Leben in New York war teuer gewesen, überstieg

häufig den Verdienst und die Miete der feuchten und unansehnlichen Wohnung kostete die mühsam verdienten
Dollars, nichts blieb übrig am Monatsende. Die Farchants
hatten kein großes Gepäck, als sie ihre schlichte Wohnung
verließen, in die Bahn stiegen und in den Süden nach Philadelphia fuhren. Ihr Herz war leicht, die Zukunft stand
ihnen offen, Waldstein war ihr Patron, sie würden Arbeit
haben und ihren kleinen Buben, der in New York auf dem
Friedhof ruhte, nie vergessen. Sie kannten einige Geschichten über die schwere Arbeit der Farmer und Rancher in dem
rauen Land, hatten interessante Episoden gelesen, wussten,
dass man vor Jahren noch auf den großen Vieh-Trails tausende Rinder nach Chicago hinauf getrieben hatte, dass das
Leben damals hart, die Umstände der Natur unwirtlich, oft
lebensfeindlich waren. Die großen, harten Trails der An-
fangsjahre wären ja nun längst Geschichte, hatte Manfred
Waldstein in seinem mehrseitigen Brief geschrieben, aber es
würden auch heute noch starke Menschen gebraucht. Oft
wäre es schon sehr einsam draußen in den Ausläufern der
Appalachen, dieses zurückgezogene Leben wäre schon auch
gewöhnungsbedürftig, das müsse man vertragen. Die Grenzen, schon weit ins unbekannte Land vorgeschoben, würden
ja dank der Anbindung vieler einsamer Landstriche an die
Städte durch die Eisenbahn immer noch weiter hinausge-
trieben. Die Rinder von Bancrofft's Ranch könnten mit der
Bahn transportiert werden, da müssten sie sich auch keine
Sorgen machen und sie sollten sich von irgendwelchen In-
dianergeschichten, von einsilbigen, harten Cowboys, deren
steter Reisegefährte der Tod gewesen sei, von Gefahren, die
überall lauerten, nicht zu sehr beeindrucken lassen. Die Zeiten hätten sich geändert, heute würden die Rinder zu den
Bahnstationen getrieben, in die Viehwaggons verladen und
in die großen Schlachthöfe verfrachtet. Auf der Ranch wäre
auch ein junger Indianer angestellt, der ihnen zur Hand

gehen würde, fleißig, einsilbig, aber treu und zuverlässig. Wenn sie für ihre Zukunft das Bauernleben, ein freies Land, viel Gras und das nötige Wasser suchten, wären sie auf der Ranch von Rufus Bancroft richtig.

Die Farchants hatten das Für und Wider abgewogen, ob sie sich mit dem Pelzhandel befassen sollten auf einer Handelsniederlassung der Strauß'schen Fur Company oder ob ihnen die Bauersarbeit besser gefiele. Nun stammten beide aus einem Bauernhof, sie wussten, worauf sie sich einlassen würden. So war ihnen ihr Telegramm an Waldstein vorausgeeilt: »Wir ziehen in den Westen und werden Bauern auf Bancroffts Ranch.«

81

Rufus Bancroft hieß sie auf seiner Ranch willkommen, der Tequila würde sie in Fahrt bringen, meinte er, die Indianer machten sowas aus der blauen Agave, da wüchse ein sanftes Meer davon in den heißen Hügeln nahe des Indianerdorfes, einige Meilen fernab der Ranch. »Der ist gut«, sagte er zu den müden, jungen Leuten, »aber den Agaven ist unsere Temperatur scheinbar noch zu niedrig, eigentlich gehören sie in die Sierra Blanco, drunten im heißen Texas und wie die Indianer sie hierher gebracht haben, ist deren Geheimnis.«

Die Farchants waren viel zu müde, als die langen Geschichten des alten Pferdehändlers anzuhören. »Geht zu Bett, ihr findet hier ein geräumiges Haus vor, wenn ihr mit mir zusammenleben wollt, freut mich das, aber ich bin die meiste Zeit des Jahres unterwegs, in Philadelphia, in Washington, sogar in New York, da werde ich bald vor Gericht stehen, als Zeuge«, fügte er hinzu.

Längst hatte Rufus an den gemütlichen Abenden in

Claires Restaurant oder in der guten Stube auf seiner Ranch nicht nur Anekdoten aus dem Bürgerkrieg erzählt, vom kriegerischen Geschehen, von unbotmäßigen Aktionen, heldenhaften Bravourstücken, von geschätzten und schlechten Vorgesetzten, von Quantrill und anderen gesetzlosen Banden, die ihr Unwesen trieben, »übrigens auf beiden Seiten« wie er deutlich machte.

Er hatte auch von einem Leutnant De Haen berichtet, der gekniffen hatte, sich weitab vom Kampfgetümmel in ein Gebüsch geschlichen hätte. Ausgerückt war er, die Hose habe er gestrichen voll gehabt, sagte der alte Haudegen, der sich bis zum Sergeant hochgedient, Leib und Leben riskiert hatte. Der Oberst Wilcox habe den desertierten Leutnant dann dem General persönlich vorgeführt. Es habe ein längeres, lautstarkes Gespräch gegeben, die Akte des Herrn Leutnant war angefordert worden und schließlich wäre das Ganze vertuscht worden, eine Rüge hätte es getan. Dann war der Krieg für den schwachen Nachkommen eines Sklavenhändlers zu Ende und er ging in die Politik. New York sollte dann sein moralisches Grab werden, war doch kurz vor der Nominierung zum Kandidaten für das Bürgermeisteramt sein feiges Verhalten an die großen Zeitungen durchgestochen worden.

Nach geraumer Zeit folgte dann eine Beleidigungsklage, wollte De Haen doch seine Widersacher wegen übler Nachrede an den Pranger stellen. Dann flatterte dem ehemaligen Sergeant Rufus Bancrofft, Zugführer im Dritten Bataillon bei Appomattox, von der Staatsanwaltschaft in New York die Aufforderung zu einer Zeugenaussage ins Haus.

Er würde nur die Wahrheit sagen, nichts als die Wahrheit, sagte er zu Claire und Manfred, als er sich in den Zug setzte und gen New York brauste, verabscheute er doch Eisenbahnfahrten. Er würde vor Gericht nicht davon reden, dass sich viel zu viele Gemeine und Offiziere rechtzeitig auf die Seite gedrückt hatten, wenn die Salven zu dicht streuten und der junge Leutnant habe ihm seinerzeit sogar leidgetan. Ihn zu erschießen, hatte er sich seinerzeit gedacht, wäre eine gar harte Strafe, noch dazu, wo der Krieg praktisch zu Ende war, aber davon würde er nicht reden, er würde nur zur Sache reden, was er wisse, nicht mehr und nicht weniger. »Ein Halunke ist der geworden, ein reicher Bube«, sagte er, bevor er in die Bahn stieg, »wegen einem Feigling und Schuft muss ich nun so viele Jahre nach dem Krieg in den Zug steigen und nach New York fahren, das Wetter ist miserabel, ich werde mir den Tod holen.«

Der Staatsanwalt forderte ihn auf, Einzelheiten zu berichten. »Da fällt mir nur ein, dass ich nicht mehr viel weiß« erwiderte Rufus, »es ist lange Jahre her, der junge Bursche war viel zu jung für einen Offizier, ich habe gehört, dass er aus einem Gebüsch gezerrt wurde, in das er sich, wie die Leute erzählten, abgesetzt hatte. Und die Soldaten erzählten auch, dass er in eben diesem Gebüsch gebetet habe, wie er bei der Vernehmung erzählt haben soll. Ich habe das alles nur gehört, gesehen habe ich nichts.«

»Aber ich könnte von einem groß angelegten Morden erzählen«, fügte er an und erhob sich von seinem Stuhl. »Das war ein Brudermord, ein schrecklicher Krieg zwischen Menschen gleicher Nation, gleicher Religion, zwischen Christenmenschen, ein Krieg, der Nachbarn zu unversöhnlichen und hasserfüllten Feinden werden ließ. Farmen wurden geplündert und verbrannt, Kinder erschlagen, Frauen vergewaltigt und Männer erschossen, das Vieh weggejagt, wer konnte, floh, verließ Hab und Gut, das war euer verdammter Krieg.«

Er solle sich nicht so haben, hieß ihn der Staatsanwalt schweigen, das wäre doch nicht sein Thema, er wäre in einer anderen Angelegenheit gefragt.

82

Der General, der über den jungen De Haen seinerzeit hatte befinden müssen, war schon lange verstorben. Sein damaliger Adjutant, Oberst Wilcox, hatte in seiner Aussage vor Gericht unter Eid erklärt, dass der Herr De Haen aus dem Gebüsch gezerrt worden wäre und das von drei Gefreiten, die ihn gesucht hatten, sie hätten ihm, Wilcox, den Leutnant dann zugeführt. Er habe den Leutnant vor den General gebracht und der hätte den jungen Menschen wegen Feigheit vor dem Feind, aber auch Mangels Einsicht in sein verwerfliches Tun, er wäre eben zu jung für seinen Offiziersrang gewesen, abgemahnt und noch vor Unterzeichnung des Waffenstillstandsabkommens nach Hause geschickt. Das wäre einer unehrenhaften Entlassung gleich gekommen und das müsse alles in den Protokollen, die der Staatsanwaltschaft wohl vorlägen, nachzulesen sein.

Der Richter stellte fest, dass es mit der üblen Nachrede, weswegen De Haen geklagt hatte, nicht weit her sei, die Fakten verzeichneten etwas ganz anderes und die Klage wurde abgewiesen. De Haen hatte nach diesem Urteilsspruch nicht nur vor dem Gericht den Kürzeren gezogen, er hatte das Gesicht verloren, stand nun als Feigling vor der Öffentlichkeit. Er verließ New York und zog in eine Villa seiner Vorfahren nach Georgia.

Auf der Heimfahrt bedachte Rufus sein bisheriges Leben, er dachte an Claire und Manfred, dass die Freundschaft zu den beiden jungen Leuten für sein Leben maßgeblich geworden war. Manfred Waldstein war für ihn, obgleich der doch eine beträchtliche Anzahl von Jahren jünger als er selber war, ein sehr bemerkenswerter Mensch, einer der sein Leben in die Hand nimmt, sich vor niemandem fürchtet, nicht aufgibt, weitermacht, wenn dornige Zeiten kommen, der seine und anderer Leute Sorgen mit durchträgt. Er erinnerte sich vieler seiner ehemaligen Kriegskameraden im Bruderkrieg, die nach der großen Katastrophe kaum mehr ein Wort gesprochen hatten, die große, bedrückte Schweiger geworden waren. Nicht wenige waren der Verzweiflung verfallen, hatten keine Kraft mehr für ihr Leben, hielten keine Freundschaft durch und er wusste, dass Manfred doch die gleiche Not in der alten europäischen Heimat durchgestanden und trotz allem erlebten Unglück das Leben gemeistert hatte. Auch Ferry Strauß gehörte zu jenen Menschen, die nie aufgeben würden und er dachte liebevoll an Claire, die ohne Murren und Hadern ihr Schicksal bewältigt, an die Rubins, deren Vorfahren unter der Böswilligkeit und der niederen Gesinnung vieler Mitmenschen zu leiden hatten. »Für De Haen und seine Gesinnungsgenossen aber zählen nur Macht, Einfluss und Geld und sie bringen es zu Wohlstand und Einfluss«, dachte er, »wo bleibt da die ausgleichende Gerechtigkeit. Menschen wie die Rubins zählen für die De Haens dieser Welt nicht.«

In den letzten Tagen, vor allem, als er vor dem Staatsanwalt aussagen musste, hatte er Schmerzen und Druck gespürt in der Brust, war matt geworden. »In der Krankheit, im Alter und im Sterben bist du allein«, sinnierte er lächelnd, selber von Grund auf lebenszugewandt, »so geht es also an, ich gehe davon aus, dass ich gut nach Hause komme.«

83

Rufus hatte vor dem geöffneten Tor der Pferdekoppel gestanden, sein Blick schweifte zur Farm hinüber, das auskeilende Hinterbein des schwarzen Rappen hatte er nicht kommen sehen, er spürte einen unerträglich harten Schmerz an der rechten Hüfte, ein kurzer, ungewöhnlich scharfer Blitz durchraste sein Gehirn, dann tauchte er ein in eine heiße, grelle Feuerwand, die Sinne schwanden ihm, er fiel zu Boden.

Er streifte suchend durch die umher liegenden Körper der gefallenen Soldaten, suchte seinen Freund Phil, das Schreien der Verletzten gellte in seinen Ohren. »Das sind diese vielen jungen, unreifen Burschen, kaum weg vom Mutterschoß, schnell rekrutiert, weggerissen vom Elternhaus, sie schießen aus Angst bei jeder Kleinigkeit, verraten ihren Standort und fallen den Scharfschützen auf der gegnerischen Seite zum Opfer«, der Hauptmann stöhnte, er lag neben Rufus hinter einen dicken Baumstumpf und suchte Deckung. »Mit diesen Burschen kann man keine Stellung halten, die verlieren die Orientierung und schießen auch nach rückwärts in die eigenen Reihen.«

Rufus fand sich wieder in einem schlammigen, kalten Erdloch mit seinem verletzten Freund, in einem dunklen Waldstück und hielt Phil den Mund zu, wenn Patrouillen in die Nähe kamen. Dann hielt er den toten Freund im Arm, bettete ihn auf eine weiche Grasnarbe, spürte die warme Hand des Hauptmanns, der ihn beiseite zog und den Freund mit Steinen bedeckte: »Das ist zu seinem Schutz«, sagte der Offizier, »den Geiern werden wir unseren Freund nicht überlassen.«

Rufus sah ein heller werdendes Licht. »Ich bin bei dir«, sagte Ahiga und träufelte ihm eine warme Flüssigkeit in den Mund, dann schwanden ihm wieder die Sinne. Spät am Abend fand er zurück in die Welt, über seinem Kopf entdeckte er das Gestänge eines Wigwams, fühlte sich unter warmen Pelzen sicher und geborgen und fragte, wo er denn nun eigentlich wäre.

»Der Huf deines Pferdes hat dich an der Hüfte getroffen«, sagte Ahiga, »der schwere Schlag hat dir das Bewusstsein geraubt, ich habe dich zu uns ins Dorf gefahren, der Medizinmann hat dich in einen Pflanzenbrei gelegt und ein

Tuch um dich gewunden, bald wirst du keine Schmerzen mehr haben, es wird alles wieder gut, aber das dauert seine Zeit.«

Er wurde ruhig und dachte an seinen Freund Phil, dem ein Schrapnell die Eingeweide aus dem Leib gerissen hatten, Stunden vor dem Friedensschluss. Seit den frühen Septembertagen des Jahres 1861 waren sie wie Brüder in der gleichen Einheit marschiert, beteten, weinten still in den vom Kampf umtobten Nächten, stets den Tod als ständigen Begleiter an der Seite. Damals hatte er sich auf einem vorgeschobenen Beobachtungsposten befunden, mit Phil an seiner Seite, ein Scharfschütze hätte ihm beinahe das Kinn weggeschossen, die Haut einen Finger breit unter der Lippe wegrasiert, nur zwei Zentimeter tiefer und der Streifschuss hätte ihm die Kinnlade weggefegt, dann wäre er elendiglich krepiert, wäre bei lebendigem Leib verhungert. Sie hofften und bestärkten sich gegenseitig, dass der Krieg sicher bald zu Ende wäre, dass sie dann nach Hause könnten. Rufus wusste nicht, wie viele Kameraden er auf der gegnerischen Seite getötet hatte, viele in seinem Alter und jeder in der Hoffnung, dass er heil zurück kehren würde zu der Frau und den Kindern, zur Braut, den Eltern und Geschwistern.

Wenn die Soldaten auf ihren vorgeschobenen Erkundungsposten ausharren mussten, oft genug tagelang unter Dauerbeschuss, waren sie oft halb ohnmächtig vor Durst und Hunger, lebten von Würmern und anderem Kleingetier und Wurzeln, saugten am Morgen die Tautropfen von den Gräsern und einige hundert Meter hinter der Front schoben die Kameraden derweil eingemachtes Rindfleisch aus der Konservendose in den Mund. Sie schliefen vor Erschöpfung hinter jedem Erdhaufen oder im Gebüsch ein, erwachten am frühen Morgen, kämpften weiter unter unsäglichen Umständen, von Todesangst, Hunger und Durst, mörderischer Hitze oder der Nachtkälte geplagt, gepeinigt von Angst, von schlimmen Schmerzen durch unbehandelte Verletzungen geschüttelt, viele krepierten wie die Hunde. Die Gegner machten nicht gerne Gefangene, die verpflegt, mitgeführt werden mussten, sie störten nur die Kampfeinsätze. Die Offiziere riefen derweil Durchhalteparolen durch die Reihen der kämpfenden Soldaten, während sie in ihren Unterständen beim Kartenspiel saßen, feixten und grölten und den Alkohol in sich hineinschütteten. Die Aussichtslosigkeit ihres Elends, die Verzweiflung trieben sie in die Exzesse.

Dann hatten sie ganz Virginia in- und auswendig kennen gelernt, sie ritten tausend Meilen von Richmond hinüber in den Westen bis vor Lexington in Kentucky, hinunter nach Nashville in Tennessee, zurück nach Norden bis Huntington, querten die Appalachen und dann schloss sich der Kreis in Appomattox. Sie hatten Bauernhöfe überrannt und das Federvieh und die Eier gestohlen, Kühe und Kälber weggetrieben, er hatte sich dafür geschämt. Er hatte bei White Oak Road und den Five Forks gekämpft, auch bei Saylor's Creek und an anderen tragischen Orten und schließlich hatte er nach den sinnlosen Dauerangriffen den Friedensschluss bei Appomattox Court House miterlebt. Er hat gesehen, wie nach der ausgehandelten Waffenruhe die Verletzten eingesammelt wurden, hatte ihr jammervolles Schreien gehört, wenn die Ärzte Arme und Beine abgeschnitten hatten, wenn sie dann nach Tagen doch zumeist noch qualvoll starben und danach hatte er sich an jeder Stunde seines Lebens gefreut.

Nach drei Wochen holten ihn die Farchants im Wagen aus dem Indianerdorf nach Hause, auf einen dicken Heuballen gebettet, er lernte wieder gehen, hängte sich in zwei Krückstöcke, lehnte sich an das Koppelgatter, schaute den Pferden zu, erfreute sich am Untergang der rotglühenden

Sonne und war dankbar für jeden Tag, den er gesund erleben durfte.

84

Sebastian Farchant und sein Biberl hatten sich gut eingelebt. Die Barbara hatte sich an ihre bäuerliche Herkunft erinnert, dass sie es verstanden hatte, seinerzeit, den Käse selber zu produzieren, hatte Ordnung in den Stall gebracht, hatte dem Ahiga und sich selber feste Gummistiefel verpasst, eine zeitliche Ordnung wäre zudem nötig, sagte sie ihm. Im Hof hatte sie den alten Brunnen reinigen lassen, mit festen Rohren erneuert, Rufus sah es mit großer Sympathie. Die Tage wurden kürzer, erste schwere Wolken tauchten immer öfter am Horizont auf, Schnee war angesagt. Sie sollten sich nicht ängstigen, lachte Rufus, sollte der erste Novemberblizzard den Hof in einer halben Nacht zuschütten, das Gebälk hätte noch jeden Sturm überstanden.

Sie spannte am frühen Morgen die zwei Braunen vor den Wagen, wollte in der Stadt noch nötige Einkäufe tätigen. Im Sommer hatte eine oft unerträgliche Hitze in den Anhöhen gebrütet, aber der feuchte Morgendunst führte heute die Nacht hinein in den Tag, die Natur war anders als an den früheren Tagen.

Den Tannenwald hatte sie hinter sich gelassen. Die Sonne saugte den Nebel aus den Ebenen, der breite Weg, schon seit Jahrhunderten Wanderroute der Indianer, erforderte nun ihre ganze Aufmerksamkeit, gewaltige, schroffe Felskegel, säumten den Weg. Diese bizarre Felsenwelt faszinierten sie, der trostlose, lang gezogene Canyon flößte ihr jedoch Furcht ein, ein verrotteter Pferdekadaver lag am Wegesrand. Sie würde nach ein paar Meilen wieder in die Grasebene hineingleiten, Gras soweit das Auge reicht, würde danach ihre Einkäufe tätigen.

»Halte dich nicht länger auf im Dorf als nötig«, gab Rufus ihr mit auf den Weg, »das herbstliche Wetter kann plötzlich in tiefsten Winter umschlagen, schnell ziehen Nebel herein ins Tal. Dieses wunderschöne aber wilde Land hat viele unterschiedliche Gesichter, die Natur kann sich von extremen Seiten zeigen.«

Er hatte ihr am Abend zuvor von den lebensfeindlichen Umständen erzählt, mit denen die Siedler auch fertig zu werden hatten. »Davon lassen wir uns nicht abhalten, das Wetter wird uns nicht klein kriegen«, sagte Sebastian Farchant. »Das Leben ist eine Freude«, würde sie ihren Eltern schreiben, die daheim mit sorgenvollem Herzen auf jede Nachricht warteten, »wir sind einfach nur glücklich.«

Beizeiten war sie auf dem Heimweg, dünne Sandhosen tänzelten über die Prairie, mit einem Mal jedoch kühlte die Luft merklich ab, da fühlte das Biberl Angst aufsteigen. »Nur jetzt nicht durchdrehen«, munterte sie sich auf, »so lebensfeindlich, wie der Rufus das Land geschildert hatte, wird es sich schon nicht zeigen.« Sie neigte dazu, die Probleme aus verschiedenen Blickwinkeln zu betrachten, war optimistisch gestimmt, nicht nur aus der Perspektive der Beklommenheit und Sorge sollte man die Tage leben, so hatte sie schon ihren Mann nach dem Tod des Kleinen in New York wieder ins rechte Gleis gebracht.

Dann stand urplötzlich eine riesige Unwetterfront am Horizont, hatte sich schlagartig über ihr zusammen gebraut. Die beiden Pferde setzten von selber zu einem leichten Galopp an. »Nur nicht jagen«, dachte sie, »sonst gehen die Pferde mit dem Wagen durch.« Nachdem sie das flache Grasland hinter sich gelassen hatte und in den Canyon eingebogen war, fauchte ihr eine Woge scharfen Windes entgegen, urplötzlich peitschte mächtiger Regen ihr ins Gesicht, der eben noch helle Tag verfinsterte sich jäh, der Weg war im Nu nass und glitschig, eine ungewöhnlich beißende Kälte begleitete das Unwetter.

Auf der Farm hatte man das Anwachsen der Unwetterfront beobachtet, Ahiga eilte in den Stall, bestieg ein Pferd und ritt dem Biberl entgegen. Er fand den Wagen unterhalb eines mächtigen, rotschwarz schimmernden Felsenkegels langsam in die Richtung der heimischen Ranch fahren, das Biberl hielt tapfer die Zügel in der Hand, war völlig durchnässt, er warf ihr eine Decke über den Körper. Ahiga band sein Pferd an die Kutsche, setzte sich auf den Kutschbock und umfasste mit kräftiger Hand die Zügel. Der Sturm heulte zum Erbarmen, dann fegte ein heftiger, eiskalter Schneesturm über die Felslandschaft, versperrte die Sicht auf dem Weg, der schon bei guten Wetterverhältnissen mühsam und mit großer Vorsicht zu befahren war. Bald würden sie die Anhöhe überquert haben, dann war es noch eine gute Meile bis zum Hof.

»Im unrechten Augenblick kann der Canyon eine Zone des Todes werden, im Sommer brennt einem die erbarmungslose Sonne das Gehirn aus dem Schädel und im Winter hält uns dann der Schnee und der eine oder andere dicke Eispanzer im Haus gefangen«, sagte Rufus, als die beiden heil zu Hause angekommen waren, »du hast Glück gehabt, so manch einer wurde draußen verschneit und im Frühjahr erst wieder gefunden. Du hast deine Bewährungsprobe bestanden«, setzte er anerkennend hinzu. Da wäre im letzten Jahr mitten im Sommer so eine ausgemergelte und total erschöpfte Gestalt auf den Hof der Ranch gewankt, erzählte Rufus. Nach schier unerträglichen Strapazen hatte der Fremde nach einem Sturz vom Pferd diese Meilen durch das bizarre Hochland hinter sich gebracht, ohne Wasser und mit viel Glück. »Ich habe ihn aufgepäppelt und nach drei Tagen stand er wieder auf den Beinen, ein Eisenbahner war es, der sich bei der Trassensuche verirrt hatte. Ja, die Eisenbahner, die sollen mit dem Zug fahren«, lachte er, »der Manfred Waldstein hat schon viele Meilen mit dem Zug zurück gelegt, vielleicht wird er doch noch gescheiter und wird Farmer.«

Sie saßen gemeinsam am großen Eichentisch und löffelten die dicke Fleischbrühe, die Sebastian gekocht hatte. Dann verschwand der schweigsame Ahiga in sein Reich, er schlief in seiner Hütte, konnte sich nicht mit der festen Behausung, der Farm anfreunden. Aus der Hütte war bald ein feiner Singsang zu vernehmen. »Ahiga dankt seinem Manitu, dieser besonderen göttlichen Kraft, die euch beide gerettet hat. Na, jeder auf seine Weise« fügte Rufus hinzu, »von denen können wir noch etwas lernen, das Wesentliche ist den Indianern noch nicht verloren gegangen.«

Er erzählte von einer Lawine, die vor Jahren nahe Ahigas Dorf niedergegangen war, von den vielen Katastrophen, die die Dorfgemeinschaft gemeistert hatte, von Krankheiten, die die weißen Siedler immer wieder neu einschleppen. Dürreperioden und Hungerszeiten hatten die Indianer überstanden und der neue Mensch, der sich dieses Indianerland nun untertan gemacht hatte, ein brutaler Landnehmer wäre er, sagte Rufus, dieser Mensch setze nun alles auf eine immer ausgefeiltere Technik, da müsse alles funktionieren, auch der Mensch sei ein Rädchen nur im Getriebe, wichtig sei, dass Handel und Wohlstand ohne Unterlass wachsen.

Rufus war ein Lebensphilosoph geworden, ein religiöser Mensch wohl auch. »Woher kommen wir, wohin gehen wir, wozu sind wir auf Erden«, diese Fragen hatten ihn schon begleitet noch bevor der schreckliche Bruderkrieg gewütet hatte. »Denke gute Gedanken«, sagte er, »und wenn du einen guten Gedanken hast, pflanze ihn in den Kopf der anderen, er wird dort wachsen und du bewegst die Welt, veränderst sie zum Guten.«

»Ich möchte kein Teil der Gewalt in dieser Welt sein«, das war sein Lebensmotto und so ging er auch mit den Menschen um, ein friedlicher und besonnener Mann. So hatte ihn Manfred Waldstein kennen gelernt, als einen Menschen, der im Wesentlichen lebt, das wirklich Wichtige im Leben wahrnimmt, der den grundsätzlichen Fragen nachgeht.

85

Das Weihnachtsfest verbrachten die Cromwells im südlichen Philadelphia bei den Waldsteins. Der kleine George würde übers Jahr wohl mit einem Geschwisterchen spielen wie auch Monika Cromwell, Manfreds liebe Schwester, guter Hoffnung war. Nach ihrem Besuch in der bayerischen Heimat brachten die beiden Cromwells eine Vielzahl neuer Fotos mit in die Staaten. Die Eltern sollten fröhlich in die Linse lachen, hatte Monika sie liebevoll gedrängt, die Tage wären sowieso nicht immer fröhlich und da könne man die aufheiternden Mienen der Eltern in der neuen Welt schon gebrauchen. Claires Mutter hatte Fotografien vom Eriesee geschickt, hatte in die Kamera gelacht, ihre Anmut war zu spüren, Claire war ihr sehr ähnlich, nicht nur vom Aussehen, auch der Charme der Mutter war in ihr Gesicht gezeichnet. Claire war eine Frau, die sich nicht unterkriegen ließ von den schlechten und chaotischen Zeiten, genug der drückenden Jahre hatte sie hinter sich, war voller Sehnsucht nach einem glücklichen Leben mit Manfred und der Familie.

Rufus hatte sich Anfang Dezember von Sebastian Farchant, dem Neufarmer, dem Pfarrer außer Diensten, wie er sich selber manchmal ironisch nannte, zur Bahnstation kutschieren lassen, war in den Zug gestiegen und steuerte auch Philadelphia an, der kleine George würde sich freuen auf den Grandpa Rufus. Auf der Farm war nach den überraschenden Wetterkapriolen, diesen unerwarteten Novembereskapaden wieder winterliche Stille eingekehrt, es hatte nur wenig geschneit, heftigere Blizzards hatten den Appalachenraum verschont. Das Biberl würde Käselaibe produzieren, das Indianerdorf damit versorgen und gute Felle, Heilkräuter und Trockenfisch eintauschen. »Das Glück hat es gut gemeint mit uns, liebe Eltern«, schrieb sie, »jetzt sind wir Bauern geworden, Farmer heißt das hier, Bauern wie ihr auch, und dem Sebastian geht es gut, er ist der glücklichste Mensch der Welt, ganz so wie früher.«

86

Jeromia Rubin arbeitete an der Seite von Ferry Strauß, der war auf den hoch gewachsenen und blitzgescheiten Mann aufmerksam geworden und übergab ihm allmählich die Leitung des Pelzeinkaufs. Jeromia hatte Strauß hinauf begleitet bis an die Grenzen von Kanada, Pelzverkäufer, Jäger und Waldläufer kennengelernt, sich mit den Gesetzmäßigkeiten des Pelzeinkaufs vertraut gemacht, er spürte intuitiv Redlichkeit im Verhalten der Geschäftspartner und mied die Heuchler, er lernte mit untrüglichem Sinn einen guten von einem weniger guten Pelz zu unterscheiden. Ferry Strauß schickte ihn in die Departements in den nördlichen Appalachen, er wusste, dass er sich auf Rubin vorbehaltlos verlassen konnte.

»Ich hätte dich aus meinem Distrikt wegjagen sollen, Nigger«, zischte dieser korpulente Weiße, der sich im Foyer der Pelzstores in Harrisburg an Jeromia gewandt hatte, »ich habe dich gleich erkannt, hier in Harrisburg wirst du nicht groß, dafür sorge ich.«

Jeromia blieb gelassen: »Wir sind hier nicht in Virginia, nicht in Lousiana, auch nicht in Georgia, wir sind hier in Pennsylvania, Durand, weißt du das nicht?«

»Deinen Chef will ich sprechen, auf der Stelle«, schrie nun der untersetzte Dandy, klatschte mit der beringten Linken auf das hölzerne Verkaufspult.

»Der Chef hier bin ich«, erwiderte Jeromia Rubin gelassen, »wenn du einen speziellen Wunsch hast und ich kann ihn erfüllen, lasse es mich wissen. Ansonsten hast du bei mir Hausverbot.«

Julian Durand war ihm in den Tagen vor dem Krieg aufgesessen, die Schwarzen durften nicht zur Schule gehen, Durands Vater war einer der Oberaufseher auf der Plantage und Julian kühlte sein Mütchen an den schwarzen Jungen und Mädchen.

Durand verließ bleich und wütend das Fachgeschäft in Harrisburg und nahm sich vor, an höchster Stelle Beschwerde einzureichen. Der Bürgermeister ließ ihn gar nicht vor und der Fachstellenleiter in der Stadtverwaltung verwies ihn an die Strauß Company direkt in Philadelphia. Dort lag Jeromias' aufschlussreicher Bericht über das provokante Geschehen in Harrisburg bereits telegrafisch auf Ferry Strauß' Schreibtisch. Strauß bewies jenen Mut, der ihn schon zu Kriegszeiten 1870/71 daheim in Deutschland ausgezeichnet hatte. Er meinte, man dürfte solche Leute nicht groß werden lassen und hatte Lester um schnelle, gründliche Recherche gebeten. Dann ließ er den aufdringlichen Bösewicht vor.

»Bevor Sie zu reden beginnen, Mister Durand, darf ich Sie darauf aufmerksam machen, dass Ihre Familie zu den Sklaventreibern im Süden gehörte. Das sind die Leute, denen wir das Grauen des Krieges zu verdanken haben, ich werde Ihren Abgeordneten von diesem bösen Vorfall unterrichten. Verlassen Sie mein Haus.«

Bei einem abendlichen Essen mit Manfred Waldstein setzte Ferry ihn von diesem unliebsamen Vorfall in Kenntnis. »Diesen Menschen muss man von vornherein die Butter vom Brot nehmen, die würden wieder groß werden und das Volk aufs Neue ins Unglück stürzen, wir werden mit ihnen noch viele Jahrzehnte zu tun haben, Boshaftigkeit kann man nicht mit einem einzigen Befreiungsschlag aus der Welt schaffen.«

»Hört denn dieser Hass nie auf, nimmt denn das Erbe der Sklavenhalter nie ein Ende«, Manfred Waldstein würde vor allem ein Auge auf Benjamin Rubin haben, diesem jungen Menschen sollte nicht das widerfahren, was seinen Vorfahren an unerträglicher Last aufgebürdet worden war. In einem Brief an seinen Schwager Martin Cromwell schilderte er die Situation, in die Jeromia geraten war, wohlwissend, dass man »breit aufgestellt sein müsse«, wie der Großvater in Schwabelweis immer gesagt hatte. »Du muaßt breit aufg'stellt sein, musst mehr wiss'n und kenna wia de andern, Bua, merk dir dös. Muasst de andern immer a Stückl voraus sei.«

Besser schien es ihm zu sein, dass auch Martin Cromwell sich mit dieser unerfreulichen Geschichte befasste, dass er eventuellem Ärger, Unannehmlichkeiten, die auf sie zukommen konnten, wissend voraus war, denn die Heimtücke würde im Untergrund bohren, würde manipulieren und lügen, bis sie das Gute zu Fall gebracht hätte. Falschheit, Lug und Trug seien nicht aus der Welt zu schaffen, wusste er.

Was hatte er eigentlich mit De Haen und seinen Sympathisanten zu schaffen, warum war er, Manfred Waldstein, in diese Querelen hinein verwoben? Man kann sich im Leben nichts aussuchen, dachte er, man muss es nehmen, wie es kommt und das Beste daraus machen. Er fand seinen Gleichmut wieder. Er sah sich durch die Donau schwimmen, einmal hatte ihn ein schwerer Baumstamm unter das Wasser gedrückt, er lag eingezwängt ins Geäst und konnte sich kaum befreien, da hatte ihn die Kraft der Lungen »wia a Pferd«, wie der Großvater immer sagte, wieder nach oben gebracht.

Benjamin Rubin war an der medizinischen Fakultät der Universität in Philadelphia eingeschrieben, konnte sich des Beistandes seiner Mutter sicher sein, war dankbar für die finanziellen Zuwendungen aus der Familie Cromwell, nahm souverän und ohne Scheu diese in seinen Augen legitime Unterstützung an. Stella Rubin hatte lange schon ihre innere Ruhe zurück gewonnen, das Leben hat es schließlich doch noch gut mit ihr gemeint, wie sie sagte, ihr Benjamin würde studieren, wollte Arzt werden, Zukunft haben. Stella Rubin hatte vor geraumer Zeit geheiratet, ihr Mann war schon lange bei der Strauß Fur Company beschäftigt. Cromwell würde der Bitte seiner Mutter nachkommen und das Fortkommen seines Stiefbruders mit bedenken, das wäre ganz im Sinn des verstorbenen Vaters.

87

Monika Cromwell war mit ihren neuen persönlichen Umständen beschäftigt, unterstützte die Ärmeren in der deutschen Gemeinde, hielt dankbar die Kontakte zu den McOwens aufrecht, denen sie und Manfred viel schuldeten, ihr kleiner Sohn Peter, nach dem verstorbenen Großvater getauft, brachte Arbeit und ganz neue Gedanken in ihre Welt. Sie hatte die Eltern in Schwabelweis eingeladen, sie zu besuchen. Das würde wohl nichts werden, schrieb die Mutter zurück, »den Vater bring ich doch auf kein Schiff rauf« und der Vater hat hinzugeschrieben, dass es der Mam' selber nicht ganz geheuer ist, das Schifffahren, »nicht einmal in ein

Donauschiff bringt man sie hinein.« Monika erinnerte sich an die Prozession auf dem Schiff hinunter nach Donaustauf und den Weg von der Anlegestelle hinauf zur Salvatorkirche. »Aufs Schiff bringt ihr mich nicht«, sagte die Mam' und der Großvater hat dann den Zweispänner hergerichtete und hat sie und ihre donauscheuen Freundinnen nach Donaustauf in der Kutsche hinuntergefahren.

Der Pfarrer von Sankt Salvator hatte dann immer vom Dreißigjährigen Krieg erzählt und dass die Schweden den Bau und die Inneneinrichtung demoliert hätten und die Familie des Großvaters war am Nachmittag des Wallfahrtstages hinüber gefahren zur Walhalla, da hätten sie die Statuen und die Büsten von den ganz Gescheiten und Berühmten angeschaut. Dem König Ludwig I. hätte man das Bauwerk zu verdanken, hatte der Großvater erklärt und auf der hinteren Seite könne man in den Wald hineinschauen, wie sie den Böhmischen Wald nannten, der herüber reichte bis zur Donau. Sie erinnerte sich an die Bratwurstbuden an der Straße und der Großvater war dann mit der Großmutter zum Mittagessen zum Bräuwirt gegangen, während sie sich mit den Eltern und Manfred auf die Wiese gesetzt und sich an die Rossbratwürste gemacht hätten. Die Eltern würden wohl nicht mehr nach Amerika fahren und es würde lange dauern, bis ihre junge Familie selber sich noch einmal auf die beschwerliche Reise machen würde, die Fahrt wäre doch anstrengend und würde eine ganze Woche in Anspruch nehmen und ob sie ihrem kleinen Peter die Anstrengung zumuten wollten, wäre schon genau zu bedenken.

88

Zum Mittagessen waren Claire und Manfred im Nebenzimmer ihres Restaurants vereint, der kleine George war umtriebig und kauderwelschte englische und deutsche Begriffe, manchmal hatten sie Rufus zu Gast, der aber die wesentliche Zeit des Jahres auf der Farm verbrachte, wo Sebastian und Barbara gerne auf seinen Rat und seine tatkräftige Hilfe bauten. Wieder stapelte sich die an Claire adressierte Post, aber auch Manfred erhielt immer wieder einen Brief von den Eltern und von Monika. Heute lag ein dicker Brief von Georg aus Milwaukee am Tisch und Manfred schlitzte das weiße Kuvert mit seinem Messer auf.

»Du wirst es nicht glauben«, staunte er und Claire war ganz Ohr, »Georg Zupfer kandidiert als Abgeordneter für das Repräsentantenhaus in Washington, seine Landsleute in Milwaukee haben ihn nominiert und er hat den einstimmigen Rückhalt in der Partei. Ich kann es nicht glauben, der Georg Zupfer aus Bischofteinitz im Böhmerwald geht in die amerikanische Politik.«

»Der ist also auch in Amerika, in der neuen Welt angekommen, hat etwas erreicht in der neuen Heimat am großen See. Der andere Auswanderer wird vielleicht einmal Eisenbahnchef in Philadelphia, ich mache auf Wirtin und der Ferry ist ein Pelztierjäger, welche Karrieren sind das doch«, Claire lachte und legte ihm ein Stück Fleisch auf den Teller, »iss und lass es dir schmecken, heute Nachmittag wirst du noch genug Zeit haben dich zu wundern und zu freuen.«

»Ich bin zweite Wahl gewesen«, schrieb Georg Zupfer aus Milwaukee, »aber nach der dir bekannten New Yorker Bürgermeisterblamage und den Kalamitäten mit diesem De Haen haben die Parteivorderen bei uns im Stimmkreis in Milwaukee noch einmal die Lebensläufe der beiden Erstbewerber durchleuchtet. Der eine der Kandidaten ist der Sohn einer reichen, lange schon in Milwaukee sesshaften Reederfamilie, die die Seen hinauf- und hinunterfahren, der andere ebenso Einwanderer wie ich, stammt jedoch aus Norwegen. Der Jungreeder Bill Halifax hatte jedoch einen

Freund hintergangen, dessen Frau zur Geliebten gemacht, er traf sie regelmäßig in einer kleinen Stadtwohnung, die er eigenes zum Rendezvous angemietet hatte. Der Carl Carlson schließlich hatte es zwar schon zehn Jahre nachdem er amerikanischen Boden betreten hatte, im Getreidehandel zu beträchtlichem Vermögen gebracht, da wären jedoch in seinem Lebenslauf einige Ungereimtheiten zu verzeichnen, hieß es in Parteikreisen, sein Geschäftsgebaren habe Anlass zu mehreren Nachfragen vonseiten der Finanzbehörden gegeben, Bestechung wäre im Spiel. Zu beweisen war nichts, aber die Gerüchte genügten, um ihn aus dem Rennen zu nehmen. Dann blieb ich übrig und mir hat der traditionelle Flügel lauthals vorgehalten, dass ich unverheiratet wäre, meine Freundin müsse ich noch vor der Wahl heiraten. Aber man wird mich so nehmen müssen, wie ich bin, mit oder ohne Weib.« Das war ganz der alte Georg Zupfer, deutlich im Wort, zuverlässig und beständig, dem man gerne gefolgt war, als junger Offizier im Krieg geschätzt. »Die Milwaukeeans können froh sein«, dachte Manfred, »dass der Georg ihnen die Stube auskehrt.«

Georg hatte Manfred Waldstein schon vor geraumer Zeit mitgeteilt, dass er eine Dame aus dem Umland von Milwaukee auf einer Ausstellung kennen gelernt hatte, und er könnte sich vorstellen, sie zu heiraten, wenn sie denn wolle, fügte er hinzu. Allerdings könne er auch auf seine jüngere Schwester Christina zählen, die vor zwei Jahren die Überfahrt von Böhmen über den Ozean hinauf nach Milwaukee gewagt hatte und ihn seitdem im hiesigen Betrieb stütze. »Sie wird mich sicher nicht nur einmal nach Washington begleiten, dann lassen wir uns auch bei euch in Philadelphia sehen«, endete der Brief.

89

»Wenn das Schicksal zuschlägt, dann nimmt es keine Rücksicht auf Reiche oder Arme, auf die Vergangenheit kann man zurückblicken, die Zukunft bleibt uns verborgen, alles scheint möglich zu sein.« Rufus war über die tragischen Ereignisse bei den McOwens in New York ebenso bestürzt wie Manfred Waldstein. Innerhalb einiger Tage hatte sich der Tod eingestellt, zunächst hatte er sich auf leisen Sohlen an Frau McOwen herangemacht. Müde und erschöpft hatte sie sich durch den Sommer geschleppt, war des Öfteren krank, konnte kaum ihre alltäglichen Arbeiten im Haus verrichten, wäre doch in der neuen Wohnung noch so viel zu tun gewesen. Sie hatte neue Vorhänge für die beiden großen Fenster im Wohnzimmer genäht. »Schau nur auf dich, es eilt doch nichts, lass dir Zeit, du solltest erst wieder gesund werden«, hatte Roger McOwen seine Frau aufzurichten versucht. »Setz dich in den Lehnstuhl und schau hinunter auf den Hudson, einen solch schönen Ausblick hatten wir in der alten Wohnung in der Stadt nicht genießen können, freue dich an den Tagen, dann wirst du bald wieder gesund.«

Die Wohnung lag einige Straßenzüge von seinem Büro entfernt, ebenerdig in einem zweistöckiges Haus, ehedem die Wohnung eines alten, lange pensionierten Marshalls, der Monate zuvor verstorben war. Die Polizeistation gehörte zu den Neubauten im südlichen Brooklyn. Roger hatte viel zu tun, musste sich mit den neuen Gegebenheiten im Revier, den Kollegen, vertraut machen.

Er fand seine Frau, nachdem er nach verspätetem Dienstschluss die dunkle, unbeleuchtete Wohnung betreten hatte. Ihr Herz hatte aufgehört zu schlagen, still und blass lag sie ihm Lehnstuhl, die Hände gefaltet, als wollte sie sich hinüberbeten in jene Welt, deren Existenz für sie eine Tatsache war. Sie hätten noch so Vieles gemeinsam unternehmen wollen, jetzt, nachdem Roger sich in seinem Dienst mit geänderten beruflichen Perspektiven und Aufgaben neu herausgefordert sah. Die Wohnung wollten sie gemeinsam gestalten, vielleicht würde sie bald Großmutter werden, denn Katherine würde nach der Hochzeit mit ihrem Lehrerkollegen bald Mutter werden.

Der Friedhof lag in der 4th Avenue, jeden Sonntag würde Roger nun das Grab der geliebten Frau besuchen, er würde ihr immer nahe sein, sie nicht vergessen können, zu lange waren sie gemeinsam durchs Leben gegangen, hatten alle frohen Stunden und die Sorgen geteilt, gemeinsam bewältigt.

Manfred Waldstein konnte ebenso wenig wie Claire den weiten Weg von Philadelphia nach New York einplanen, ihr Mitgefühl erwiesen sie in einem Brief an Roger. Katherine schrieb von der Liebe zur Mutter, von der großen Trauer, die sie fühlte, die sie überwältigte, sie wisse gar nicht, wie es nun weitergehen würde, erwarte sie doch in einigen Monaten ihr Kind, darauf habe ihre Mutter sich so gefreut.

Die ersten Dezembertage sahen Rufus auf dem Weg zurück zur Farm. »Wenn es etwas Neues gibt, dann schreibt mir einen schönen Brief, vielleicht einmal etwas wirklich Erfreuliches«, sagte er beim Abschied. Er wusste, dass die beiden jungen Waldstein bald mit Nachwuchs rechnen konnten, da wäre er dann wieder im Haus und würde noch so viel Schnee liegen, »ich bin dann nicht aufzuhalten«, fügte er hinzu. Aber bis zum Frühjahr könnte noch viel Wasser den Delaware River hinunterfließen.

Weihnachten feierte er mit Sebastian und Barbara Farchant. Das Biberl war aufgeblüht, schon die wenigen Monate auf der Farm waren ein Lebenselixier für sie, die Arbeit in der frischen Luft hatte wieder Farbe in ihr Gesicht gezaubert und Sebastian Farchant schien der glücklichste Mensch zu sein. Die Winterblizzards hatten sie gefordert, in den Ausläufern der Appalachen lag Schnee genug, gut für die Saat auf den Feldern. Sie hatten sich in Harrisburg für den Winter eingedeckt, Ahiga hatte Mäntel aus Biberfell ins Haus gebracht, kein Fell würde in frostigen Tagen wärmer halten als der Biber, sagte er. Sie hatten geräucherten Schinken im Kamin, genügend Gemüse und Mais im Keller, die Kartoffeln würden bis ins Frühjahr hinein herhalten. »Vor einem Jahr hatten wir um diese Zeit schon zwölf Schneestürme, der Weg in Ahigas Dorf, das näher als alle Siedlungen der Weißen liegt, war unpassierbar«, Rufus räkelte sich in seiner warmen Koje, die er wie ein Nest mit dicken Heuballen umgeben hatte. »Da sind wir dann an schneereichen Tagen bei Frost und Eiseskälte alleine auf uns gestellt, oft genug eingeschneit bis zur Dachrinne, aber wer den Winter gesund übersteht, ist für die Arbeit im Frühjahr gut gerüstet, der Winterspeck ist dann schnell abgearbeitet.«

Immer wieder waren, solange Rufus schon im Lande war, in den Wintermonaten auf dem alten Indianerweg mächtige Lawinen abgegangen, aus heiterem Himmel krachten sie mit ungeahnter Geschwindigkeit in die Tiefe, rissen alles, was ihnen im Wege stand, mit sich. Dann war die alte Straße bis kurz vor Harrisburg oft durch mächtige Verwehungen zugemauert, hinein bis in die warmen Frühlingstage im März, erst um die Osterzeit schmolz der Schnee, lag der weiße, dicke Harnisch wie eine mächtige Rüstung auf der Mutter Erde. Die Schmelzwasser zogen dann unter den ersten zaghaften Sonnenstrahlen allmählich immer deutlicher werdend ihre Bahn erst als zaghafte Rinnsale, dann als reißende Bäche hinunter zum Susquehannah River, der Jahr für Jahr gewaltig anschwoll und sich wochenlang von seiner wildesten Seite zeigte, ein Raubein, wild und ungestüm. Dann ließen selbst die Indianer ihre Kajaks am Ufer und warteten, bis der Fluss sich ausgetobt hatte.

Die Rinder und Pferde vertrugen diese oft eisigen Temperaturen besser als die Menschen, wenn sie nur genug Heu in den beiden großen Heuschobern der Ranch zur Verfügung hatten. An den Abenden erzählte Rufus von den alten Zeiten, die Farchants lasen in den Briefen und Büchern, die die Eltern aus der alten Heimat geschickt hatten. Ahiga war im Winter nicht davon abzuhalten, seinen Schlafplatz in der trockenen und warmen Scheune aufzugeben, seine Frau hatte sich ins Dorf zurückgezogen. Da wäre es warm, sagte er, er wäre zudem nahe bei den Tieren, würde genau hinhören, welche Sorgen die Pferde in der Nacht umtreiben würden, ob ein Wolf am Stall lauere. Die zwei Hunde lagen an seiner Seite, blinzelten verstohlen und es schien sie nicht zu kümmern, was um sie herum sich abspielte. Sie waren jedoch sofort hellwach, wenn ungewohnte Geräusche aus der Kälte in den Stall drangen.

90

Die stillen Tage und Wochen vergingen im Einklang mit der Natur und die Bewohner der Bancrofft-Farm freuten sich, wenn die ersten Sonnenstrahlen dann das baldige Frühjahr ankündigen würden.

In der Heimat an der Donau wäre heute der Lichtmesstag, der zweite Februar, da könnten die Dienstboten wechseln. Biberl erinnerte sich an den elterlichen Hof, da wären aber die Dienstboten das ganze Leben dort geblieben, waren doch die Bauern anständige Leute und sie hätten zusammengepasst, die Herren des Hofes und die Knechte und Mägde und sie wären eine große Familie gewesen.

Der Briefträger hatte den weiten Weg mit dem Pferdeschlitten gemacht und würde die Nacht auf der Farm verbringen. Es war gegen die Mittagszeit, aus dem breiten Kamin am First des Hofes stieg feiner Rauch wie eine weiße

Schnur in die kalte Luft hinauf, die zwei Hunde schlugen in der Stille an. Der junge Everett Wilson war noch nicht lange im Postgeschäft, aber gewissenhaft und freundlich zu den Leuten, brachte pünktlich Briefe und Päckchen aus Harrisburg hinaus in die kleineren Dörfer und zu den einsamen Farmen und Ranches. Während des Sommers saß er dann auf dem Kutschbock seiner Postkutsche, dirigierte die vier Pferde, die das Gefährt zuverlässig über Land zogen und transportierte Reisende und Waren aller Art.

Sebastian öffnete ihm die breite Tür, nachdem Wilson sein Gefährt vor dem Aufgang zur Veranda abgestellt hatte, Ahiga nahm die beiden Pferde aus dem Geschirr, führte sie in den Pferdestahl, rieb sie trocken und gab ihnen Wasser und Hafer zum Fressen. »Ich glaube, das ist keine gute Nachricht für Rufus«, meinte er, als er Sebastian Farchant das Kuvert mit dem Trauerrand überreichte, »ich wollte ihm die Nachricht unverzüglich zukommen lassen, darum bin ich bei dem Wetter aufgebrochen, ich bin schon zwei Stunden unterwegs.« Rufus stapfte aus dem Pferdestall und nahm das Kuvert entgegen, er spürte einen kurzen, stechenden Schmerz in der Brust, er dachte an Manfred und Claire. In einem braunen Kuvert lagen der Brief der Freunde und eine Todesanzeige.

»Der Tod ist mein alter Weggefährte, er begleitet mich seit meiner Jugendzeit, ich wundere mich, dass er mich noch nicht mitgenommen hat«, Rufus reichte Sebastian die Todesnachricht aus New York.

Rufus verließ die Wohnung, zog sich zu seinen Pferden zurück, der Druck auf der Brust nahm ihm manchmal den Atem, dann war alles wieder gut. »Mit dem Tod muss man auf Du und Du sein«, dachte er, »aber er greift wahllos zu, der schäbige Geselle, holt sich die Jungen und die Alten, Kinder und Greise reißt er ins Grab, nimmt keine Rücksicht, ob einer arm ist oder reich.«

Katherine hatte auf ihren Mann gewartet, entgegen der üblichen Zeit in den Nachmittagsstunden blieb er heute aus, das Kind hatte schon mit den Fäustchen im Bauch geklopft, Kontakt gesucht, brauchte wohl Ansprache und wenn Katherine aufgeregt war, hüpfte es in ihrem Bauch. Vor der Haustüre standen zwei Constables aus dem Viertel und fragten sie, ob sie Frau Katherine Valentino sei. Ihr Mann sei gestürzt und es ginge ihm nicht gut. Im Hospital stand sie dann am Bett ihres Mannes, dessen Kopf fast gänzlich mit Bandagen verbunden war, zwei Jugendliche hätten ihm seine Aktentasche entreißen wollen, erzählte der Polizist. Herr Valentino habe sich gewehrt, dann hätten sie ihn auf der glatten Straße in den Rücken gestoßen und er wäre mit dem Kopf auf den Bordstein gefallen. Der Arzt sagte, dass man da nur warten könne. In der Nacht starb er.

Rufus kam nicht mehr ins Haus, die schreckliche Nachricht aus New York hatte ihn tief getroffen. Er blieb bei seinen Pferden, Barbara brachte ihm am späten Abend noch sein Essen, er lag auf seinem dicken Heusack. In den letzten Monaten, die vergangenen Wochen immer öfter, hatte er an seinen eigenen Tod gedacht, hatte er doch schon oft genug gehört, dass diese drückenden Schmerzen in der Brust viel mit seinem ruinierten Herzen zu tun haben könnten. Seit diesen schrecklichen Jahren im Krieg stand er dem Tod wie dem Leben gleichmütig gegenüber. Da mussten mehr als eine halbe Million junger Männer ihr Leben lassen, hunderttausende wurden verkrüppelt, waren ihr Leben lang gezeichnet. Er hatte sie gesehen, diese jungen Toten, diese zerfetzten Körper, diese abgerissenen Gliedmaßen, diese schreienden Knaben in ihren zerschlissenen Uniformen. Aber welche Bedeutung hatte der Tod eines einzelnen in diesem Grauen. Vor Gettyburg stapelten sich nach dieser unverzeihlichen Schlacht am Abend die Erschossenen, die verwundeten Männer lagen in ihren Exkrementen und starben in die kalte Nacht hinein.

Die Jahre nach dem großen Abschlachten hatte er nachts kaum Ruhe gefunden, nur bei den Pferden auf der Koppel, im Stall, fand er seinen Frieden. Wenn er ihre Ausdünstungen roch, ihr Wiehern hörte, krochen langsam Müdigkeit und der Schlaf in seine Glieder. Der Tod wäre ihm da stets willkommen gewesen, sein Wegbegleiter über Jahre hinweg. Der Tod war für ihn immer auch eine Demütigung, eigentlich sei er eine große Peinlichkeit der Schöpfung, sagte er sich. Der Tod sei etwas sehr Privates, sinnierte er, auch wenn er im Kriegsgetümmel, unter mächtigen Kanonendonner auf den Einzelnen zuträte. Man müsse ihn sehr nüchtern und sachlich einplanen, sich mit ihm lebenslang auseinandersetzen, man dürfe ihm nicht mit zu viel Gefühl entgegentreten, das sei er nicht wert, der Tod sei ein Perfektionist und solche Typen seien keiner großen Gefühle wert.

Er würde der verstorbenen Mutter von Katherine und Katherines geliebtem Ehemann die Ehre geben, er würde in den ersten Frühlingstagen in die große Stadt New York fahren, die Gräber der lieben Toten besuchen, es würde ein feierlicher Tag werden für ihn, er würde das auch als respektable Geste gegenüber dem Tod, gegenüber dem endgültigen Feierabend ansehen. Er würde diesen unabänderlichen Tod respektieren, ihm aber nicht die Herrschaft über seine Seele überlassen, zubilligen. Er würde diesen Tod nicht fürchten, er würde ihm gar danken, dass er so gerecht sei und zu den einfachen Leuten auch die De Haens und andere hinzufüge.

91

Philadelphia hatte sich zu einer der schönsten amerikanischen Städte entwickelt. Nach der Weltausstellung von

1876, Manfred Waldstein war um diese Zeit in die neue Welt gezogen, hatte sie sich von einer biederen, jedoch schon respektablen und anerkannten Frau zu einer eleganten, modernen Dame herausgeputzt, etwas aufgebläht vielleicht, aber schmucker als der New Yorker Moloch. Auf dem Gelände dieser einmaligen Ausstellung, die Kommentatoren nannten sie ein Jahrhundertereignis, war es zu einem Wettstreit der Industrienationen gekommen, modernste Dampfmaschinen waren zu sehen, Ulysses Grant, der Haudegen aus dem großen Krieg, hatte sie eröffnet, weit über zehn Millionen Besucher aus aller Welt hatten ihr die Ehre gegeben, zudem feierte Amerika die hundertste Wiederkehr der Unabhängigkeitserklärung.

Einer der Straußbrüder aus der Strauß-Pelzdynastie, allseits anerkannter Architekt, hatte sich an einem Architektenwettbewerb beteiligt, war aber nicht zum Zug gekommen. Bevor Manfred Waldstein mit seiner Familie in die Kutsche stieg, nahm er sich immer ein bestimmtes Ziel vor, denn das Ausstellungsgelände war umfassend groß, überdimensioniert, wie Kritiker süffisant schrieben. Sein besonderes Interesse galt heute der mächtigen Corliss-Dampfmaschine, sie hatte in der Folgezeit nach der Ausstellung auch die Schifffahrt und die Eisenbahn revolutioniert. Er bestaunte vor allem die mächtige Corliss Steam Engine, ein Wunderwerk der Technik, wie er als gelernter Kesselschmiedemeister feststellte, die Mutter aller Energie für die großen Fabriken, die im ganzen Land wie Pilze aus dem Boden schossen.

»Du solltest dein Büro verlassen und wieder unter die Bäuche der Lokomotiven kriechen«, lachte Claire. Er erinnerte sich an seine erste Lokomotive, die alte Donnersberg, die er im Ausbesserungswerk sozusagen mit verbundenen Augen zerlegt und wieder zusammengebaut hatte. Der kleine George wurde vom Vater für Dampfmaschinen fanatisiert, den Eltern in Schwabelweis schickte er ein passables Foto, das die Familie vor der großen Corliss Steam Engine zeigte. »Das ist eine Dampfmaschine, Vater, das sind Größen, Dimensionen sind das«, schrieb er, »wie der ganze Kontinent eben ist, groß und weit, da kannst stundenlang mit der Eisenbahn fahren und siehst keinen Menschen, wenn du zum Fenster rausschaust.«

Der Vater schrieb dann zurück, dass er schon immer gewusst habe, dass der Manfred ein unverbesserlicher Eisenbahner sei, weil er schon als Bub immer von den Dampfmaschinen geredet habe, es für ihn nichts anderes gegeben habe und hölzerne Lokomotiven sein liebstes Spielzeug gewesen waren. Aber Hauptsache wäre, dass er ein zufriedener Mensch sei, da drüben in Amerika und dass sie ihn, den Vater, nicht aufs Schiff brächten.

92

Kindersegen war angesagt. Katherine Valentino hatte im Frühjahr, bald nach dem Tod ihres jungen Mannes Robert, einem Mädchen das Leben geschenkt, um die Osterzeit erblickte in Brooklyn ein junger Cromwell das Licht der Welt und in Philadelphia schloss der kleine George sein Schwesterchen Mary in die Arme und redete ihr gut zu, zweisprachig, wie es sich gehört.

Rufus hatte seine Absicht, nach New York zu fahren, wahr gemacht, den beiden Verstorbenen die Ehre erwiesen. Er war stiller geworden. »Er macht sich mit dem Tod vertraut«, sagte Ahiga zu seinem Vater, wenn Rufus in sich gekehrt im Zelt saß, mit den indianischen Freunden Tagesneuigkeiten beredete. Ferry Strauß war nun zweimal schon in New York gewesen und hatte Roger McOwen besucht und Katherine nach Philadelphia eingeladen. »Wenn der Sommer kommt, bist du unser gern gesehener Gast, das südliche Klima wird dir gut tun«, sagte er zum Abschied.

Das Haus der Waldsteins war groß genug, um die New Yorker Verwandtschaft unterzubringen. Dann feierten sie das Osterfest gemeinsam, die Waldstein, Monika und Martin Cromwell, Katherine Valentino, eine laute Kinderschar und Ferry Strauß waren im Haus, hatten sich auf ein Wiedersehen gefreut und Rufus hatte die eindringliche Einladung nach Philadelphia nicht ausgeschlagen. Er wäre oft sehr müde, sagte Rufus und alte Männer sollten ja bekanntlich ihre Beine unter den eigenen Tisch ausstrecken. Die vier Rubins feierten das Osterfest zu Hause, waren aber am Sonntagnachmittag bei der Crew im Waldstein'schen Restaurant. Manfred Waldstein schwärmte von den Exponaten der Weltausstellung, die er zum wiederholten Male besucht hatte. Ferry unterhielt seine Freunde mit spannenden Geschichten aus den Wäldern Kanadas und der Appalachen, erzählte von der Arbeit und vom Leben seiner Leute in den unermesslichen Wäldern, von Pelztierjägern, Indianern und Fallenstellern. Den Ozelot ließ er durch das Restaurant schleichen, den sie aus dem Texanischen beziehen und vom Biber, dem großen Wasserbaumeister, berichtete er und es schien, als würde der gefährliche Braunbär vor der Haustüre lauern oder gar der furchterregende Grizzly, der den Farmern zusetzt und »dem nichts heilig ist.«

Rufus berichtete von seinen neuen Freunden Sebastian und Barbara Farchant, die waschechte Farmer geworden seien, er erzählte von seinen Pferden, dass er es wie Ahiga machen würde und nachts bei seinen Pferden schliefe und er würde den kleinen George gerne einmal mit hinaufnehmen zur Farm, damit der das Reiten lerne und mit den Tieren aufwachsen könne. Den schnellen Lux treffe man auch in den Appalachen, er lebe in unzugänglichen Felsmassiven und die gewaltigen Bisonherden wären gerade im Krieg abgeschossen, regelrecht dezimiert worden und er wäre noch keinem Wolf begegnet. Der sei ein intelligenter Räuber, habe insbesondere die Achtung der Indianer, kümmere er sich doch vornehmlich um die schwachen Tiere, halte so auch die Wälder sauber und regle den Bestand der Herden. Man dürfe die Wildtiere nicht überjagen und die Bestände unbekümmert und fahrlässig abjagen, sonst würde man große Schäden in der Population anrichten. »Du wärst in Kanada der rechte Mann in den Jagdrevieren«, lachte Ferry, worauf Rufus mit seinem Alter kokettierte.

Nach den Festtagen strömte plötzlich atlantische Warmluft an die Ostküste und die jungen Leute flanierten mit den Kindern am Ufer des Delaware River und Manfred Waldstein glaubte wieder an der Donau zu stehen, wäre der mächtige Fluss nicht um einiges breiter und machtvoller als seine heimatliche Jugendliebe. »Weit oben entspringt er in den Catskill Mountains, keine zweihundert Meilen nördlich von New York, nicht so lang wie der Susquehanna River, von dem ich euch schon berichtet habe, aber im Oberlauf sehr ungestüm, naturnah, während er unterhalb von Philadelphia City breit und behäbig auf den Atlantik zusteuert«, schrieb er dann wieder in einem seiner Briefe an Mam' und Pap'.

93

Frederik Lester telegrafierte, er wäre auf dem langen Weg von Boston in den Süden. Der Anwalt stand noch immer in Diensten der Strauß Fur Company in Philadelphia und wollte seine betagten Eltern in Galveston besuchen. Eine lange Reise im Auftrag der Strauß Fur Company, immer dann begehrt, wenn rechtliche Unannehmlichkeiten drohten. Frederik Lester hatte Manfred Waldstein seinerzeit das fiskalische ABC in Fargo nahegebracht, war ihm bei den Streitigkeiten mit den Rinderbaronen beigestanden, ausgeliehen sozusagen vom Pelzhändler an die Eisenbahn, Manfred Waldstein würde Frederik diese Gesten, seine stete Hilfe in für ihn so schweren Zeiten nicht vergessen.

Die frühen Lesters hatten vor zwei Generationen Devonshire im südlichen England verlassen, ihr stilles, verarmtes Dorf in den Mooren, Amerika wäre die einzige Hoffnung, sagte ihr Vater, gab ihnen wenig mehr als seinen guten Rat mit auf den Weg und schickte den Sohn und dessen Frau mit den drei heranwachsenden Kindern in die Welt hinaus. »Lasst euch nicht klein kriegen in der Welt draußen, nicht von mühseliger Arbeit oder Not, nicht von den Menschen, ihr seid auf euch allein gestellt, vielleicht findet ihr gute, freundliche Zeitgenossen, ich begleite euch mit meinen Gebeten.« Es könne ja nicht schlechter werden, nur besser, fügte er hinzu.

In Plymouth gingen sie seinerzeit an Bord der Feather, einem kaum hundert Feet langen Segler, teilten dann zwei lange Wochen die Kajüte mit den von Strauß aus dem südlichen Württemberg. Angst und Hoffnung schweißten die jungen Menschen zusammen und sie schworen sich, in der neuen Heimat einander nahe zu bleiben und nicht nur eine Generation lang. Die recht gut gefüllte Strauß'sche Geldkatze würde beiden Familien den Anfang erleichtern, der deutsche Baron war des Zwangs und der Hoffnungslosigkeit in der Heimat überdrüssig geworden, auch für ihn gab es nur im Westen Zukunft und mit den neuen Freunden wollte er teilen. Die englische Gemeinde in einem abgeschiedenen Kaff bei Cape Elizabeth in Maine beherbergte beide Familien nach der recht angenehmen Überfahrt den ersten, langen und übermäßig harten Winter. »Hier will ich nicht leben«, sagte Lester im Frühjahr darauf, »mich zieht es in die Wärme, wir fahren in den Süden.«

»Unsere Freundschaft soll die Jahre überdauern und wenn einer von uns in Not ist, hilft der andere weiter«, schworen sie sich beim Abschied. Die Straußfamilie schloss sich zwar der kurzen Reise an, verließ jedoch schon in Philadelphia das Schiff und die Lesters wurden nach langen Wochen mühseligster Schifffahrt Texaner.

Strauß war schon nach einer Generation in Philadelphia als ehrenwerter Kaufmann geachtet, machte mit Pelzen, Kohle und Eisenwaren Geschäfte und die texanischen Lesters wurden Bauern, Farmer, Rancher, züchteten Vieh. Die Kontakte zwischen den Familien rissen nie ab und eines Tages, noch Jahre vor den unseligen kriegerischen Auseinandersetzungen, erhielt Jesse Lester, schon in die Jahre gekommen, mit der Post eine lederne Geldkatze als Erinnerung an die ersten harten Jahre zugeschickt, in denen der wertige Inhalt der Straußschen Geldkatze seinerzeit beide Familien über Wasser gehalten hatte. Die dritte Generation der Lesters und der Strauß musste die Söhne schließlich in den Bruderkrieg schicken, die einen dienten den Konföderierten im Süden und die Strauß wurden von den Politikern der Union in den Krieg getrieben.

Frederik Lester schließlich hatte in Houston studiert, promoviert, war juristischer Berater bei der Regierung geworden und hatte sich dann in Houston beim Militär einzufinden, er dürfe kämpfen, hieß man ihn. Als der Krieg zu Ende war, verließ er die Truppen der Konföderierten nach dem Friedensschluss von Appomattox als Oberst im Generalstab, stark umworben in der Army, er solle doch bei den Truppen der Vereinigten Staaten bleiben. Aber er machte sich auf nach Philadelphia und heuerte bei der Strauß Fur Company als Justitiar an. Lester war, Altersgenosse von Rufus Bancrofft, ein bescheidener aber eloquenter und versierter, in allen Lebenslagen bewährter Mann. »Es hat noch Zeit, viel Zeit, so hoffe ich, mich zur Ruhe zu setzen und ich weiß nicht, ob ich mich in Philadelphia oder in meiner heißen texanischen Heimat niederlassen werde.« Ferry Strauß war zufrieden und dankbar, wenn er noch möglichst lange der Unterstützung des Freundes sicher sein durfte.

»Manche Angelegenheiten soll man jedoch nicht zu lange verzögern, die Zeit vergeht zu schnell«, lachte Frederik mit einem Augenzwinkern und Ferry Strauß war für diese dezente Anmerkung dankbar, hoffte er doch, dass Katherine einmal bei ihm bleiben, seine Frau werden würde. Lester war in den Jahren zum guten Geist für die Strauß-Familien geworden, in seiner unaufdringlichen Art hatte er die Herzen der Freunde gewonnen und war zum Ansprechpartner und Ratgeber geworden. Selbst Manfred Waldsteins Eltern fragten in ihren Briefen nach diesem Herrn Lester, der ihm, dem Bub, doch in Dakota auf die Sprünge geholfen hätte.

Die Eltern in Schwabelweis »nahmen nicht nur an Weisheit, auch an Alter zu«, wie der Vater in seiner scherzhaften, doch auch nachdenklichen Art schrieb. Mam' hatte in einem Brief an Monika darüber geklagt, dass Vater einsilbig würde und oft arg müde sei, dass er nur mehr ein paar Stunden am Amboss stünde, abends nicht mehr lesen würde, zu bald zu Bett ginge und sie alleine in der Küche sitzen müsse. »Er hustet zu viel und der Doktor Krenzer meint, er müsse eine Luftveränderung haben, a bisserl a Wärm' tät ihm gut, da wäre halt Amerika was, aber ich bring ihn nicht von seiner Donau weg. Da sitzt er am Abend am Ufer und schaut ins Wasser, stundenlang, und fischt, erwischt aber nichts.«

94

Bei den Neuwahlen hatten die Menschen von Wisconsin den deutschstämmigen Georg Zupfer aus Milwaukee mit überwältigender Mehrheit zu ihrem Abgeordneten gewählt und ihn nach Washington ins Repräsentantenhaus geschickt. Der Rattner Ritsche, dem er seinerzeit bei seiner Ankunft in Passau kurz dargelegt hatte, dass man in Böhmen kultiviert miteinander umgehe, würde sich wohl im Grab umdrehen, wenn er von seinem Aufstieg zum Repräsentanten der Milwaukeeans im fernen Wisconsins, wüsste. Der Ritsche, hatte der Onkel aus Passau geschrieben, habe nach verlorener Bürgermeisterwahl seine damit verbundene Bedeutungslosigkeit nicht verwunden und da habe ihn nach einer wilden Wirthaustour der Schlag gestreift. Lange noch habe er daran laboriert, lahm, schwach und auf die Hilfe der Familie angewiesen, habe er schließlich das Zeitliche gesegnet.

Der Obere See im Norden war von Milwaukee elende weite vierhundert Meilen entfernt, tausend Seen erschwerten den Weg durch das Land, der Getreidegürtel von Iowa im Westen schützte nicht gegen die Stürme, die sich in der Grenzenlosigkeit aufbauten. Das Nördliche Hochland hatte Georg Zupfer nach einer anstrengenden Reise kennen gelernt, hatte den Oberen See überquert hinauf bis nach Ontario ins Kanadische, eine umfassendere Erschließung des Nordens durch die Eisenbahn ließ noch auf sich warten. »Die Besiedlung des Nordens von Wisconsin wird etwas für deine und die kommende Generation«, meinte der Bürgermeister von Milwaukee, »bei uns hier geht nichts von einem auf den anderen Tag, aber wir bleiben dran und zeigen den anderen Staaten, wo es lang geht«, grinste er und klopfte dem jungen Abgeordneten auf die Schulter. »Die New Yorker und die Bostoner werden sich noch verbeugen vor Milwaukee, das ist was für dich, streng dich nur an, Georg.«

Das Land glich einer riesigen Wald- und Seenlandschaft, die es zu erschließen galt. Georg Zupfer würde in Washington zum unangenehmen Mahner und Forderer für die Bedürfnisse der Nordländer und zum nachhaltigen Antragsteller für sein Heimatland werden. Dass er seinen Vorstellungen Bedeutung und Gewicht verleihen konnte, hatte er schon lange Jahre vorher während des unsäglichen Krieges in der alten Heimat unter Beweis gestellt.

In Kansas City, in Omaha und Chicago hatte die New Yorker Zentrale neue Ausbesserungswerke angedacht, dort rosteten zudem einige unterschiedliche Lokomotiventypen im Depot vor sich hin und es galt zu überprüfen, welche noch tauglich und konkurrenzfähig waren. Wiederum standen auch moderne Zugmaschinen und Waggons in den Hallen, sie waren durch die unübertreffliche Qualität der Krupp'schen Stahlreifentypen einzigartig, ließen höhere Geschwindigkeiten auf den Strecken zu, hielten erheblich größeren Belastungen stand. Die Company hatten die Road in den frühen siebziger Jahren weit hinüber gezogen nach San Francisco, die Trassen- und Gleisarbeiten waren jedoch während des unseligen Bruderkrieges in weiten Bereichen zum Erliegen gekommen. Neue Bahnhöfe wurden nach dem Friedensschluss von Appamattox im Frühjahr 1865 von den beauftragten Bauunternehmen aus dem Erdboden gestampft, oft viel zu schnell und die Reklamationen der Ingenieure hatten überhandgenommen, überdies wurden neue Streckenabschnitte abseits der Hauptlinien vorsorglich konzipiert. Die Trasse von Milwaukee über Minneapolis bis Duluth an der eisigen Spitze des Lake Superior hinauf waren im Bau. Die Strecke von Philadelphia über Pittsburgh nach Erie glänzte wie keine andere, war beliebt bei den Geschäftsleuten und anderen Reisenden und die Konkurrenz war neidisch, es bedurfte jedoch der Erneuerung mehrerer Hauptwerkstätten. Auf der Nebenstrecke von Sioux City nach Bismarck hinauf war die Trasse teilweise auf schlampigen Fundamenten ausgeführt worden, war zu schnell gebaut, weitläufige Unterspülungen des Damms durch den Missouri River auf weiten Streckenabschnitten waren die

222

Folge, aufwändige Reparaturarbeiten gingen zu Lasten der Baufirmen, viel Ärger war vorprogrammiert.

Manfred Waldstein war wochenlang unterwegs, um Schäden zu begutachten, auch um die Ingenieure mit den Konstruktionsvorhaben der New Yorker Zentralleitung in ihren Distrikten vertraut zu machen. Immer wieder erhielt er von konkurrierenden Companies Angebote, aber ein Wechsel kam für ihn nicht infrage. Seine Company hatte ihm nach der Überfahrt aus der alten Heimat das erste Brot gegeben, berufliche Zukunft eröffnet, er wollte der Company treu bleiben, zudem war er Martin Cromwell, dem maßgeblichen Anteilseigner, auch auf verwandtschaftlicher Ebene verbunden. In seiner letzten Analyse teilte er dem Aufsichtsrat im vierteljährlichen Rechenschaftsbericht unumwunden mit, dass die konkurrierenden Unternehmen der eigenen Company vor allem beim Ausbau der Betriebsnetze im Mittleren Westen und in der Schnelligkeit der Trassenkonstruktionen insbesondere durch die Prärien deutlich voraus wären und vornehmlich bei den Kosten würden die New Yorker Überlegungen nicht mithalten können.

Er merkte auch an, dass die anderen Gesellschaften ihre Qualitätsmaßstäbe reduzieren würden, indem sie oft qualitativ schlechtere Stahlschienen verlegten und dass man sich vonseiten der Company auf einen deutlichen Wettbewerb einlassen müsse, vor allem sollte die Zentrale mit der stabileren Qualität der eigenen Holzkonstruktionen beim Trassen- wie beim Brückenbau werben und das Oberbausystem müsste auf allen Linien nachdrücklich forciert werden. Den Bericht hatte er bereits in Pittsburgh vor Wochen gefertigt und direkt nach New York gesandt, nach der Rückkehr von seiner zweimonatigen Informationstour in die Zentrale nach Philadelphia erhielt Waldstein vom Direktor aus der Hauptzentrale in New York die Ernennung zum Stellvertretenden Distrikt Controller für die Gesamtregion von Philadelphia bis Pittsburgh überreicht, der Dank des gesamten Aufsichtsrates für seine sachliche und gründliche Analyse würde ihm in einem gesonderten Schreiben mitgeteilt.

Eigentlich wäre er nun am Ende seiner Wünsche angelangt. Waldstein war kein Karrierist, er musste nicht in jungen Jahren schon der Erste Technische Leiter in Philadelphia sein, andere waren ebenso kompetent, warteten länger schon auf höher gewichtete Aufgaben, waren ihm im Alter voraus. Er wollte an den wesentlichen Dingen des Lebens nicht vorbei gehen, zu schnell konnte das Leben eine neue, ungeahnte Wendung nehmen, Claire brauchte ihn bei der Erziehung der Kinder, Georg fühlte sich in der ersten Klasse seiner Primary School wohl, hatte viele neue Freunde gewonnen, war des Englischen wie der deutschen Sprache des Vaters mächtig und parlierte zur Freude der Mama auch recht ordentlich Französisch.

Das kulturelle Leben in Philadelphia konnte es mit den großen Metropolen im Norden aufnehmen, stand nicht zurück hinter New York oder Boston, die Aufführungen waren nicht so opulent, jedoch von hoher Qualität, die Theater- und Konzertsäle weniger pompös, eher von dezentem Niveau, die besten Theaterdirektoren und Regisseure verlängerten ihre Verträge.

Die beiden Säle im Restaurant, die Manfred Waldstein in den beiden letzten Jahren mit Jeromia und Rufus angebaut hatte, wurden Mittelpunkt der Künstlergilde der Philadelphia Opera, die Besucher waren dankbar für die großzügigen Kutschenparkplätze, die Möglichkeiten, Pferde unterzustellen, sollten sich Unwetter über der City zusammenbrauen. Tanz, Ballett, Konzerte und Comedys trugen den guten Ruf der Stadt weit in den Kontinent hinaus.

95

Die neue Position in der Zentrale hier in Philadelphia ermöglichte es ihm ab und an mit seinen beruflichen Reiseverpflichtungen auch Besuche in Harrisburg zu verbinden und auf der Farm des Freundes Rufus Bancrofft vorbei zu schauen, im Susquehanna zu schwimmen oder mit Ahiga auf die Jagd zu gehen. Georg Zupfer hatte sich mit Washington vertraut gemacht, war auf dem Weg, ein tüchtiger und aufstrebender Politiker zu werden. Er nahm sich vor, die Bedeutung von Wisconsin manchen der wichtigen Kollegen im Kapitol noch deutlicher ans Herz zu legen. Er machte immer wieder Station bei den Waldsteins und Claire hatte in Christina, Georgs Schwester, eine liebe Freundin gewonnen. Ferry Strauß hatte nun endlich Katherine Valentino geheiratet und mit dem altehrwürdigen Unternehmen seiner Verwandten, die schon in der dritten Generation in den Staaten lebten, fusioniert. Eine weitere Reise in die deutsche Heimat war geplant, er wollte sich um geschäftliche Dinge kümmern und die alten Eltern und seine Geschwister wieder in seine Arme schließen. Frederik Lester hatte bei der Strauß'schen Fur Company die kaufmännische Leitung übernommen. Rufus Bancrofft strotzte vor Kraft, so schien es zumindest, er hatte sich wieder erholt und die beiden Farchants waren gute Farmer und zufriedene Menschen geworden.

96

Der Telegraph surrte oft genug zwischen der Schwester Monika in New York und dem Bruder in Philadelphia, Martin Cromwell war als Direktor der Zentrale in New York eingeführt worden. »Er ist oft und lange unterwegs«, schrieb die Schwester. Dann wieder erreichte Manfred und Monika eine lang ersehnte Nachricht von den Eltern in der Heimat. In einem ihrer langen Briefe deutete Mutter an, dass Vater schwächer und deutlich müder geworden wäre, er habe eine lange Erkältung nicht recht weggesteckt, wie er es in früheren Zeiten ohne weiteres getan hätte, er läge oft auf der Ottomane, die der Schwabelweiser Großvater hinterlassen habe und sie sorge sich sehr um ihn. Dem Fürst von Thurn und Taxis musste er absagen, der hätte wieder eine kniffige Schmiedearbeit gehabt. Vielleicht im Frühjahr, hatte der Vater den Fürst vertröstet, würde er im Schloss vorbei schauen, ob er sich so lange gedulden könnte. Monika, in New York längst eingewöhnt, hatte ihr zweites Kind geboren und die beiden Waldsteingeschwister waren echte Neuamerikaner geworden. Aber Regensburg war weit weg, der Atlantik lag zwischen der Heimat und der amerikanischen Ostküste.

Er würde die Mutter zu sich nach Philadelphia holen, sollte der Vater sterben, wenn Mam' das denn wolle, schrieb er Monika, vielleicht möchte die Mutter aber lieber einmal zu ihr nach New York ziehen, weil die Mütter und die Töchter doch einen besonderen Draht zueinander hätten, ergänzte er. Man müsste das alles vorbedenken, fügte er hinzu und sie solle ihm ihre Meinung dazu schreiben.

Seine Mutter besaß eine wunderschöne, helle Stimme, sie sang von früh bis spät, nahm immer wieder einmal ihre Zither zur Hand. Manfred lernte es nie, das Zitherspiel, das Mutter so bravourös beherrschte, hatte jedoch die Gitarre spielen gelernt und vor allem die Knopfharmonika, den Großvater begleitet, der ein begnadeter Klarinettenspieler gewesen war. Die sonore Stimme des Vaters hatte eine beruhigende Wirkung auf den kleinen Manfred gehabt, Vater liebte die deutliche Aussprache, fabulierte gerne und was er sagte, vor dem Bub ausbreitete, war abenteuerlich, herausfordernd, regte seine Phantasie an. In seinen Jugendjahren musste er sich mit dem Vater auseinandersetzen, mit dessen Lebenserfahrung insbesondere, mit dem Herkommen des Vaters hatte er sich befasst, sein Großvater stammte aus einem alten Alpbauerngeschlecht, war zu Zeiten der Jahrhundertwende, der Napoleon hatte gerade Europa unterjocht, in der alten Reichshauptstadt Regensburg hängen geblieben.

Die Mam' hatte ihn geliebt, er war ihr Ein und Alles, er sah sich nun in reifen Mannesjahren noch auf ihrem Schoß sitzen, in Bilderbüchern mit ihr blättern, lauschte auf ihre Stimme, den Gebeten und Geschichten, die sie erzählte.

Er dachte an Rufus Bancrofft, der von seiner Mutter gesagt hatte, sie habe ihn aufgepäppelt, eben regelmäßig gefüttert, eine pragmatische Frau wäre sie gewesen, dem Lebenskampf in der vielköpfigen Familie ausgesetzt und viel zu früh verstorben. Sie hätte ihre Mutterpflicht erfüllt und sei dann einfach gegangen. Er, Rufus, stolperte mehr durchs Leben, fasste Tritt, ließ sich nicht treten, er lebte, stand auf beiden Beinen, auch wenn andere so manches lange Jahr, da sprach er dann vom Bruderkrieg, die Regeln bestimmten. Schließlich habe es das Schicksal dann doch gut mit ihm gemeint. »Wenn dich das Schicksal verwöhnt, hat es dich schon am Kragen«, hatte ihm der Vater mitgegeben. Rufus Bancrofft hatte die Entbehrungen eines schrecklichen Krieges miterlebt, auch die Leiden der anderen mit gefühlt, den unendlichen Kummer vor allem der jungen Burschen, ob aus Texas oder Mississippi, aus Maine an der Ostküste oder aus den neuen Staaten des Westens, konnte sich hineindenken in die jammervolle Trübsal und das seelische Elend derer daheim.

Oft genug hörte ihm Manfred Waldstein zu, wenn er von diesen schweren Jahren erzählte und erinnerte sich selber an das Grauen des siebziger Krieges, das er wie durch ein Wunder überlebt hatte. Kaum ein Zweihunderttagekrieg, kostete er weit über hunderttausend jungen Menschen das Leben. Er konnte, so viele Jahre nach dem Ende des Schreckens, kaum darüber reden. Die Tragik des Krieges, die furchtbaren Erlebnisse, würde ihn nie loslassen, ihn das ganze Leben begleiten.

Das Telegramm vom unvermittelten Tod des Vaters erreichte Manfred und Monika Waldstein an einem dieser heißen, drückenden Tage an der Ostküste, zwei gewaltige Hurrikans waren schon über die Städte hinweggerast, hatten weite Breschen ins Land geschlagen, die Vororte der großen Städte demoliert, ungeheure Wassermassen über den Küstenstreifen im Osten abgeladen und trotz allem stiegen die Temperaturen weiter an. Manfred war am Morgen aus Harrisburg zurückgekommen, als der Briefträger an der Tür läutete. Manfred wusste, noch bevor er das Kuvert öffnete, dass der geliebte Vater verstorben war.

97

Die Inspektion der Lokomotiven bedeutete für Manfred Waldstein nicht nur den Einstieg über die drei eisernen Sprossen in den Führerstand, die freundliche Begrüßung des Lokführers und der Heizer und die gründliche Durchsicht der technischen Wartungsberichte, die ihm die für die Technik Verantwortlichen im jeweiligen Wartungszentrum übergaben. Er war im Bezirk nicht verschrien ob schikanöser Kontrollmethoden, aber landauf, landab sehr respektiert, wegen der Fachkompetenz zu allererst, auch wegen seiner Deutlichkeit und Klarheit in der Analyse von Defiziten. Er wog seine Worte, lobte, mahnte auch, war immer von verbindlicher Freundlichkeit. »Dem Deutschen kann man nichts vormachen, der ist anständig«, hieß die Parole und so bemühte sich jeder, der mit ihm zu tun hatte, durch gewissenhafte Arbeit die Musterung des gesamten technischen Bestandes im Ausbesserungswerk oder bei den Geleisaufbauten zu unterstützen, nicht zu behindern. »Das Leben unserer Passagiere hängt von der gewissenhaften technischen Wartung der Lokomotiven wie der Waggons, der Geleise wie der sorgfältigen Trassenkontrolle ab.« Waldstein formulierte deutlich, Widersprüche wurden nicht geäußert und er nahm an, dass die Mitarbeiter seine fundierten Einwände nachvollziehen konnten und sich ihr weiterer Einsatz für die Belange der Passagiere wie der technischen Angelegenheiten danach ausrichten würde.

Mehr war dazu aus seiner Sicht der Dinge nicht zu sagen. Immer wieder rissen Hurrikans in den heißen Sommermonaten und im Winter die gefürchteten Blizzards Schneisen in die Trassen. Er ließ es sich nicht nehmen, Teilabschnitte der Trassen abzugehen, so hatte er es in den Anfangsjahren in Dakota gelernt und weiter praktiziert. Er kontrollierte selber den Gesamtzustand einer jeden Lokomotive, lag rußverschmiert zwischen den Geleisen unter dem Tender, klopfte die Kuppelstangen und die Kolbenstange mit seinem Hämmerchen ab, inspizierte die Achsen, prüfte jede Blattfeder, definierte jeden noch so geringen Misston mit seinem auf Mängel spezialisierten Ohr, untersuchte die Heiz-und Rauchrohre wie die Schornsteine, den Dampfzylinder, die Radsatzlager und die Kupplung, er überprüfte den Aschkasten, ob auch nicht der geringste Rostansatz zu finden wäre. »Dem entgeht nichts«, hieß es in den Werkstätten entlang den Strecken der Company voller Respekt und Achtung. Fand er einen Fehler, ging er mit den zuständigen Techniker zur Fehlerquelle und erklärte das Problem. Keiner kannte die gebräuchlichen Lokomotivenmodelle von New York bis hinauf nach Erie besser als er. Jede Neuerung baute er mehrmals persönlich ein und aus und regte im Ernstfall

Verbesserungen an, er war für jeden innovativen Vorschlag aufgeschlossen.

Manfred Waldstein war ein durch und durch technisch versierter Kopf, der für alle Erfindungen seiner Zeit offen war und den wissenschaftlichen Neuheiten großes Interesse entgegenbrachte. Ihn faszinierte Alexander Graham Bells Wunderapparat, womit dieser gescheite Erfinder Sprache über weite Strecken hinweg hörbar machen konnte, das Gerät nannte er Telefon und er wurde durch seine Erfindung nach langem gerichtlichem Streit mit seinem Konkurrenten Elisha Gray ein reicher Mann. Waldstein wusste, dass die großen Erfindungen seiner Zeit die Welt gewaltig verändern, dass sie die Menschen zusammenbringen würden und da wollte er dabei sein. Er verstand sich weniger als Erfinder und Entdecker, eher als jemand, der hinter die Geheimnisse solch faszinierender Errungenschaften blickte und Geräte, Instrumente, Maschinen wiederherstellte, sollten sie defekt sein. So würde er immer Lokomotivenbauer bleiben, gerne weiter unter den Waggons und Lokomotiven liegen und deren Stärken und Schwächen prüfen.

Immer wenn er das riesige Gelände der Weltausstellung in Philadelphia besuchte, war er von der Vielfalt der Erfindungen, die 1876 dort einer breiten Weltöffentlichkeit gezeigt wurden, zutiefst beeindruckt. Dass Alexander Graham Bell vor einigen Jahren auf dieser Weltausstellung im Beisein des mexikanischen Kaisers die höchste Auszeichnung der Jury für die prägnanteste Erfindung der damaligen Zeit, das Telefon, erhalten hatte, sollte das Leben dieses jungen Erfinders radikal ändern und ihn zu einer der bekanntesten Persönlichkeiten der Gegenwart machen. Es war Manfred Waldstein bewusst, dass Alexander Bell ja auch ein Einwandererkind war und seine Eltern aus dem schottischen Edinburgh stammten, die schlechten Zeiten in der schottischen Heimat abgestreift und ihr Glück in der Neuen

Welt gesucht hatten. Da stand der junge Waldstein noch im deutsch-französischen Krieg.

Die Bells waren weiter nördlich im kanadischen Baddeck gelandet und hatten sich Jahre später in die Vereinigten Staaten abgesetzt. Waldstein war von diesem Schlaukopf fasziniert, waren sie doch in nahezu gleichem Alter und er suchte an Zeitungsartikeln und Büchern über Alexander Graham Bell zu finden, was möglich war. Es würde nicht mehr lange dauern, und die Verbindung zwischen New York und Philadelphia könnte auf diese unvorstellbar schnelle Art überbrückt werden, in Windeseile, sozusagen im gleichen Augenblick konnten die Menschen miteinander reden. Schon die Telegraphie, die er täglich handhabe, war ein Wunderwerk der Technik, aber bald würde die Sekretärin ihn ans Telefon bitten und er könnte mit seiner Schwester Monika in New York telefonieren, es galt geduldig zu sein und abzuwarten. »Bald wird auf dem amerikanischen Kontinent jeder Ort telefonisch erreichbar sein«, erklärte er seiner Claire die neuesten Erfindungen. »Mir ist es am liebsten, wenn du direkt und oft bei mir bist«, lachte sie, »dann gebe ich dich gerne wieder an deine Lokomotiven ab.«

Noch immer war die Eisenbandverbindung auf den Railroads von der Ostküste bis ins kalifornische Eldorado die sicherste und schnellste Verbindung, wenngleich einige weitblickende Ingenieure schon an einen Durchstich von der Karibik bis in den Pazifik durch Panama in Erwägung zogen. Eine kaum mehr als fünfzig Meilen breite Landmasse müsste durchstochen werden, würde die gefährliche und so lange Fahrt um das berüchtigte Kap Horn vermeiden und die beschwerliche Reise von der Ostküste nach Kalifornien am pazifischen Ozean deutlich erleichtern und vor allem auf eine unglaubliche kurze Zeitspanne reduzieren. Im fernen Russland wurde ein ähnliches Projekt, aber von weit größerer Dimension überlegt, wollte der Zar doch sein

Riesenreich mit einer viele tausend Meilen langen Eisenbahnstrecke erschließen. Waldstein sah in seiner Fantasie Luftschiffe über New York fliegen und Tauchboote unter Wasser ihre Routen ziehen. »Welch' eine phantastische Zukunft«, überlegte Manfred Waldstein, da müsste man dabei sein.

98

»Zu jung ist der doch, viel zu jung«, verunglimpfte ihn Larry Enroy, der Manfred Waldstein als Erster Controller in der Zentrale in Philadelphia vorgesetzt war, bei einem Gesellschaftsabend des Eisenbahnerclubs, »welche Erfahrung hat der schon, aber dieser Waldstein tut, als hörte er das Gras wachsen.« Man hielt dem Herrn Ersten Controller in aller Diskretion entgegen, dass dieser junge Deutsche doch zurückhaltend und bescheiden seinen Dienst verrichtete, dass er wie kaum ein anderer viel von Lokomotiven, vom Maschinenbau verstünde. Die Einsprüche wiederum waren Wasser auf die Mühlen des Larry Enroy und der Herr Erste Controller steigerte sich von Neid und Eifersucht getrieben in immer heftigere Verbalattacken gegen Waldstein hinein.

Eines Morgens, bald nach Enroy's Angriffen gegen Waldstein, erschien eine junge Frau in der Verwaltung und fragte lautstark, wo er denn sei, dieser Trunkenbold und Wüstling. Die ganze Nacht wäre er wieder bei seiner Hure gewesen, klagte sie und weinte Rotz und Wasser, dieses Flittchen halte er aus und wenn er betrunken heimkäme, würde er sie demütigen, kränken und oft genug auch schlagen. Aber sie müsse es bei ihm ja aushalten, schrie sie, als sie dann in Waldsteins Büro geschoben wurde, sich auf einen Stuhl warf und bitterlich schluchzte. »Ich bring ihn um, ich halte es nicht mehr aus mit diesem Ekel, ich erschieß ihn oder stoß ihn zum Fenster hinaus.«

Enroy hatte den Fünfziger lange hinter sich, war ein stadtbekannter Schürzenjäger, vergnügte sich mit Schnaps, spie seinen Kautabak im Amt in jede Ecke und war auch hinter den Frauen in der Zentrale her. An jedem Finger könne er zehn von denen haben, prahlte er lauthals, wenn er geiferte und ohne jede Zurückhaltung mit seinen Affären prahlte. Sein Bruder arbeitete als Bankdirektor in einer nahen Kleinstadt, ihm hatte er wohl seinen Posten zu verdanken. Seine junge Frau hatte er vor einem Dutzend Jahren in einer Bahnhofsgaststätte irgendwo in einem Dorf in den Vorbergen der Appalachen kennen gelernt, sie war die Tochter des Wirts, liebenswert, unbedarft und ein Jahr später Enroys Frau. Ohne jegliche Menschenkenntnis war sie auf diesen Nichtsnutz hereingefallen und ihre Eltern fühlten sich geehrt ob der Avancen, die dieser Gentleman aus der großen Stadt der Tochter machte.

Er hatte ihr dann über Jahre hinweg übel mitgespielt, sie betrogen, mit anderen Frauen hintergangen und sich selber in der Stadt und bei der Bahngesellschaft zum Narren gemacht. Die Frau weinte sich in Waldsteins Büro aus und verließ immer noch schluchzend das Zentralgebäude. Bald danach brachte ein Kutscher den betrunkenen Ersten Distrikt Controller vor das Amtsgebäude, platzierte ihn vor den Eingang, zwei der Bediensteten schleppten den krakeelenden Controller in seine Amtsstube, legten ihn auf eine Couch und deckten ihn zu, so könnte er wie so oft seinen Rausch im Dienst ausschlafen.

Am späten Nachmittag erwachte er, steckte eine Zigarre in Brand, sagte seiner Sekretärin einige seiner üblichen Grobheiten ins Gesicht und verließ die Direktion. Waldstein blieb am Fenster stehen und schaute dem Chef nach, wie er in seinem elenden Zustand auf der gegenüberliegenden Straßenseite in einem Lokal verschwand. Die Arbeit nahm Manfred Waldstein wieder ganz in Anspruch. Es war viel zu tun im Büro, seine Sekretärin war noch nicht allzu lange in seinen Diensten und musste eingearbeitet werden und er sehnte sich danach, mit Claire an den Delaware River zu fahren, um endlich wieder eine Stunde zu schwimmen. Er brauchte Erholung und dieses große Land war zudem für ihn immer noch neu, er beschaute Stadt und Land, die Menschen, die Natur wie mit den Augen eines Heranwachsenden.

Er hatte sich mit Monika verständigt, dass sie die Mutter zu ihr nach New York holen würde, sollte die Mutter die Überfahrt wagen. »Ich weiß nicht, wie es weitergeht mit mir«, schrieb die Mutter bald nach der Beerdigung des Vaters, »so gerne würde ich zu euch kommen, ich möchte bei euch sein, euch in meine Arme nehmen, die Schifffahrt würde mich nicht belasten, aber ich möchte auch jeden Tag an Vaters Grab stehen, ich vermisse ihn so sehr. Kommt Zeit, kommt Rat. Lasst mir Zeit.«

Der Tag hatte sich abgekühlt und der laue Abend kam ihm gelegen, um mit George zur Koppel zu den Pferden zu gehen. Zu später Stunde noch hielt Rufus' Kutsche vor dem Haus. Ob er sie arg aufhalte, fragte er, er wäre schon zwei Tage unterwegs und bräuchte nur ein Bett zum Schlafen. Er brachte die zwei Pferde in den Stall, wurde noch mit einem Imbiss versorgt und ging zu Bett. Nun hatten Manfred und Claire noch Zeit, den vergangenen Tag zu besprechen. »Ich bin gespannt, wie Enroy seinen Rausch durchgestanden hat, lange wird sich die Direktion sein ausuferndes Verhalten nicht mehr bieten lassen.«

Am nächsten Morgen war Larry Enroy nicht im Büro anwesend, Manfred wartete die übliche Stunde und schickte dann einen Boten zum Haus des Chief Controllers. Der Bote war noch nicht wieder zurück, als ein Polizist in Waldsteins Büro stand und von einem schrecklichen Unglück berichtete, das den Direktor, Herrn Enroy, diese Nacht getroffen hätte. »Er ist im Rausch aus dem Fenster gestürzt und hat sich das Genick gebrochen«, sagte der Beamte und das habe er hier in der Bahnverwaltung zu melden. Ob es Äußerungen, Hinweise auf einen möglichen Freitod gegeben habe, fragte der Constable und wie der Controller sich gestern gefühlt habe. Waldstein berichtete in Gegenwart der Sekretärin und anderer Bediensteter vom gestrigen Vorfall, dass Larry Enroy von einem Kutscher betrunken ins Büro gebracht worden sei und am späten Nachmittag die Zentrale wieder verlassen habe.

Der Trauergottesdienst in der Christ Church war gut besucht, der Pfarrer redete betulich und langatmig von einem ihm völlig unbekannten Mann, einem guten Menschen, wie er ihn salbungsvoll nannte, der in seiner besonderen Eigenart unersetzlich wäre, eine nicht zu füllende Lücke hinterlasse, der nun auf so tragische Weise seine untröstliche Frau verlassen habe, die jetzt allein und einsam auf der Welt stünde. Die Beisetzung auf dem Friedhof war kurz und knapp. Ein Trompeter, ein alter Kriegsveteran, der sich bei Beerdigungen den einen oder anderen Dollar hinzuverdiente, schmetterte einen feurigen Marsch in die stickige, schon am frühen Vormittag aufgeheizte Luft, dann jagte ein heftiges Gewitter die Trauergemeinde vom Friedhof in die wartenden Droschken und Kutschen und die junge Frau Enroy machte einen gelösten Eindruck. »Er hat den Tod gefunden«, sagte Manfred zu seiner Claire, »den ihm seine Frau erhofft hatte, kurz und schnell ist er aus dem Fenster gefallen und hat ihr somit viel weiteres Leid erspart.«

99

Die Sonntagsausflüge durch seine neue Heimatstadt Philadelphia glichen einer Zeitreise, der Charme der verschiedenen Baustile dieser durch drei Jahrhunderte gewachsenen Stadt faszinierte ihn. Seine Heimatstadt Regensburg vermochte zwar mit Jahrhunderte alter Tradition, mit wichtigen Jahren in der Geschichte des Landes aufwarten, hatte jedoch in der heutigen Zeit neben der vor einigen Jahren fertig gestellten Kathedrale und einigen alten und höchst bemerkenswerten Kirchen wenig städtische Bausubstanz aufzuweisen, zumindest im Vergleich mit der Blüte, in der seine neue Heimatstadt Philadelphia nun stand. In Regensburg bewies sich die stete Erinnerung an ehrwürdige Kultur und Geschichte. Eine liebenswerte Stadt ist es, naturgemäß eine überschaubare, kleine Metropole, ein Juwel an der Donau, eine alte Kaiser- und Reichshauptstadt, aber für die Zukunft wohl derzeit nicht gerüstet, fand er. Wenn er die Memorial Hall, Philadelphias wunderbare Kunstgalerie, besuchte, immer wieder auch die im Rahmen der Weltausstellung entstandenen unterschiedlichen Bauwerke betrachtete, wenn er erlebte, wie die Philadelphia City Hall Gestalt annahm, fühlte er sich in eine neue, zukunftsträchtige, noch kaum vorstellbare, eine verheißungsvolle Welt versetzt. Maschinenfabriken, Eisen verarbeitende Großbetriebe, Pelze und Häute bearbeitende Betriebe und chemische Fabriken reihten sich wie an einer Kette an unterschiedlichste Geschäfte, Betriebe, Hotels und Restaurants. Die herrliche Landschaft faszinierte ihn, er war vom unaufhaltsamen Getriebe in der aufblühenden Stadt beeindruckt und immer wieder stand er mit Claire und den Kindern am Delaware. Sie fuhren mit dem Steamboat flussabwärts, hinunter bis zum lieblichen Little Tinicum Island. Er konnte Ferry Strauß verstehen und dessen Vorfahren, die in dieser aufblühenden Handels-und Kulturmetropole Fuß gefasst, erfolgreich Handel getrieben und es durch Fleiß zu großem Wohlstand und Ansehen gebracht hatten.

Aber er wusste nur zu gut, dass man generationenübergreifend und langfristig denken musste, dass man nicht von heute auf morgen die Welt erobern und alles haben könne. Er wollte seinen Kindern eine Zukunft erarbeiten und mit seiner kleinen Familie in der neuen Heimat glücklich sein. Wer aus der Enge und Begrenztheit einer kleinen und beschaulichen, einer deutschen Provinzstadt herauswächst, eine neue, gewachsene Kultur erlebt, glaubt sich im Paradies, wenn der Mensch denn Arbeit, sein Auskommen hat. Wusste Manfred doch aus dem täglichen Erleben, dass viele Einwanderer aus den europäischen Ländern, auch viele seiner Landsleute, am Existenzminimum lebten, darbten, mit finanziellen und gesundheitlichen Nöten zu tun hatten. Er war jeden Tag neu dankbar, dass die Umstände es mit ihm gut gemeint hatten. Zielbewusst hatte er seine geliebte Heimat Regensburg verlassen, wollte die Neue Welt erobern, sein Kapital waren Können und Fleiß. Es hatte ihn unvermittelt nach der Ankunft auf seltsame Weise auf Levys Farm verschlagen, schließlich war er in New York angekommen mit einer großen Hoffnung im Herzen und er erinnerte sich voller Wehmut an Konstantin Krause, der ihn in die New Yorker Zentrale der Bahngesellschaft eingeführt und ihn auf seine langen Reisen in den Westen geschickt hatte. In der neuen Heimat Philadelphia hatte er dann seine Claire getroffen.

Er dachte an seine Freunde, an Ferry Strauß vor allem, mit dem er die Tragik des Krieges geteilt hatte. Georg Zupfer ging ihm nicht aus dem Kopf, der nach vielen arbeitsreichen Jahren wohl durch sein Geschick, vornehmlich aber durch seltsame, oft nicht durchschaubare Lebenszufälle in der großen Politik des Landes angekommen war. Vor allem jedoch war er seinem Freund Rufus Bancrofft dankbar, der ihm mehr als ein Freund, eher ein großer Bruder war.

100

»Eja … Ejaaa«, hatte der Droschkenkutscher seine zwei Schwarzen angefeuert, bestimmt, aufmunternd, gutmütig auch und die Rösser machten eine feine Kehre, ließen den Delaware River rechts liegen, trabten souverän den Weg zur Straße hinauf, die in die Innenstadt führte, vorbei am faszinierenden Masonic Temple, bei Ferry Strauß in der Grays Ferry Avenue wollte er anklopfen. Claire war mit den Kindern in der eigenen Kutsche voraus gefahren, würde ihn am Abend erwarten.

»Grays Ferry Ave 27«, hatte er dem Kutscher zugerufen, »lassen Sie sich Zeit, es eilt nicht.«

Der angesprochene Kutscher lenkte sein Gefährt an die rechte Straßenseite. »Deine Stimme habe ich im Kanonendonner von Sedan und Wörth aus allen anderen herausgehört.« Der Bärtige drehte sich zu seinem Gast nach hinten. »Der Herr Schwoleschee persönlich, was sucht der Herr denn in Philadelphia, ist dir wohl dein altes Regensburg nicht groß genug gewesen?«

Manfred Waldstein war wie vom Donner gerührt. Das breite, flächige Gesicht hinter dem grau melierten Bart, der überdimensionierte Schnauzer auf der Oberlippe…das konnte nur der Schwarzeder Xaver sein, seines Zeichens Unteroffizier bei den Kürassieren in Sedan und Wörth anno 1870, ein Dorfgeneral aus der Nähe von Eichstätt, ungestüm, wild, dem eine Granate zwei Finger der linken Hand vor Sedan weggerissen hatte. »Es geht auch mit drei Fingern«, sagte er zum Stabsarzt, »die zwei anderen liegen irgendwo im Feld, Hauptsach' der Kopf sitzt am Hals.« Dann war er wieder ins Feld geritten und hatte aufgeräumt, wie er dem Stabsarzt anvertraute, nachdem der ihm doch noch die Hautlappen über den beiden Stumpfresten hatte zusammennähen dürfen und dem Xaver einen fingerlosen Handschuh um die ramponierte Hand gebunden hatte. Er solle doch endlich im Lazarett bleiben, das könne schlecht ausgehen, gab ihm der Doktor mit auf den Weg, was der Xaver geflissentlich überhörte. »Ich muss meinen Dienst tun, was würden die anderen sagen, wenn ich mich ins Bett legen würd', wegen so einem Pappenstiel.«

Der Xaver hat wie Manfred Waldstein den Krieg überlebt, sie haben sich nach dem Friedensschluss aus den Augen verloren. »Man muss nur nach Amerika auswandern, um die alten Kameraden zu treffen«, dachte Manfred. Manfred Waldstein nahm den Xaver mit nach Hause und der Abend wurde lang.

Im Dorf wurde er geehrt, der Xaver Schwarzeder, nach dem Krieg. Der Herr Lehrer war er dort gewesen, anerkannt, weitum geschätzt, ein Studierter. Einer von ihnen war ein echter Unteroffizier und Kürassier war er noch dazu in Sedan gewesen, das habe sich herumgesprochen, darauf waren sie auch stolz, erzählte der Freund. Dann, nachdem man ihn zum Bürgermeister gewählt hatte, wurde er plötzlich angefeindet, jeden Tag hätten sie ihm das Amt schwerer gemacht. Dem Luschner Benne hätten sie, erzählte er, der wäre natürlich bei Sedan gefallen, eine eiserne Platte ans Kriegerdenkmal geheftet, man müsste vermutlich erst tot sein, dass einem die Leut' eine Ehr' erweisen. »Ich hab' keine Ehr' gebraucht, kein Taferl, war ja noch am Leben, aber einen Respekt braucht der Bürgermeister.«

Dann habe er den Leuten schließlich den Büttel hingeworfen, ist schnurstracks mit dem Zug nach Cuxhafen gefahren und auf und davon nach Amerika. »Dös kannst net mach'n«, haben sie geschrien im Gemeinderat, »mitten in der Wahlperiode machast du dich aus dem Staub.«

»Meine Eltern waren doch schon gestorben und niemand hat auf mich gewartet. In der Eichstätter Bibliothek hatte ich ein Buch gelesen über einen gewissen William Penn, der diesen amerikanischen Gründerstaat Pennsylvania errichtet hatte, da wollte ich unbedingt hin.«

»Vor einhundert Jahren war das schon«, erzählte er Manfred Waldstein, »und dieser Mann hat mich so fasziniert, dass ich auf seinen Spuren wandeln wollte, aber aus mir ist nur ein einfacher pennsylvanischer Droschkenkutscher geworden, der Frau und Kind recht mühsam über die Runden bringt.«

Nun kam Manfred Waldstein ins Reden, ließ den alten Freund teilhaben an seinen ersten Jahren in der Neuen Welt, vom Glück, das ihn begleitet hätte bis zum heutigen Tag, er erzählte von den guten Freunden, die er gewonnen und auch von Ferry Strauß, den er als jungen Leutnant aus dem Schlachtfeld gezogen hatte. Manfred berichtete von seiner derzeitigen beruflichen Arbeit bei der Eisenbahncompany, auch von seiner Schwester Monika, die in New York lebt.

Ein halbes Dutzend Jahre wohne er nun schon in Philadelphia, berichtete Xaver seinerseits und hätte jede Arbeit angenommen, seit einem Jahr sitze er auf einem Kutschbock, das hätte er allerdings zu Hause auch haben können, meinte er, da hätte er nicht auswandern müssen, aber er sei zufrieden und mit seiner kleinen Familie glücklich. »Irgendwann wendet sich das Blatt«, setzte er hinzu, »wir haben den Krieg überstanden, was soll uns auf dieser Welt noch klein kriegen?«

Xaver Schwarzeder und Manfred Waldstein hatten sich im Frühjahr 1871 bei einer Generaloffensive der Franzosen bei Sedan tagelang eingegraben, da waren sie vor dem Inferno der Geschosse sicher gewesen. Die Offiziere hatten

240

das gar nicht gerne gehabt, aber die zwei Freunde hatten diesen ersten Hagel an der Front überstanden, während drei der Offiziere auf dem Feld blieben. Die gegnerischen Soldaten, Franzosen wie Deutsche, junge Draufgänger und alte Haudegen hatten sich erschossen, erschlagen, mit den langen Bajonetten aufgespießt und erdolcht und wenn es sein musste, mit Feldsteinen erschlagen. Xaver erinnerte sich: »Ohne Schützengraben und stabilem Erdbunker lief von da an nichts und nicht nur der junge Oberleutnant von Grischitz musste es mit dem Leben bezahlen, aber der, weil er, forsch wie er war, den Kopf einmal zu viel über den Graben hinausstreckte, hatte die Rechnung ohne den Wirt gemacht und ein Scharfschütze auf der gegnerischen Seite hatte ihm das Lebenslicht ausgeblasen. Seinem alten Vater und der guten Mutter hat man geschrieben, dass er den Heldentod für Volk und Vaterland gestorben sei.«

»Ich wollte nie ein Held sein, schon gar kein Märtyrer, und ich war froh um jeden Tag, den ich unversehrt überlebt habe«, meinte Manfred. Die Freunde trennten sich gegen Mitternacht, Xaver fuhr seine Droschke nach Hause, sie wollten sich nicht aus den Augen verlieren.

101

Schwarzeders junge Frau Francesca, eine Tochter italienischer Zuwanderer, hielt viel von familiärem Zusammenhalt, von Gastfreundschaft, ihre große Familie gab ihr den nötigen Halt in schweren Tagen. Das Mittagessen war lange schon vorbei, die Kinder der Famiglia lärmten im viel zu kleinen Raum der Schwarzeders, die ortsansässige Verwandtschaft der Roccas war nahezu vollzählig versammelt, die Luft war schlecht, die Männer rauchten und gestikulierten, die Frauen lachten, riefen die lärmenden Kinder zur

Ordnung und Andrea Rocca bereitete sich auf seinen Auftritt vor. Das Essen würde noch geraume Zeit in Anspruch nehmen. Andrea war mit seinen drei Söhnen in den florierenden Gemüse- und Weinhändlerring eingebunden, den die italienischen Einwanderer in den letzten Jahrzehnten zwischen Washington, Baltimore, Philadelphia bis hinauf nach New York und Boston aufgezogen hatten. Er neigte zu einer deftigen Korpulenz, hielt wenig von strenger Abstinenz, liebte seinen roten Wein, den er zum einen aus den Hochlagen von Carolina bezog, wo es hinauf geht in die Ausläufer der Appalachen, nahe dem Lake Jocassee, aber auch aus den warmen Gegenden um Washington und er fastete nur in der segensreichen Zeit vor dem Osterfest, in den heiligen Kartagen vornehmlich, wie daheim im schönen Italy. Genauso wenig hielt er jedoch von Maßlosigkeit, von ausufernder Völlerei, er liebte das Leben, »heute lebe ich«, sagte er, »morgen kann ich schon tot sein.« Seine Zigarren lieferte sein Cousin Fernando aus dem fernen Virginia.

Von Mattia Rocca, seinem Vater, würde nun bald die Rede sein und die ganze Famiglia wartete. Andrea würde in der nächsten Stunde wieder großes Theater bieten, mit nicht enden wollenden Konflikten und Dramen, mit feierlichen, schwermütigen und verrückten, seltsamen und tragischen Situationen. Er war dann der alleinige Herr auf der Bühne im Wohnzimmer der Familie seiner Tochter, wo sie eng zusammenkauerten, bei einfachen Leuten, seinem geliebten Töchterlein Francesca zu Gast. Das unfolgsame Kind hatte diesen hageren, nordischen Mann geheiratet, diesen Xaverio, einen ehemaligen deutschen Lehrer, »Mama mia!«, Bürgermeister eines kleinen Dorfes und Kürassier, »vabbè!«. Im Krieg war er gewesen, hatte wie die Roccas sein Land hinter sich gelassen und war nach Amerika gezogen. Dieser italienische Troubadour Andrea faszinierte seine große Famiglia immer wieder mit einer tränenreichen, hoch dramatischen, theatralischen Szenerie, wenn er die unvergessliche, einmalige Reise seines Vaters, der geliebten Mutter, auf einem Segelschiff von der italienischen Westküste bis ins gelobte Land Amerika, wieder und wieder nacherleben ließ. Es bedurfte nur eines Stichwortes und die Vergangenheit erstand, immer unter anderen Schwerpunkten, je neu gewichtet, so dass der arme Ziegenhirt und Ahne Mattia Rocca fortwährend als Held auferstehen durfte.

Man könnte dann glauben, die im Esszimmer des Xaver Schwarzeder versammelte Famiglia Rocca würde von einem Renaissancefürsten abstammen oder von einem kalabrischen Großgrundbesitzer, von einem, der in frühen Zeiten gar ein phönizischer Häuptling gewesen sein musste, oder von einem, der eine Vielzahl von Reisen mit venezianischen und florentinischen Kaufleuten rund um die Welt gemacht hatte, in verantwortlicher Stellung natürlich, wie es sich für einen Rocca geziemte. Dass der Hunger Hausrecht hatte bei den Roccas, in diesem ärmlichsten Dorf an den Hängen der kalabrischen Küste, in einem kargen Tal im Hinterland, nahe Corigliano, fernab von Cosenza, wurde nie erwähnt und doch wusste jedes der Anwesenden, dass Andrea Rocca nur von Not und Kummer, von den Sorgen und Krankheiten der Vorfahren, die sich dann in die weite Welt aufgemacht hatten, sprach.

Jeder kannte die Vergangenheit der armen aber doch so geliebten, tapferen Großeltern, die einander in blutjungem Alter geheiratet hatten, Mattia, ein Ziegenhirt beim reichen Patrone Don Visconti und die junge, schöne Emilia, Kind des armen Dorfschafhirten. Durch Andreas Erzählungen stärkten sie ihre verwandtschaftliche Zusammengehörigkeit, ihre unverbrüchliche Gemeinschaft in der neuen Welt, fernab von den Verwandten, den Gräbern der Ahnen, und sie erlebten den mutigen Aufbruch der Großeltern, ihre Kämpfe mit den Widrigkeiten in ihrem jungen Leben, vollzogen immer aufs Neue deren Anfänge in der großen Stadt Philadelphia nach. Das alles wollte er anklingen lassen, der große Andrea Rocca, Mime, Vater und Familienmensch. Vom Aufbruch in die neue Welt wollte die Famiglia ihn erzählen hören, von der Flucht der Großeltern aus den kalabrischen Pinienwäldern, weg von den Palmen- und Zitronenhainen, die ihnen doch nicht gehörten. Vor dem sicheren baldigen Tod in der armen kalabrischen Heimat waren diese zwei tapferen jungen Leute geflohen und Andrea machte daraus immer wieder und mit grenzenloser Liebe zu den Eltern die großartige Jubelfahrt des Odysseus, der im Kleid des armen Bettlers nach langer Irrfahrt endlich in der neuen, ihm versprochenen Heimat angekommen war.

Es schien, als wäre dieser Patriarch Mattia gar ein Abkömmling der antiken Bruttier gewesen, die, lange vor Christi Geburt, sich schon mit den Griechen um Land und Städte geschlagen hatten. Zumindest wären die Vorfahren der großen Rocca in den Schlachten der Kreuzzügler an vorderster Front gestanden oder es hätten diese tapferen Männer an der Seite großer Stammesführer für die Unabhängigkeit ihres Volkes gestritten.

»Xaver war im Krieg der Deutschen und Franzosen 1870 und 1871 an der vordersten Front eingesetzt«, wagte Francesca einzuwerfen, sobald der Vater wieder Luft brauchte, um seinen Redeschwall fortzusetzen, »er war Unteroffizier und Schwoleschee gewesen.« Ihre bescheidene Einlassung wurde als zu vernachlässigende, bedeutungslose Unterbrechung gewertet, Vater würde seine Suade gestikulierend und wortgewaltig fortsetzen und noch die späteren Generationen der Grande Famiglia Rocca würden auf ihre bedeutsame Herkunft verweisen können und diesen Ahnherrn Mattia und seine Frau Emilia in Ehren halten.

Die lange Überfahrt der jungen Roccas war seinerzeit ein Überlebenskampf gewesen, beide erreichten krank und geschwächt den Kontinent, schlugen sich viele Jahre im Hafen mit einfachsten Arbeiten, Botengängen, Diensten bei Metzgern, Kaufleuten und in den Restaurants der Stadt durch, liebten einander und in einem dürftigen kleinen Raum gebar Emilia den kleinen Andrea. »Rocca«, das bedeute so viel wie Fleiß, Vorwärtsstreben, Kampf, Tapferkeit und die Kinder sollten das beherzigen, die Großeltern hätten ihnen vorgemacht, wie man mit dem Leben umgehe. »Lasst euch nicht unterkriegen«, tönte er mit seiner prachtvollen Stimme und dann widmete sich Andrea wieder dem Kuchen, den seine geliebte Tochter, die diesen blonden deutschen Kutscher heiraten musste, gebacken hatte.

Inmitten dieser dem Leben zugewandten Menschen erlebte Manfred Waldstein einen Kulturschock, aber auch ungemein viel Frohsinn und Heiterkeit und tiefes Wissen vor allem um die Vergänglichkeit des Menschen. »Mein Schwiegervater hätte sich auch mehr als einen Droschkenkutscher für seine Tochter gewünscht, ich kann das verstehen«, Xaver schien bedrückt. »Wer unten ist, bleibt unten«, dachte er, aber am nächsten Morgen saß er wieder auf dem Kutschbock und brachte seine Kunden an ihr Ziel.

102

Wie recht sie hatte, die Francesca, ihrem Mann, dem angeheirateten Deutschen, in dieser großen Familiengeschichte, die der Vater Mal um Mal deklamierte, auch dem ihm gebührenden Platz zu verschaffen, ihrem Xaver, dem ehemaligen Lehrer und Unteroffizier, der in diesen paar Monaten Krieg im deutsch-französischen Gemetzel eine Verantwortung zu tragen hatte. Sie war ihm zugefallen, durch die Umstände, dafür hatte er sich nicht zu rechtfertigen. Gewissenhafte Pflichterfüllung im Trommelfeuer, im Unterstand, auf Patrouillengang war seine Devise und nur wer versuchte, sein Gewissen nicht zu unterdrücken, hatte seine Seele nicht preis gegeben. Oder sollte er davonlaufen, wenn er in den Schrecken hineinkommandiert wurde, überleben wollte, aber für die anderen, seine Untergebenen Verantwortung trug? Der Xaver war Opfer wie die anderen auch und wäre er gefallen, hätte sich kein Mensch um ihn geschert, kein Oberst, kein General, kein Kaiser. »Deren Verantwortung vor Gott und den Menschen möchte' ich nicht tragen«, dachte er oft genug, wenn er nicht wusste, ob der heutige Tag vielleicht sein letzter war.

Ein Vorbild hatte er sein wollen, wenn um ihn herum die Kameraden in den Tod fielen, wenn ihn selber im tiefsten Inneren Angst und Verzweiflung schüttelten, wenn er sich nachts still in den Schlaf weinte, wenn er am nächsten Morgen mit fünfzehn Kameraden ausrückte, von denen acht auf der Strecke blieben, erschossen wie die Hasen auf der Treibjagd. Vorbildlich wollte er sein, der Herr Unteroffizier und Lehrer Xaver Schwarzeder, wenn er dem Herrn Hauptmann dann den späten Rapport beflissen erstattete, dem Herrn Hauptmann Berlogger, der sich dann nachts eine Gewehrkugel durchs Hirn geschossen hat, auch aus Verzweiflung und aus Angst und tiefem Kummer. Vorbildlich hat er am Vormittag dem Herrn Oberstleutnant von Seylfritz den Tod des Herrn Hauptmann Berlogger gemeldet: »So ein feiger Hund, was sollen denn die Kameraden von uns Offizieren denken?« schrie der Herr Oberstleutnant von Seylfritz den vorbildlichen Herrn Unteroffizier Xaver Schwarzeder an, just derselbe Herr Oberstleutnant, den sie dann am selben Abend tot aus dem zerbombten Unterstand gegraben haben und mit ihm noch drei Offiziere.

Da dachte sich der vorbildliche Herr Unteroffizier Xaver Schwarzeder, dass das schon noch ein sehr bitteres Ende nehmen würde, und warum er denn verschont bliebe, fragte er sich, ausgerechnet er und mit welchem Recht er da stünde, vielleicht aber würde er gerade am letzten Kriegstag noch eine Kugel einfangen zum Dankeschön für seine Tapferkeit vor dem Feind und für sein vorbildliches Verhalten. Als dann der Frieden geschlossen wurde, mussten sie alle in Reih und Glied antreten, die Offiziere und die Unteroffiziere und die Gemeinen, auch die feurigen Kürassiere und die echten Schwoleschees, die noch übrig geblieben oder nicht zum Krüppel geschossen worden waren und sie wurden mit einer schönen Rede eines Herrn General nach Hause geschickt ins sogenannte Zivilleben.

Dem Herrn Schulrat in Eichstätt sagte er nach seiner Heimkehr, er könne den Lehrerberuf nicht mehr ausfüllen, weil man da doch frohgemute Menschen bräuchte und keine Verzweifelten, die nachts nur noch vom Tod träumten und der Herr Schulrat hat dann nur abgewinkt und gemeint, dann solle er doch wieder einen Bauern machen, wie der Vater und dessen Vater auch, die Landwirtschaft würde ihren Mann ernähren. Seine Mutter hatte nur noch gewartet, dass er heimkommt aus dem Feld und ist dann schnell gestorben, am gebrochenen Herzen, meinte der Doktor Schwertfeger. Dann hat er mit dem Vater geschaut, wie denn der Weizen im Halm steht und ob die Kartoffeln wachsen würden. »Ohne meine Susanne ist es halt gar nichts«, sagte dann der Vater eines Abends und es würde ihn schon seit Monaten im Magen drücken, er könne nicht mehr essen und er wäre schon recht schwach auf den Füßen. Auch der Vater ist schnell gestorben, die Äpfel waren noch nicht reif, als der Xaver den Vater auf dem Acker gefunden hat.

103

Der erste Dienstag im Quartal sah Manfred Waldstein mit
Freunden und Bekannten im Württemberger Hof. Ernst
Kailwerth hatte den prächtigen Gasthof im Süden der
Stadt, eine halbe Gehstunde von Claires Restaurant entfernt, von seinem Vater übernommen, der nach den unseligen Kriegswirren von 1866 im Deutschen Krieg Haus und
Hof verloren hatte und schließlich seinem schönen Tauber-
bischofsheim den Rücken kehrte. Der lange Ernst, wie sie
den fröhlichen Wirt nannten, war noch daheim im Württembergischen zur Welt gekommen, er sollte es besser haben, sagte der Vater und schickte ihn auf die höhere Schule
in der Stadt.

Der Vater machte dann jedoch kurzen Prozess. Nachdem
die Preußen dem württembergischen König Karl, einem
achtbaren, leutseligen Monarchen, einem menschenfreund-
lichen Landesherren Mores, wie sie meinten, gelehrt hatten,
spannte Kailwerth seine zwei Rösser ein, lud an Hab und
Gut, was er nicht an den Mann gebracht hatte, auf den Wagen und machte sich mit Frau und Kind auf nach Amster-
dam, drüben im schönen Holland. Er verkaufte dort, was
er nicht mit aufs Schiff nehmen konnte und vertraute sich
einem recht schnittigen Segler an, betrat zwei Wochen später in Philadelphia amerikanischen Boden und begann mit
seiner Familie ein neues Leben. Die Jahre zogen ins Land,
der Sohn, der lange Ernst, hatte in der Stadt die deutschen
Einwanderer um sich gesammelt, war ihnen Anlaufstelle,
Arbeitsvermittler, Fürsprecher, Rechtsberater. »Geh' zum
Kailwerth«, war ein geflügeltes Wort unter den Deutschen
geworden.

Ernst hatte Manfred Waldstein nach der Ankunft in
Philadelphia sehr fürsorglich an die Hand genommen und
der wiederum ging dem um Jahre Älteren gerne zur Hand,

wenn der ein technisches Problem zu meistern hatte, stellte ihm seinen Reitstall hinter Claires Hotel zur Verfügung, war rund um Kailwerth's Besitz doch wenig Platz für dergleichen Leidenschaften. Manfred fertigte Baupläne für die Erweiterung des Kailwerth'schen Gasthofes und schmiedete Tür und Tor, wie der Vater es ihm schon beigebracht hatte.

Bei den vierteljährlichen Zusammenkünften konnte Kailwerth regelmäßig neue Einwanderer willkommen heißen, einen Karl Schusterless begrüßte er heute besonders und der ergriff nach dem freundlichen Empfang im Kreis der deutschen Einwanderer auf ungewöhnlich schneidige, ja herrische Art das Wort und stellte sich vor. Offizier wäre er gewesen im großen Krieg gegen die Franzosen, stellte er apodiktisch fest, habe im Offiziersstab wesentlich an den Kampfplänen der Generalität mitgearbeitet, schließlich eine Kompanie durch den Siebziger Krieg geführt, der alten Heimat jedoch bald nach dem Ende der Schlachterei den Rücken gekehrt. »Die Staaten brauchen neue Männer, anpacken muss man, sich einbringen in den Aufbau der hiesigen Verhältnisse, unter Bedingungen hier in den Staaten, von denen die zu Hause ja doch keine Vorstellung haben«, schwadronierte er drauf los.

Waldstein erkannte ihn sofort, auch wenn der Schusterless sein Aussehen verändert hatte. Hauptmann Schusterless vom VI. Bataillon war von jeher nicht zu überhören gewesen. Im Krieg, im Unterstand, führte er seinerzeit das große Wort, musste er doch die jungen Leutnants und Oberleutnants, meist aus adeligem Haus, daran erinnern, dass nicht die Abstammung, sondern das Können, der Überblick in einem Krieg maßgebende Voraussetzungen waren, um ein Gefecht zu gewinnen. »Man hat ihn oder man hat ihn nicht, lernen kann man ihn nicht«, meinte er, »den Überblick. Merken Sie sich das.«

Die Gründe, warum er bereits kurze Zeit nach Kriegsbeginn, im frühen Herbst 1870, aus dem Generalstab an die Front beordert wurde, waren ein offenes Geheimnis. Der Oberstleutnant von Korte im Stab war der andauernden Einsprüche und unziemlichen Berichtigungen, der ständigen unterschwelligen Opposition und der renitenten Widersprüche des Herrn Hauptmann Schusterless, dessen bockbeiniger Besserwisserei schließlich überdrüssig geworden und verbannte den Querulanten an einen heiß umkämpften Frontabschnitt, dort waren Zupfer, Waldstein und auch Xaver Schwarzeder längst im Dreck gelegen. »Sammeln Sie praktische Erfahrung, Herr Schusterless, dann kommen Sie wieder zurück in den Stab.«

Schusterless verdeutlichte nun nochmals mit großer Geste seinen Werdegang, erklärte den Siebziger Krieg in Deutschland aus seiner Sicht, aus der Sicht des erfahrenen Offiziers, wie er hinzufügte, folgerte staatsmännisch, dass man diesen Krieg hätte in der halben Zeit gewinnen können. »Unnötig viele Kameraden sind gefallen, gute Ratschläge kundiger Offiziere von der Front stießen ins Leere.«

Er berichtete von der Überfahrt, die ja alle Anwesenden hinter sich gebracht hätten. Aber sein Einzug ins Gelobte Land Amerika, wie er die neue Welt nannte, erinnerte doch eher an die Schwierigkeiten und Entbehrungen des Volkes Israel, das unter dem Heerführer Moses den Sinai durchzogen hatte. Er habe sich geraume Zeit in New York aufgehalten, mit allerlei Krimskrams gehandelt und war in der deutschen Gemeinde integriert. Trotzdem zog es ihn bald nach Chicago und von dort in den glorreichen Westen nach San Francisco: »Völlig überlaufen von den Chinesen«, faselte er. »Der Goldrausch von 1848/49 war nichts zu dem, was noch auf den Westen zukommen wird, Gold liegt da auf der Straße.« Er glänzte mit seinen Kenntnissen, nahm die Zuhörer mit zu Sutters Mill nahe dem Sacramento River, schilderte wortreich den Bau der Eisenbahn, als wäre er dabei gewesen, hätte Hand angelegt, er schwadronierte über die blutigen Auseinandersetzungen mit kriegerischen Indianerstämmen, sein Redefluss wollte kein Ende nehmen.

Kailwerth unterbrach ihn schließlich auf die feine Art, wünsche ihm Freunde, eine gute Integration in Philadelphia und er, Kailwerth, stünde ihm gerne zur Verfügung. »Aber ich habe die Meinung gewonnen, dass Sie, Herr Schusterless, selber genügend Erfahrung besitzen«, fügte er hinzu.

Dann stand Schusterless vor Waldstein, hatte auch Schwarzeder im Visier: »Meine Leute, ich wusste, ich treffe hier meine Leute. Das ist ein Wink des Schicksals. Was machen Sie hier, Waldstein, Schwarzeder, da fehlt nur der Zupfer, wo steckt der? Meine Leute, ich sag es ja.«

»Willkommen, Schusterless, ich hoffe, Sie fühlen sich wohl in Philadelphia.« Waldstein spürte deutliches Unbehagen in sich aufsteigen.

Schusterless ließ die beiden nicht ungeschoren davon kommen und faselte von alter Kameradschaft, von Angeboten, die er ihnen zu unterbreiten habe, er sei dick im Geschäft und gemeinsam ließen sich seine Überlegungen und Planungen auch hier in Philadelphia, wie seinerzeit in Chicago und in San Francisco auf die Reihe bringen. Warum er denn die erfolgreichen Geschäfte nicht in den genannten Städten fortsetze, fragte Waldstein. Daraufhin wechselte Schusterless das Thema und verschwand bald darauf.

»Ein seltsamer Kerl ist das«, sagte Kailwerth, »er fragte mich schon vor Tagen nach den Adressen aller Deutschstämmigen, die weiterzugeben steht mir ja doch gar nicht zu, sein Ansinnen habe ich deutlich zurück gewiesen.«

»Wie ich den Schusterless kenne«, bemerkte Schwarzeder, »hinterlässt der nur Probleme, den müssen wir kurz halten, wenn du dem einen Finger reichst, verbeißt er sich in deinen Arm, der zieht dir die Haut vom Leib.«

Ferry Strauß schwieg lange, als Manfred Waldstein ihm

Tage später vom Treffen mit dem ehemaligen Offizier berichtete. »Dem wurde vom Generalstab empfohlen, freiwillig den Dienst zu quittieren, es gingen Anzeigen wegen Alkoholschmuggels beim Stab ein, zudem lag der Verdacht wegen einer gefälschten Unterschrift vor. Das Ganze wurde unter der Decke gehalten. Schusterless verschwand, das dürfte im Februar 1871 gewesen sein, Georg Zupfer weiß das besser. Ich werde mich einmal umhören.«

104

Frederik Lester, Ferrys Vertrauter, war über den Kontinent mit Rechtsanwälten, Staatsanwälten und Polizeioffizieren vernetzt. Schusterless war in diesen wenigen Jahren in New York, Chicago, in Minneapolis, auch im Süden, in Houston, mit dem Gesetz in Konflikt geraten. In Dallas verbrachte er ein halbes Jahr im Gefängnis. San Francisco verließ er gewissermaßen im Eiltempo und versäumte, seine Wohnung aufzulösen. In New York brachte er gefälschte Anteilscheine einer Maschinenbaufirma unter das Volk und wurde zu einer Geldstrafe verurteilt. Er sei im Kensington Hotel angesprochen worden, sagte er damals vor Gericht, von einem vornehmen Herrn, als Makler habe der sich vorgestellt und nur in dessen Namen habe er gehandelt und er habe nie die Absicht gehabt, sich zwielichtiger Methoden zu bedienen.

Der Boden in New York wurde ihm schließlich zu heiß. Er setzte sich nach Chicago ab, hatte sich dort scheinbar auf Alkoholschmuggel spezialisiert, aber auch dort oben in den Siedlungsgebieten deutscher Zuwanderer am Michigansee konnte das Gericht keine justiziablen Beweise gegen Schusterless erbringen. Er verschwand nach San Francisco und hatte sich dort anscheinend sehr schnell im kriminellen Milieu etabliert. Zwei Jahre lang hatte er an der ostchinesischen

Küste von Shanghai bis hinunter nach Quanzhou junge Frauen und Männer angeworben, mit teilweise unhaltbaren und falschen Versprechungen angelockt und Verheißungen für ein Land eröffnet, in dem das Geld auf der Straße liege, wo es Arbeit in Fülle gäbe und keiner hungern müsse. Für die Überfahrt, für die Beschaffung der Wohnung, für in Aussicht gestellte Arbeit mussten die hoffnungsvollen jungen Leute seiner Schleuserbande horrende Geldsummen übergeben, die ganze Verwandtschaft half in der Hoffnung auch, dass sich diese Hilfe irgendwann einmal auch für sie auszahlen würde.

Die jungen Frauen wurden auf den Chinesenmärkten verhandelt, in einschlägige Häuser vermittelt, wenn sie Glück hatten, als Koch- oder Putzhilfen in Los Angeles oder San Francisco angestellt. Die Männer fanden oft unterbezahlte und sehr schwere Arbeit bei den Gleisarbeiten der Eisenbahngesellschaften, waren vor allem im Winter den frostigen Temperaturen nicht gewachsen und starben sehr schnell weg, ohne Kontakt zu den Familien, als Kulis in Sklavenarbeit gezwängt. Schusterless schien dort viel Geld verdient zu haben. Auch in diesem Zusammenhang deklarierte er sich als Menschenfreund und seine Akten wurden von Bundesland zu Bundesland gereicht. Schließlich strandete er in Philadelphia.

»Uns sind die Hände gebunden«, beschied ihn der Stadtmarshall, als Strauß ihn mit den Umständen konfrontierte, »diese Leute gehen geschickt vor, sind uns zumeist in den Planungen voraus, vernetzen sich staatenübergreifend. Aber es gibt auch Einzelgänger, in diese Kategorie ist dieser Schusterless wohl eher einzuordnen. Der setzt sich ab, ob wir von dem noch etwas hören, bezweifle ich. Diese Leute riechen direkt, wenn sich Unheil über sie zusammenzieht. Ich werde jedoch meinen besten Mann, der zurzeit in der Stadt ist, auf den Herrn ansetzen.« Als Manfred Waldstein von der Aussage des Marschalls von Ferry Strauß in seinem Büro in der Bahnverwaltung erfuhr, war er nur einfach dankbar, keinerlei Kontakt mit diesem widerlichen Menschen eingegangen zu sein. Das Zusammentreffen mit Schusterless wertete er weniger als bedeutungsvolles Geschick oder Fügung, nur als Zufall, als banalen, nicht schicksalsträchtigen, wenngleich unangenehmen Zufall.

Claire empfing ihn zu Hause freudestrahlend. Seine Mutter habe Monika in New York zugesagt, im Frühjahr die Reise in die Staaten anzutreten. Monikas Telegramm aus New York entschädigte ihn für viele ärgerliche Ereignisse im Büro. Diese unverhoffte Nachricht machte ihn glücklich, endlich durfte er wieder die geliebte Mutter in seine Arme schließen.

Nach Larry Enroys schnellem Fenstersturz war die Position des Ersten Technischen Direktors noch immer unbesetzt. Die New Yorker Zentrale ließ sich viel Zeit. »Es gibt eine Anzahl älterer leitender Angestellter, die noch vor dem Ende ihrer beruflichen Tätigkeit befördert werden müssen. Wer nun nach Philadelphia ziehen möchte, die Umstellung, das Eingewöhnen in Kauf nehmen wird um der Beförderung willen, wissen wir nicht. In Philadelphia selber steht niemand vor dir zur Beförderung an, aber der Harrisburger Chef könnte ein Auge auf Philadelphia richten, der sitzt dann noch sechs Jahre, vielleicht auch nur fünf Jahre auf diesem Stuhl«, schrieb sein Schwager Martin Cromwell. Das alles war jedoch nicht Waldsteins Problem.

Der Neue war dann auch der anvisierte Harrisburger Elias Smith, ein Kriegsinvalide, er hatte den linken Arm im Krieg gelassen. Bei Perryville hat ihn ein Schrapnell den Arm unterhalb des Unterarmgelenks sauber abgetrennt, der Arzt hatte kaum etwas zu schneiden, wie er sagte. Smith war bekannt als geschätzter und unterhaltsamer Erzähler. »Wer den amerikanischen Bürgerkrieg nicht kennt, wird bald die eine oder andere kostenlose Geschichtsstunde erhalten«, sagte der Buchhalter und lachte breit, »aber man kann es mit ihm aushalten, hätte schlechter kommen können. Deine Arbeit wird nicht weniger, Smith wird einen ausgiebigen Kaffee im Bistro gegenüber sehr zu schätzen wissen. Seine Frau stammt aus Lancaster, Bauernmädchen, sie ist eine Quäkerin, resolute, heiligmäßige Frau. Jetzt weißt du, warum er gerne in den Bistros und Cafes herumhockt«, lachte der Mitarbeiter süffisant.

105

Der Tag der Ankunft der geliebten Mutter wurde zum Festtag in New York, am Kai wurde sie von Monika mit ihrer Familie erwartet und aus Philadelphia waren Manfred und Claire mit den Kindern angereist. Die Mutter, selbst von der Reise erschöpft, strahlte trotzdem ihre gewohnte souveräne Gelassenheit aus und die beiden erwachsenen und mitten im Leben stehenden Kinder fühlten sich seltsam geborgen. »Dass ich mein Leben mit euch beiden in dieser schönen, neuen Welt fortsetzen darf, macht mich unendlich glücklich, das wäre ganz in Papas Sinn.«

Das war ganz die dem Leben zugewandte Mama. Sie würde ihr Leben »fortsetzen«, sagte sie, nicht »zu Ende bringen« in der neuen Welt. Diese Tage des Wiedersehens in New York in Monikas und Martins Heim versetzte die große Familie in Hochstimmung und sie würde bald auch nach Philadelphia reisen, eröffnete die Mutter Manfred und Claire, vielleicht könnte sie Claire eine Zeitlang unter die Arme greifen. »Ich werde mich nicht einmischen in euer Leben, aber wenn ihr mich braucht, bin ich für euch da«, sagte sie zum Abschied.

106

Rufus hatte sich durch die stürmischen Wintermonate gebracht. »Der nächste Blizzard reißt mich mit«, lachte er,
stets auch in der Hoffnung, dass er nicht ganz am Ende sei,
»aber das Frühjahr möchte ich gerne noch miterleben, ich
möchte nach Philadelphia hinüber fahren und die Kleinen
sehen.«

Die Farchants erhofften Kindersegen. Es wäre eben Gottes Wille, sagte Sebastian immer wieder zu seiner Barbara
und man könne seinen Willen nicht nur annehmen, wenn
einem zum Lachen und zum Jauchzen wäre und jedes Kind
wäre ein Geschenk von oben, das müssten sie sich wohl erst
noch verdienen.

An einem dieser stürmischen frühen Tage im März, ein
neuer Blizzard wollte die Schindeln und Balken vom Dach
reißen, nahm Rufus Bancrofft Abschied. Er wolle heute
Nacht wieder im Stall schlafen, Cheb, sein Liebling unter
den Falben, Braunen und Schwarzen habe ihn so traurig
angeschaut, dem möchte er nahe sein. »Das kleine, feine,
kindliche Wiehern, das leichte Schnauben meiner Lieben«,
so nannte er seine Pferde, »beruhigt mich, irgendwann
schlaf ich dann für ein paar Stunden.« Wie der Blizzard gekommen war, jäh, und so urplötzlich, war er wieder ins weite Land hinausgestoben und der Morgen war still.

Leise, ganz sachte hatte der Tod den Rufus angerührt,
hatte alles Schwere von ihm genommen, Rufus hatte nicht
im Zorn Abschied genommen, als wäre ihm das Leben
misslungen, eher war er von der Gewissheit begleitet, dass
der Tod unumgänglich sei und man sollte sich wohl nicht
dagegen auflehnen. »Ich werde dann irgendwann mich still
und leise auf den Weg machen, einfach ins Paradies, bin also
gleich nebenan«, lachte er oft genug, wenn die Rede auf die

letzten Dinge kam und mit Sebastian hatte er den rechten Gesprächspartner gefunden.

Dass sein Geschick in den Händen eines hoffentlich freundlichen und gütigen Gottes liege, weniger in den eigenen, das war ihm Lebensgewissheit geworden. Er war ein stiller, nicht geschwätziger, wenngleich robuster Mann, meinte oft, vor allem wenn die Rede auf die unvergesslichen kriegerischen Ereignisse kam, dass man keine Erklärungen dafür habe, warum es auf dieser Welt so viele Verirrungen gäbe und warum die Bösartigen die Unschuldigen ins Verderben führten, mit Unglück überzögen. Er war müder geworden diese vergangenen Tage. Trauer, Schwermut, eine seltsame Melancholie hatten sich auf sein Gemüt gelegt, er zog sich zurück, war gerne alleine, redete nicht mehr viel, schaute in die Ferne.

Neben seinen geliebten Pferden, auf einem Strohballen liegend, hatte Ahiga ihn am Morgen gefunden. Aber es schien die nächsten Wochen, als würde Rufus durch die Tür ins Haus eintreten, wenn das Tagwerk vollbracht war, durch die Räume gehen, sich an den Tisch setzen zu Sebastian und Barbara, die ihm ihr Leben zu verdanken hatten, als würde er draußen an der Koppel lehnen, den tollenden und spielenden Pferden zuschauen, still dazu lachen wie es seine Art war oder mit Ahiga aus dem Wald treten nach einem Besuch im Dorf des indianischen Freundes. Er wollte zu Hause begraben werden, beiläufig hatte er davon gesprochen, irgendwo, nahe an seiner Buche, die er vor vielen Jahren, nach dem elenden Krieg war es gewesen, gepflanzt hatte. Nach einer Familie hatte Rufus sich gesehnt, aber dann war diese stille, junge Frau schnell gestorben, er hatte sie ja kaum gekannt. Sie sollten seine Grabstätte mit einer Steinplatte zudecken, irgendwann würde sie zugewachsen sein und er meinte, dass es da doch außerhalb der sichtbaren Welt noch Anderes, Unvorstellbares gebe. Manfred konnte nur am Grab stehen, im Herzen voller Trauer um den guten Freund, der zu den Heiligen dieser Welt gehört hatte, wie Manfred sagte.

Am Susquehanna River hatte Rufus ihn beiläufig gefragt, wie er ihn heimbringen wollte, wenn er, Rufus, am Ufer dieses heiligen Flusses zu seinen Ahnen aufbrechen würde, unvermittelt, im nächsten Moment. Er lachte und empfahl Manfred, es auf die indianische Art zu machen. »Schlag zwei armdicke, schlanke Stämmchen, befestige sie an den Schultern meines Pferdes, verbinde die Stangen mit einem Weidengeflecht, da drauf legst du mich, ich meine das sehr ernst«, fügte er hinzu. Er solle nicht gar so makabre Scherze machen, war Manfred beunruhigt, er stünde doch in der Blüte seines Lebens und würde ihn, Manfred, noch allemal überleben.

Diese beiden letzten gemeinsamen Tage am Susquehanna River würde Manfred nicht vergessen, den blauen Himmel, der sie stundenlang beschirmte, der sie etwas ahnen ließ von der Weite des Alls. Die Unermesslichkeit des Horizonts hatte sie ergriffen, die außergewöhnliche Stille, menschenleer war dieses endlose Land, kein Weiler, kein Dorf weit und breit, kein Mensch war zu sehen. Gegen Mittag dann im wahrsten Sinn des Wortes aus heiterem Himmel ein leichter Windstoß, plötzlich Staub, heißer Sand in der Luft, ein zackiger Blitz aus heiterem Himmel, torkelnde Windhosen entwickelten sich zu einem heftigen Sandsturm, gefolgt von einer mächtigen, schwarzen Wolkenmauer, himmelhoch, erschreckend. Sie suchten Schutz unter einer mächtigen Hemlocktanne, schoben die Pferde in den Wald, würden einfach warten, bis das Inferno vorüber war. Der Hurrikan, Rufus nannte ihn einen von der harmlosen Sorte, heulte, brüllte, lamentierte seine erschreckende Botschaft über die Erde, lud tonnenschwere Wassermassen über der ausgetrockneten Natur ab, verschwand, wie er aufgetaucht war, brach in sich zusammen. Danach fiel Manfred das schwarz-erdige, fette, gesättigte und so fruchtbare Land ins Auge, das den Farchants das Herz höher hatte schlagen lassen, als sie seinerzeit auf die Farm gekommen waren.

Ohne Rufus war es in den länger werdenden, schönen Frühlingstagen einsam und leer auf der Farm geworden. Wie soll das weitergehen ohne ihn, fragten sich Sebastian und Barbara Farchant. Ahiga brachte dann um die Osterzeit seine Frau wieder mit auf die Farm, das hätte Rufus gefallen und die Arbeitsfülle im Stall, auf der Koppel, auf den Feldern wurde wieder erträglicher.

107

In der Osterwoche waren die beiden böhmischen Zupfer, Georg und seine Schwester Christina, auf der Rückreise von Washington nach Milwaukee im Hotel bei Claire und Manfred abgestiegen. Alle Abgeordneten aus der Hauptstadt verbrachten ihre Urlaubswochen vornehmlich in ihren heimatlichen Stimmbezirken, fuhren über Land, hörten sich die Probleme und Sorgen der Menschen an, stellten sich ihren Fragen, erörterten Lösungsvorschläge, waren gern gesehene Gäste bei Festen und zu besonderen Anlässen.

Christina war der Freundin Claire besonders willkommen, hatte die doch während des Arbeitsalltags kaum eine Ansprache, die Kinder brauchten ihre Zuwendung, wenig Zeit blieb für sie selber, Manfred war in seine beruflichen Verpflichtungen eingespannt. »Es ist ständig so viel zu tun«, seufzte sie, »wie haben das nur unsere Eltern gemacht, die hatten noch dazu sieben, acht Kinder aufzuziehen.« Christina stammte aus einer kinderreichen böhmischen Bauernfamilie, hatte als Jüngste in ihren Kinder- und Jugendjahren weniger die Eltern, die immerzu von Arbeit überlastet waren, als maßgebend für sie erlebt als vielmehr die beiden ältesten Schwestern, die die jüngeren Geschwister, eines um das andere, ins Leben hinaus schickten.

Manfred Waldstein, der Ratisbona Mane aus dem bayerischen Regensburg, der »Bua mit de zwoa Lunga«, wie der Großvater zu sagen pflegte, war ein lebenskluger Mann geworden, die Jahre hatten ihn geformt. Ach ja, der Großvater, der geliebte, der ihm immer gut zugeredet, ihm die Hand auf den Kopf gelegt, übers Gesicht gestreichelt hatte, der für ihn Garant der Ruhe und des Friedens seiner Kindertage gewesen war, er würde ihn immer in seinem Herzen tragen.

Immer wieder war es dieser schlimme Krieg, an den Manfred denken musste, an die Freunde auch, die ihm in jenen schweren Tagen ans Herz gewachsen waren. Um vieles hatte er kämpfen müssen in diesen Jahren in der neuen Heimat, das eine oder andere war auf ihn zugekommen, unvermutet, unerwartet, ohne dass er etwas dafür getan hätte. Er war auch angefochten, wenn er nur an das Jahr, den Aufenthalt auf Paul und Maria Levys Farm dachte, an Uriel vor allem, die ihm das Herz schwer machte, hatte sie ihm doch viel bedeutet.

Begegnungen mit wertvollen Menschen hatten ihn tief beeindruckt, solche Persönlichkeiten hatte er immer auch als eine Herausforderung betrachtet, wollte denen ähnlich werden, die das Leben bewältigten, sich nicht hatten unterkriegen lassen, die sich durchgesetzt und sich mit den Anforderungen des Lebens auseinander gesetzt hatten. Manfred erlebte in sich einen Umbruch, Neues schien sich in seiner Seele zu entwickeln. Der ererbte Frohsinn, die Fröhlichkeit der Mutter, ihre Musikalität, aber auch die Beständigkeit, das Pflichtbewusstsein, das die Eltern ihm vorgelebt hatten, waren Anker und Halt auch für Claire und die beiden Kinder. Wenn er mit dem neugierigen kleinen George durch die Straßen der alten Stadt von Philadelphia schlenderte, auf der Suche nach einem hübschen Spielzeug für den Kleinen, einem alten Bild aus der deutschen Heimat, einem zerfledderten Buch, wurde er immer wieder auch mit Neuem konfrontiert, traf indianische oder schwarze Menschen. Welchen Kummer werden sie im Herzen tragen, fragte er sich, mit wie viel Verzweiflung und Elend werden sie sich auseinander zu setzen haben. Dann wurde er still und in sich gekehrt.

Er dachte oft an seinen geliebten Vater, den er nun nie mehr würde sehen, sprechen können, er dachte vor allem auch an Konstantin Krause, der ihm in den Anfangsjahren in New York so viel Wertschätzung entgegen gebracht, ihn gefördert, ihm seine Existenz und Zukunft gesichert hatte und er hatte Rufus, den Freund und Bruder im Herzen, mit dem ihn über den Tod hinaus unverbrüchliche Treue und Zuneigung verband. Er hatte gute Freunde, mit denen er sich aussprechen konnte, sie stützten einander und er wollte vor allem seiner geliebten Claire und seinen Kindern, die ihm ins Herz gebrannt waren, nahe sein, in Treue und Liebe für sie einstehen.

Von seiner Mutter hatten sie an diesem Abend gesprochen, die nun ihr zweites Leben, wie sie sagte, in den Staaten verbringen würde, für ihre Kinder da sein wollte, fernab von der geliebten Heimat. Ihre Tapferkeit, ihr Lebensmut und ihre ungebrochene Lebensbejahung nötigten den jungen Leuten großen Respekt ab. Die Mutter hatte einen großen Schritt gewagt vom kleinen Bauerndorf nahe Regensburg hinüber über den großen Teich mitten hinein in das pulsierende New York, stellte sich dort den neuen Herausforderungen, lernte andere Menschen und Verhältnisse, Kulturen kennen, wollte sich neuen Beziehungen mit unbekannten Menschen stellen. »Das hast du von deiner Mutter«, brachte Claire diese langen Gespräche schließlich auf den Punkt, »du lässt dich auch nicht unterkriegen, du bist wie sie, ich hoffe es bleibt so«, lachte sie. Manfred umarmte sie liebevoll. Immer wieder brachte er seine tiefe Zuneigung Claire gegenüber zum Ausdruck, wusste er doch, dass sie darauf wartete, brachte aus dem Garten einen Blumenstrauß und stellte ihn in die Vase auf die Kommode, legte ein kleines Geschenk auf das Bett, wenn er auswärts zu tun hatte und wieder zu Hause angekommen war, hatte immer ein gutes Wort für sie und wenn sie unterschiedlicher Meinung waren, nahm er sie einfach in die Arme und liebkoste sie.

108

Schusterless lag auf einer schlichten Holzpritsche, ein grobes, ehedem weißes Laken war über seinen Körper gebreitet. Die fahle, gelbliche Haut spannte sich über den knochigen Schädel, tief eingesunken lagen die Augen in den Höhlen. Manfred Waldstein erkannte den ehemaligen Offizier nicht wieder. Das graue, lange Haar lag zottig an den beiden Seiten des Kopfes, vor ein paar Tagen hatte ihm wohl der Krankenpfleger, ein dürrer, geschäftiger Mann Mitte der Fünfzig, den Bart abgeschnitten, die kurzen dunklen Bartstoppel unterstrichen die Blutleere und Blässe des ausgemergelten, von schwerster Krankheit gezeichneten Gesichtes.

Am Fußende des Bettes saß ein etwa vier Jahre altes Mädchen, spielte mit einer Stoffpuppe, ließ sie zwischen den langen, vom Laken bedeckten Beinen des Kranken hinauf und hinunter hopsen und trällerte eine Melodie, wie sie wohl in den Schänken, in denen Schusterless oft genug abgestiegen war, gesungen wurde. Das kleine Mädchen nahm kaum Notiz von diesem Fremden, war im Spiel vertieft. Schusterless hob die Hand, erstaunlich forsch: »Ich hab auf Sie gewartet, Waldstein, Sie haben mich nicht enttäuscht.«

Der Krankenpfleger schob Waldstein einen hölzernen

Stuhl zu. Im Zimmer standen weitere fünf Betten, nahe dem Fenster saß eine schwarz gekleidete jüngere Frau an einem Bett und hielt dem Kranken, der mit untergeschobenem Kissen auf seinem Lager saß, die Hand.

»Das werde ich Ihnen nicht vergessen, Waldstein«, hub Schusterless an, »setzen Sie sich zu mir ans Bett.« Den Mannheimer Dialekt, diesen gemütlichen Singsang des ehemaligen Offiziers würde Manfred Waldstein immer im Ohr haben. »Wir Mannemer könne eich no alleweil was beibringe«, pflegte er intim besserwisserisch, in unangenehmer Rechthaberei, zu raunzen, wenn die Soldaten, viele Bayern vor allem, auch Schwaben, Württemberger, solche aus dem Rheingau oder vom Bodensee, in einer Gefechtspause abgekämpft und erschüttert vom Grauen und der Abschlachterei auf dem Feld der Ehre in den Unterstand heimtorkelten, dann erschöpft, weinend, im Graben lagen, »mer hole eich aus jeder Malais', da kenne se nimma laafe, de Hossebember, krabble wie de Bobbele, plärra wi a klaana Dunzl, liga do wi ane olte Tranfunzel, aba obens saffa se wieda an Liter Woi, un schleppa ene Balle in an Schlof nei.«

Schusterless war seinerzeit zu jung für seinen Offiziersrang gewesen, zum Hauptmann aufgestiegen aus kleinen Verhältnissen, überheblich und arrogant, jedoch begabt, fühlte er sich zu Höherem berufen.

»Das ist mein Töchterlein«, er zeigt auf die Kleine, die am Fußende immer noch spielte, als wäre das das Selbstverständlichste auf der Welt.

»Ich bin Ihnen dankbar, Herr Waldstein«, sagte Schusterless, »ich habe nicht mehr lange zu leben, es mögen noch Tage sein, werde aber den Herbst nicht mehr ins Land kommen sehen.« Mühsam zog er unter dem Kopfkissen ein Kuvert hervor. »Da steht alles drinnen, was mein Leben ausgemacht hat, Lug und Trug, verhunzte Jahre und ich schäme mich dafür. Und das ist meine Luisa, mein Ein und Alles, sie begleitet mich seit zwei Jahren, ihre Mutter starb im Kindbett. Sie wird ins Waisenhaus müssen, lieber Waldstein und das zu wissen, drückt mir das Herz ab.«

Der todkranke Mann fiel in sich zusammen, Waldstein meinte, Schusterless würde von einem Augenblick auf den anderen seinen Geist übergeben. Waldstein kam nicht zum Reden. Schusterless redete sich, kaum war er wieder zu Kräften gekommen, sein Unglück, seine Fehler, seine ganze Last und tausend Lebensnöte von der Seele. Dann dämmerte er erschöpft vor sich hin.

Der Gefängnisgeistliche hatte Manfred Waldstein in den Abendstunden des vergangenen Sonntag besucht und ihm von diesem Strafgefangenen Karl Schusterless erzählt, der im Westen drüben, in San Francisco eine junge Frau zu sich genommen hatte, ein Bauernmädchen, das in einem Bordell gelandet war, hatte ein Kind mit ihr und an den Geburtsfolgen wäre das noch kaum achtzehnjährige Mädchen gestorben. Im ersten Jahr nach der Geburt hatte Schusterless das Kind in die Obhut einer jungen Indianerin gegeben, er hatte in diesem Jahr eine Freiheitsstraße abzusitzen. Nachdem er entlassen wurde, nahm er das Kind zu sich und zog mit der Kleinen durchs Land, er kümmerte sich rührend um die kleine Luisa, wurde in einem Hotel in Philadelphia beim Falschspiel erwischt, saß erneut eine Strafe ab und die Kleine steckte der Richter ins Waisenhaus.

»Der Umgang mit Ihnen, Herr Schusterless, schadet ihrem Kind mehr als ein Aufenthalt, eine gute Erziehung bei den Schwestern im Waisenhaus.« Dann war er im Gefängnis krank geworden, hatte in den letzten Monaten vor Strafantritt schon keinen Fuß mehr vor den anderen gebracht, hauste mit der kleinen Luisa in einem feuchten Kellerloch in der Wilderstreat im Süden. »Der stirbt hier im Lazarett«, sagte der behandelnde Arzt und dem Schusterless sagte er diese endgültige Nachricht ins Gesicht. »Sie sollten sich noch um Ihr Kind kümmern, Schusterless, der Abschied ist nahe, Sie werden das selber spüren.« Die Oberin des Waisenhauses brachte die Kleine auf Geheiß des Gefängnisgeistlichen täglich an Schusterless' Krankenbett, er sollte sie in den letzten Tagen um sich haben dürfen.

»Ich bin hilflos«, sagte Manfred zu Claire, als er vom Krankenbesuch bei Schusterless wieder nach Hause kam, »ich weiß nicht, wie ich diesem sterbenskranken Mann und vor allem seiner kleine Luisa helfen kann, aber es müsste eine Lösung geben, das Kind darf doch nicht ein Leben lang die Schuld ihres Vaters ausbaden, es wird im Waisenhaus dahin vegetieren.« Doch beide konnten die Situation noch nicht richtig einschätzen. »Morgen ist ein neuer Tag«, erwiderte Claire, »wir werden das alles gewissenhaft bedenken.«

109

Die zweite Woche nach Ostern sah Manfred Waldstein wieder auf einer lange vorbereiteten Dienstreise nach Pittsburgh. Er kannte den Streckenverlauf sehr gut, aber immer wieder fesselte ihn diese unverbrauchte Landschaft. Der Susquehanna River begleitete die Bahntrasse rechterhand, bald würde er einen ersten Halt in Harrisburg einlegen. Der Bahnhofvorstand begrüßte ihn seltsam zurückhaltend und bat ihn in sein Dienstzimmer, Manfred mutmaßte ein örtliches, vielleicht personelles Problem, das den Vorstand bedrückte, und begab sich an der Seite von Simon Johnson, den er seit Jahren gut kannte, in dessen Büro. Simon bat ihn Platz zu nehmen, hatte immer noch kein Wort gesprochen und überreichte ihm ein Telegramm aus der Zentrale in Philadelphia, das soeben eingetroffen wäre. Elias Smith teilte ihm mit, dass Claire einen Unfall hatte und im Krankenhaus liege, er möge unverzüglich nach Hause zurückkehren.

Manfred blieb still in seinem Sessel sitzen, er meinte, sein Herz würde brechen.

Hoffnung und Verzweiflung begleiteten ihn diese unendlich langen Stunden voller Ungewissheit und Sorge um seine Claire. Was würde mit seiner geliebten Frau geschehen sein, wie wird es den Kindern gehen? Der Zug aus Pittsburg brachte ihn einen halben Tag später nach Philadelphia zurück, Ferry Strauß empfing ihn mit Stella Rubin in den Abendstunden am Bahnhof. Manfred Waldstein wusste, als er die Freunde vor sich sah, dass er seine Claire nicht mehr lebend antreffen würde. Ein scheuendes Pferd hatte eine Droschke zum Umstürzen gebracht, dabei war die am Bürgersteig der Hauptstraße stehende Claire von der Kutsche schwer verletzt worden und bald darauf im Hospital ihren Verletzungen erlegen.

In den Wochen nach dem Tod seiner geliebten Frau legte sich tiefe Trauer und unvorstellbarer Kummer auf sein Herz, er sorgte sich liebevoll um seine beiden Kinder, Tag für Tag stand er vor dem Grab seiner Claire, hatte die Mutter zur Seite, die aus New York angereist war. Der Geschäftsbetrieb im Restaurant ging seine eingefahrenen Wege. »Lass dich nicht unterkriegen«, hatte sie ihm lachend noch Tage vor ihrem schnellen Sterben zugelacht. Er wusste nicht, wie sich die Zukunft ohne Claire entwickeln würde. »Wenn es dich gibt, guter Gott«, flehte er, »so hilf mir weiter, um der Kinder Willen.«

Er träumte jede Nacht von Claire. Sie winkte ihm vom Ufer aus zu, wenn er in den Delaware River hinaus schwamm, er sah die Kinder am Strand spielen, Claire hatte beide Hände über den Kopf gehoben und lachte, winkte ihm zu. Es war ein froher, ein befreiender Traum. Am folgenden Morgen war die furchtbare Müdigkeit von ihm gewichen, die kleine Mary umschmeichelte seine Knie, fragte nach der Grandma, George schob sich mit einem verschnürten Bündel an Büchern und Heften durch die Tür des Restaurants und machte sich auf den Weg zur Schule. Die ersten, noch immer milden Herbsttage hatten sich eingestellt. Stella Rubin hatte ihn gemeinsam mit seiner Mutter in der schweren Zeit nach Claires Tod begleitet, ihn mit ihrer verständigen und liebevollen Art getragen, der Alltag der Familie ohne Claire war schwer genug, die Kinder fragten kaum mehr nach der Mama. »Die Zeit heilt Wunden«, meinte die Mutter tröstend, »die Kinder werden darüber hinweg kommen und ich helfe dir, bin bei euch, so lange ich Kraft habe.« Die Wunde in seiner Seele würde nicht verheilen, sagte Manfred sich und trug seine geliebte Claire im Herzen, begann den Tag im Gedenken an sie und fiel mit ihrem Bild in seiner Seele erschöpft in den Schlaf.

110

Er hatte nun zu bedenken, wie sich seine berufliche Zukunft entwickeln würde. Das inzwischen weit über Philadelphia hinaus geschätzte Restaurant mit den vielen Fremdenzimmern brauchte eine starke Führungspersönlichkeit wie Claire sie zweifellos gewesen war. Nach einem langen Gespräch in New York mit Martin Cromwell und Monika kündigte er sein Arbeitsverhältnis bei der Company. Manfred Waldstein hatte der Company viel zu verdanken. Er dachte an Krause und die vielen Freunde, die ihm in diesen Jahren an der Seite gestanden, ihn oft genug unterstützt hatten. Er war seinerzeit ins Amerika gegangen, wie sie in Regensburg immer sagten, mit dem Segen, den Gebeten der Eltern und seiner lieben Schwester Monika, hatte den Aufbruch, den Neuanfang gewagt, die tragischen Erlebnisse des Krieges versucht, aus seinem Herzen zu tilgen, er war in der neuen Heimat tatsächlich angekommen. Er war nach der

Ankunft in der Neuen Welt, nach dem wichtigen Jahr bei den Levys nicht ins Bodenlose gefallen und dafür hatte er Grund dankbar zu sein, auch den Menschen bei der Company, die ihn gefördert und bestärkt hatten.

Sein Leben war von einem Tag auf den anderen durcheinander geraten, es fehlte ihm Orientierung, Claire war der Mittelpunkt der kleinen Familie gewesen. Claire war tot, war unersetzlich, von einem Tag auf den anderen aus seinem Leben gegangen. Rufus, der ihm Stütze gewesen war, der gute und treue Freund, fehlte ihm zudem. Die Sommertage hatte er mit den Kindern auf der Farm verbracht, nach Rufus' Tod war sein Besitz auf den kleinen George übertragen und Manfred Waldstein zum Nachlassverwalter eingesetzt worden, er würde das beträchtliche Erbe für seinen Sohn gewissenhaft verwalten. Sebastian und Barbara hatten die Farm mit allen Liegenschaften gepachtet und waren den Kindern liebevoll zugetan. Er spürte immer deutlicher, dass das Leben nur auf Zeit angelegt war, bisher hatte er gedacht, es wäre auf ewig in seinem Besitz, nichts würde sich ändern.

Mit Xaver Schwarzeder hatte er an einem langen Abend seine Situation besprochen. »Kannst du dir vorstellen, von deiner Droschke zu steigen und die Verwaltung meines Besitzes übernehmen«, fragte er ihn, »mir ist alles zugefallen, ohne eigenes Verdienst, ich will die Ranch, das Restaurant in Ehren halten.«

Für den Freund aus Kriegszeiten, an dem das Leben in den Staaten vorbei zu laufen schien, bedeutete das Angebot den Neuanfang. Neben dem in den letzten Jahren deutlich vergrößerten Restaurant, den Arbeiten im Übernachtungsbereich und den Pferdestallungen würde Manfred Waldstein die gesamte Verwaltung in Xavers Hände legen, wäre er in der alten Heimat doch eigentlich ein studierter Lehrer, noch dazu Bürgermeister gewesen. »Du weißt, worauf es bei einem solchen Betrieb ankommt, du wärst der rechte Mann am rechten Platz. Überlege es dir«, gab er ihm mit auf den Heimweg.

»Mit deiner Hilfe, meine geliebte Claire, werde ich es schaffen«, betete er. Ferry Strauß hatte Stella Rubin ermöglicht, zu Manfred zu wechseln, der gesamte Küchen- und Restaurationsbereich musste personell neu geordnet werden und Mutter würde nur zu gerne wieder zu ihrer Monika nach New York fahren. Allmählich sah er Licht am Ende des Tunnels, das Leben würde weitergehen.

Georg Zupfer war auf dem Weg nach Washington in Philadelphia abgestiegen, begleitet von seiner Schwester Christina. »Zwischen Chicago und Milwaukee wird eine Telefonleitung gebaut, überall stehen schon die Masten an den Straßen und Bahntrassen, vielleicht können wir bald auch von Philadelphia nach Milwaukee telefonieren und wenn du mich brauchst, bin ich für euch da.« Christina hatte die späten Septembertage vor allem mit der kleinen Mary verbracht und die kleine Seele geheilt, George brauchte vor allem den Vater, der nun im Restaurant und auf der Koppel immer greifbar war. Rufus fehlte zudem an allen Ecken und Enden. Manfred fand seine Claire immer und überall gegenwärtig, wenn er seinen George von der Schule abholte, verwirrte ihn jeder schwarze Damenkopf, könnte es doch Claire sein, die auf der gegenüber liegenden Straßenseite spazierte, fuhr es siedend heiß durch sein Herz und wenn er mit den Kindern am Delaware spielte, beobachtete er die jungen Frauen, Claire könnte doch herüber winken.

Christina Zupfer hatte ihn eingeladen mit den Kindern in den nächsten Ferien, vielleicht schon zu Weihnachten, nach Milwaukee zu kommen. Der dritte Zupfer sei in den Staaten angekommen, ihr kleiner Bruder Korbinian, wie sie schrieb, selber schon weit in den Zwanzigern und nun habe sie mehr Zeit, könne sich um den kleinen George und die liebe Mary kümmern und er könne zu sich kommen, die neuen Eindrücke würden ihm bestimmt gut tun. Das wäre ganz sicher im Sinne seiner Claire.

111

Der Brief des Gefängnisgeistlichen, dieses vierschrötigen, rotschopfigen Iren, erreichte Manfred in der traurigsten Phase seines Lebens. Schusterless war verstorben, sein Sterben hatte sich noch länger hinausgezogen und die kleine Luisa lebte im Waisenhaus, wie der Pfarrer beiläufig erwähnte, aber Manfred Waldstein hatte keinen Sinn für diese Nachricht, war viel zu sehr in seinem Leid um seine Claire gefangen.

Sebastian Farchant hatte zwei Pferde von der Ranch in die Stadt gebracht. »Sie sind gut zugeritten, keine wilden, eher zutraulich, dem Oldenburger verwandt.« Sie hatten den Pachtvertrag für die Ranch neu ausgehandelt, Sebastian Farchant würde das Gut weiterhin bewirtschaften, wollte jedoch Land auf eigene Rechnung hinzukaufen. »Wir sind sehr alleine draußen in der Einsamkeit, kannst uns die Kinder schicken, wenn dir's hilft, für uns wäre das eine große Freude.«

112

Lajos Fazekas entsprach auch nicht annähernd dem Bild, das sich die Menschen gemeinhin von einem Ungarn machen. Weder fiel er durch sprühendes Temperament auf, redete weder von der heimatlichen Puszta noch von Paprika oder Gurken, er griff nicht zur Geige, um im Kreise seiner Bekannten ungarische Melodien aufzuspielen. Eher zählte er zu den Bedächtigen, den Schweigsamen, ein taktvoller Mann.

Manfred Waldstein hatte ihn eingeladen, sich doch die Pferde in der Koppel näher anzuschauen. Lajos hatte am Tor gestanden, die Koppel im Blick, zwirbelte ein um das andere Mal mit der linken Hand die linke Spitze seines schmalen, nicht zu üppigen Oberlippenbartes, das mochte bei ihm womöglich das Höchstmaß an Anspannung, an Freude, an Interesse sein. Dieser gepflegte, pechschwarze Oberlippenbart stand in deutlichem Kontrast zu seinem bis auf die Schulter fallenden schon deutlich grau melierten Kopfhaar, der braune Hut hing an einem Lederband über dem Rücken. Dieser unauffällige, diskrete und doch ungemein präsente Mensch steckte in einer langen, braunen, ledernen Hose, der Tag war auch in den frühen Abendstunden noch heiß und Lajos Fazekas, wie er sich schließlich vorstellte, hatte ein helles Tuch um den Hals, eine braune Wildlederjacke über die rechte Schulter geworfen.

»Ich komme jeden Tag hier vorbei, bleibe stehen und betrachte aus der Ferne diese wunderbaren Tiere, schönere Pferde habe ich in den letzten Jahren nicht gesehen. Diese vier prachtvollen Mustangs werden wohl sehr unkompliziert sein, sicher fromm und genügsam. Da hinten stehen drei Quarter Horses und ein echter Appaloosa hat sich auch dazu gesellt. Woher haben Sie diesen schönen Tiere?«

»Zwei Palomino stehen noch im Stall«, erwiderte Manfred, »und in den Mustangs steckt Araber-und Berberblut. Sie kennen sich mit Pferden aus?«

Fazekas lächelte leicht, nickte bedächtig mit dem Kopf. Dann fachsimpelten die beiden Männer über die ideale Nasenlänge, den Rücken, der kräftig sein sollte, aber nicht zu kurz, stellten die Unterschiede heraus zwischen einem indianischen Mustang und einem Appaloosa. »Ich hatte im

Krieg einen Appaloosa mit einer weißen Decke und dunklen Flecken an beiden Hüften, er hat mir nicht nur einmal das Leben gerettet.« Fazekas tätschelte die rechte Flanke des Appaloosa.

»Davon hat mir ein Freund erzählt, dass diese Tiere verlässlich sind, charakterfest, treue Freunde fürs Leben, wie er sagte.«

»Die Appaloosa sind Muskelprotze, waren seinerzeit im Krieg ideale Reittiere, schnell auf nicht zu langen Strecken und belastbar«, warf Fazekas ein, »aber wenn die Soldaten sehr lange im Sattel sitzen mussten, weite, unwegsame Gebiete zu queren hatten, ging nichts über die Quarter Horses. Bei uns zu Hause in Ungarn leisten wir uns, auch wenn wir wenig besitzen, Pferde, sie sind ein Segen, heißt es bei uns. Ihre Zucht wird bei uns groß geschrieben, das mag zurückgehen bis in die früheren Jahrhunderte, wenn Attila mit seinen Reitern über die Puszta fegte. Unsere Gestüte sind in Europa weit bekannt. Wir spielen zwar gerne die Geige und tanzen den Csardas, aber noch lieber, und das gilt für jeden Kuhhirten, stehen wir auf dem Rücken von zwei Pferden und lenken ein Gespann. Mein Vater hatte ungarisches Halbblut im Stall, vier schwarze Nonius dazu, echte Warmblütler mit kräftigen Gelenken, robust, geeignet für die Arbeit auf dem Feld, wie für längere Strecken vor dem Fuhrwerk. Gerne hatte er auch den Altai, diese Rasse ist belastbar, nicht zu groß, trägt den Mann und viel Gewicht über lange Strecken.«

»Ich selber verstehe noch nicht viel von der Pferdezucht«, warf Manfred ins Gespräch, »ein Freund, er ist erst jüngst verstorben, versuchte mir das Züchter-ABC beizubringen, ich bräuchte seinen Rat dringend, nicht nur, wenn es um Pferde geht.«

Dann erzählte Manfred Waldstein dem neuen Bekannten von Rufus Bancrofft, der ihm ein lieber Freund gewesen war und von der Farm draußen nahe dem Susquehanna, er brachte die Rede auf Ahiga, den Indianer und erzählte von den beiden Farchants, die nun eine Lebensaufgabe, eine Bleibe und Ruhe gefunden hatten. »Rufus ist meiner Frau, meiner geliebten Claire vorausgegangen.«

Lajos Fazekas ließ Waldstein ausreden, ohne ihn zu unterbrechen. Dann war es still und in diese Stille hinein bemerkte Fazekas: »So, hat er es überstanden, der gute Rufus.«

»Wir waren in Maryland gelegen«, erzählte er, »nichts als Dreck, Sumpf, Schlangen, das war lange vor Appomattox, zwei Jahre vor dem ersehnten Friedensschluss, auf einer leichten Anhöhe hatten wir Quartier geschlagen, nahe der rechten Seite des Pagan River, nicht weit von Smithfield im Westen. Kurz vor Sonnenuntergang hat ein Scharfschütze der Konföderierten unseren Major von der Siebten, bewährter Mann, dieser Major Carlyl, ein alter Haudegen, der mit einem Kundschafter am Fluss unterwegs gewesen war, aus dem Leben geschossen. Sie hatten geangelt, saßen ganz friedlich am Ufer, in der friedvollen Stille dann der Schuss, er traf den Major von hinten ins Genick. Oberst Adams meinte nach der Beisetzung, ich solle mich um Major Carlyl's Pferd kümmern und ich ritt diesen prächtigen Appaloosa noch Jahre nach dem Krieg. Rufus Bancrofft gehörte zunächst zur achten Kompanie, freche, tollkühne Draufgänger waren das, von denen nur die Hälfte den Krieg überlebte. Er war dann mit mir eine Zeitlang im Stab, bis ihn der Oberst zum Sergeant Major machte.«

»Von seinem Dienstgrad hat er wenig erzählt, ich wusste um eine herausgehobene Funktion, aber er redete, wenn er überhaupt darauf zu sprechen kam, nur vom Dienstgrad des Sergeants.«

»Wir haben uns aus den Augen verloren, dass er hier um die Ecke zu erreichen gewesen wäre, kam mir nie in den

Sinn«, Fazekas schüttelte den Kopf, »es wird nun Zeit, dass ich mich verabschiede.«

Ob er sich für Sonntag vornehmen könne, ins Restaurant zu kommen, lud Manfred den neuen Bekannten ein, man könne beim Abendessen das Gespräch fortführen und er solle seine Frau mitbringen und die Kinder. Fazekas meinte, so viel Glück habe er nun doch nicht gehabt und jetzt sei er für eine Familie zu alt, hätte nur das Nötigste zum Leben und könne keine Familie ernähren und überhaupt würden seine Lebensumstände dagegen sprechen.

113

Lajos Fazekas steckte wieder in der braunen, ledernen Hose, unter der Lederjacke hatte er ein weißes Hemd angelegt, den braunen Hut hielt er in der Linken, dann setzte er sich an den Tisch. Eigentlich, so glaubten sie beide, würden sie sich schon seit langer Zeit kennen. Lajos stammte aus der östlichen Batschka, erzählte er, nahe Kecel, drei Tagesritte südlich des alten, ehrwürdigen und majestätischen Budapest, einen halben Tagesritt hatten sie bis Kiskunhalas, wo Tataren und Türken schon gehaust hätten, erzählte er, nicht weit vom serbischen Norden, wo die Mama herüber geheiratet hatte ins Ungarische. Bei Sombor war sie aufgewachsen, die Anyu, ein Bauernmädchen und die Grenzbewohner radebrechten das Serbische und das Ungarische und wussten mit beiden Sprachen vortrefflich und mit bemerkenswerter Geläufigkeit wie selbstverständlich umzugehen.

Lajos Vater hatte mit seinem Vater Pferde über die Grenze gebracht, sie wollten gutes Geld machen mit den rassigen Pferden, einem halben Dutzend heißblütiger Renner aus dem elterlichen, kleinen Gestüt. Der alte Fazekas hörte schließlich nach etlichen Geschäften das Geld im Beutel klingeln und auf dem Ritt zurück ins heimische Kecel, schauten sie noch wie jedes Jahr bei den serbischen Milicic vorbei. Dunja Milicic's Vater wandte sich dann beiläufig an Ferenc den Älteren: »Sie hört nicht mehr auf zu plärren, meine Dunja, seit eurem Besuch im Herbst des letzten Jahres vergeht sie nach deinem Ferenc.« Und der junge Ferenc hielt die Hand der schwarzen Dunja, schaute ihr den langen Abend in die Augen und versprach, in einem Vierteljahr, bald jedoch nach den heiligen Pfingsttagen, vorzusprechen und würde sie mit hinauf ziehen wollen nach Kecel und wenn sie sich der Bauernarbeit weiterhin nicht zu schade wäre, dann könnte man sicher miteinander auskommen. Der Heirat stand nichts im Wege und im Herbst des darauffolgenden Jahres schon kämpfte sich der neue Fazekas, wieder ein Ferenc, ans Licht der Welt, wurde ein guter Bub, dem noch eine Handvoll Fazekas-Geschwister folgen sollte. Da saß wieder einer dieser begabten Erzähler, denen man den ganzen Abend hätte zuhören können und man muss wohl lange einsam gewesen sein, wenn man so viel zu erzählen weiß.

Lajos kam ins Nachdenken. »Der Freiheitskampf meines Volkes achtzehnhundertneunundvierzig, die blutige Niederschlagung bald darauf, hat mich in die Welt getrieben«, sagte Lajos Fazekas, es war schon später Abend. »Vater hat in den Wirren dieser schlimmen Monate einen beträchtlichen Teil unseres Hofes eingebüßt, die Mädchen haben schließlich weggeheiratet und mein ältester Bruder Ferenc hatte sich mit einer kleinen Pferdezucht, einer Handvoll Schweine und einigen Hektar Land über Wasser gehalten, aber da war kein Platz mehr für mich, den Spätling.«

Dass Lajos dann noch keine dreißig Jahre alt, wie Scharen anderer in der Hoffnung auf ein glückliches Leben in Amerika, in den Krieg zwischen dem Norden und den Konföderierten hineingerissen wurde, hatte er nach seiner langen Reise in die Neue Welt nicht erwartet.

Sie würden sich wieder treffen, wären doch viele Gemeinsamkeiten da, meinten sie einhellig beim mitternächtlichen Abschied: »Ich verfüge jedoch nur über einen Raum drüben im Ungarnviertel und ganz in der Nähe wird seit einigen Jahren gutes Pilsener Bier gebraucht«, lachte er, »und die Deutschen und die Ungarn haben aus alter europäischer Nachbarschafts- und Heimatliebe einen Kulturverein ins Leben gerufen, ich komme nur zu selten dazu, mich dazuzusetzen.«

»Lajos hat gar nichts erzählt, was er arbeitet, womit er zur Zeit befasst ist, aber darüber wird noch viel zu reden sein«, dachte Manfred Waldstein, ging nochmals ins Schlafzimmer der Kinder und hatte eine unruhige Nacht. Immer wieder kam er ins Gespräch mit seiner Claire, stand am Friedhof vor ihrem Grab, sah sie am Ufer des Red River in Fargo sitzen, als er aus dem Fluss aufgetaucht war. Der nächste Morgen sah ihn erschöpft und übernächtig am Kaffeetisch, aber den Kindern ging es gut, sie lachten und tollten durchs Haus, vertrieben sich ihre Zeit an der Koppel. George konnte sich recht gut schon selbst beschäftigen und die kleine Mary hing der Küchenhilfe an der Schürze. Manchmal fragte George nach der Mama.

Manfred bückte sich, unter dem Tisch lag ein silberglänzender Metallstern, er musste wohl Lajos Fazekas aus der Tasche seiner Lederjacke, die er beim Abschied am Vorabend so salopp und leger über die linke Schulter geworfen hatte, gefallen sein. »U.S. MARSHAL«, stand in großen Lettern in den Stern gestanzt. »Dass dieser gediegene Gentleman kein Hausmeister ist, auch kein Händler oder Rosenzüchter, war mir bewusst«, dachte Manfred amüsiert, »einen Polizisten hätte ich in ihm nun wirklich nicht vermutet.«

Manfred Waldstein würde abwarten, bis Lajos Fazekas seinen verlorenen Stern bei ihm suchen würde.

114

Den Farchants hatte er einen langen Brief geschrieben und erzählt, dass da ein kleines Mädchen im Waisenhaus auf Eltern warten würde, hatte sie von den Umständen in Kenntnis gesetzt, fragte einfach an, wie sie dazu stünden, das Kind zu sich zu nehmen.

Lajos Fazekas blieb aus. Die Wochen gingen ins Land. »Kommt dieser Mann nicht mehr zu uns?« fragte die kleine Mary, sie hatte den Fremden noch in Erinnerung, er musste auch auf dieses kleine Wesen einen besonderen Eindruck gemacht haben. Der Brief von Sebastian und Barbara Farchant lag auf der Kommode und war in einem vorbehaltslosen Hochgefühl abgefasst. Sie würden gerne mit ihm im Waisenhaus vorsprechen, sich vorstellen und sie wären glücklich, ein Kind umsorgen zu dürfen.

Dann ging alles sehr schnell, in der ersten Septemberwoche wurden sie von der Oberin des Waisenhauses empfangen, die kleine Luisa Schusterless kam mit fröhlichem Gesicht und herzlicher Naivität auf Barbara Farchant zu, fiel ihr nahezu in die Arme, plapperte und sprühte vor kindlichem Witz und herzlichem Charme. Die Oberin hatte alle nötigen Unterlagen vom Gericht bereits in Händen. Es wäre allerdings ein Besuch im Gericht nötig, die Sozialrichterin hätte die künftigen Eltern gerne kennen gelernt. Die Richterin machte sich schnell ein zutreffendes Bild von den jungen Leuten und »der Adoption steht nichts im Wege, sollte sich die Kleine denn wohlfühlen auf Ihrer Ranch.«

Manche verschlungenen und krummen Wege führen dann doch zu einem guten Ende und das kleine Töchterlein des ehemaligen Offiziers Karl Schusterless, der den Siebziger Krieg heil überstanden hatte, der nach Amerika ausgewandert war, vielleicht um wirklich neu anzufangen, des Betrügers und Aufschneiders, der nun schon zu den doch früh Verstorbenen zu zählen war, hatte für die Not und das Elend des Vaters nicht auch noch einzustehen und wer kann schließlich ermessen, welche Nöte und Probleme den Vater auf die schiefe Bahn gebracht hatten.

Dann stand Lajos Fazekas unter der Tür, hielt den braunen Hut in der Linken: »Manchmal verfügen andere doch sehr eindrucksvoll über das eigene Leben und die Zeit und so bitte ich einfach um Verständnis, dass ich diese vergangenen Wochen nichts habe von mir hören lassen, ich war sozusagen in der Prärie.«

»Du musst dich keinesfalls rechtfertigen«, lachte Manfred, öffnete einen Schub der Kommode, auf der Claire jeden Tag frische Blumen platziert hatte, nahm den Marshalstern heraus und legte ihn Fazekas auf den Tisch.

»Dann will ich einiges von mir erzählen«, begann Lajos Fazekas. »Ich werde mich nie beschweren über mein Leben, über die vielen Schwierigkeiten, eher will ich schon dankbar sein, dass ich so viel Schönes habe erleben dürfen, neben mir sind die Kameraden in den Staub gesunken und haben ihr Leben ihrem Schöpfer zurück gegeben und ich kam ohne eine Schramme zurück ins zivile Leben.«

»Wir sind Brüder im Geist, lieber Lajos, dass wir uns kennen gelernt haben ist auch einer dieser schönen Zufälle, vieles fällt dem Menschen im wahrsten Sinn des Wortes zu, ohne sein Dazutun, Gutes wie Übles. Dass ich als junger Mensch den Siebziger Krieg bei uns zu Hause ohne eine Kugel im Leib überstanden habe, kann ich nur als ein großes Geschenk bezeichnen. Ein Freund von mir, Ferry Strauß muss zeitlebens mit lädiertem Bein durchs Leben, aber er lässt sich's nicht verdrießen und packt die Umstände beim Schopf, du wirst ihn noch kennen lernen.«

Lajos erzählte vom Ende des Krieges: »Rufus ging in den Westen, wollte die frische Luft der Appalachen atmen, wie er sagte, und mich zog es zurück nach Smithfield. Nahe der Stadt hatte ich in den Wochen, in denen unser Regiment dort lag, immer wieder auf einer Farm zu tun, ein sauberes Anwesen, alles in Schuss, nur der Besitzer verbrachte seine Tage im Stuhl auf der Veranda. An einem Vormittag hatte er die Bretter der Einfassung um die Veranda noch weiß gestrichen, die Sonne stach vom Himmel und er fiel einfach um. Da war er nun auf die fürsorgliche Pflege seiner Tochter angewiesen. Wochen vorher hatte seine Frau einen auskeilenden Hengst übersehen und erholte sich von diesem mächtigen Schlag gegen die Brust nicht, selbst der Regimentsarzt vermochte ihr nur Schmerzlinderung mit seinen Opiaten zukommen lassen, aber keine Heilung. Den Tod seiner Frau schien er nicht verwinden zu können. Ich freundete mich mit Maggie an, daraus wurde Liebe und wir versprachen uns, aufeinander zu warten. Sollte ich den Krieg überstehen, wollten wir heiraten, aber wir wussten nicht, wie lange das Ganze noch dauern würde, mussten wir doch unser Kavallerieregiment nach Richmond hinauf verlegen und das war dann nicht weit weg von Appomattox, wo das Ganze eineinhalb Jahre später zu Ende ging. Nach dem Krieg stand ich vor der verwüsteten und verlassenen Cullonfarm. Cullon selber war tot, man hatte ihn an seinem Lieblingsplatz vor einer alten Linde an einem kleinen, grünen Hügel in die Erde gebettet, Maggie war verschwunden. Nach langen Recherchen fand ich sie in Petersburg südlich von Richmond. Wir zogen zurück nach Smithfield, heirateten und bauten die Farm gemeinsam neu auf, bewirtschafteten die Felder, hatten mehrere Pferde und ein Dutzend Rinder, es reichte zum Leben, wir waren glücklich. Maggie erwartete unser

Kind und ängstigte sich sehr vor der Geburt. Als die Wehen einsetzten, ritt ich zur Nachbarsfarm, hatte doch die dortige Bäuerin ihre Hilfe bei der Geburt zugesagt.«

»Irgendetwas stimmt nicht«, hatte meine Maggie Tage vorher immer wieder gesagt, »es rührt sich nicht, stößt nicht.« Lajos schien die Tragik des Geschehens wieder nachzuvollziehen und Manfred Waldstein war ganz in Gedanken bei seiner Claire.

»Während meiner Abwesenheit gebar sie das Kind«, fügte Lajos an, »es kam tot zur Welt. Maggie starb eine Woche später am Fieber.« Sie jammerte nicht, wurde jeden Tag schwächer: »Man stirbt schnell in unseren Zeiten«, sagte sie am Abend vor ihrem Tod, »und wenn ich soweit bin, dann verschwinde ich einfach nach nebenan zu ihr ins Paradies«, lachte Lajos Fazekas.

Er vertrieb den Kummer durch die Farmarbeit, erweiterte die Farm mit großem Fleiß und war einsam. »Dann vergingen die Jahre, bis mich ein Brief des Obersten Staatsanwaltes von Baltimore City erreichte. Der Brief war von Oberstaatsanwalt Adams unterzeichnet und er schrieb mir, dass er mich seit Wochen gesucht habe, schließlich habe er mich im Census von 1870 von Maryland gefunden, er habe sich erkundigt, unter welchen Umständen ich derzeit lebe und er habe den Mut, sein Anliegen zu definieren.«

Er steckte in einer schwierigen Phase beim Aufbau einer schlagkräftigen Polizeieinheit und er bot mir zugleich das Amt eines US Marshals von Maryland an. Seitdem bin ich im Polizeidienst, verließ jedoch Maryland nach Adams Tod und folgte einem Ruf des Oberstaatsanwaltes Henry Grant von Pennsylvania, einem Verwandten von General Grant, der bis in die späten Siebziger Präsident der Vereinigten Staaten gewesen war, herauf nach Philadelphia.«

115

Manfred Waldstein lud Lajos Fazekas zu einer Fahrt auf die
Ranch zu den Farchants ein, die Natur der Appalachen, die
ganze Atmosphäre auf der Ranch würde beiden gut tun,
hätten sie doch beide ein paar abwechslungsreiche Tage verdient und er könne auf Rufus' Spuren wandeln. Vielleicht
würden sie mit Ahiga durch die Wälder streifen und die
Appaloosas oder Mustangs auf der Farm ein paar Tage aus-
probieren. »Jede Jahreszeit malt auf ihre Weise, komponiert
die Farben, manche wie hingehaucht, andere voll im Ton«,
staunte Lajos Fazekas beim unverwandten Blick auf die
traumhafte Kulisse dieses herrlichen Landes. Die Felswände
malten ihr eigenes Rot, Braun, Grau in vielfältigen Schat-
tierungen und Marmorierungen, die ausgedehnten Wälder
boten einer Vielzahl von Wildtieren Heimat, die endlose
Prairie wucherte mit tausendfältigem Grün. Die heiße, trockene Luft flirrte, unruhig flimmerte sie in der strahlenden
Vormittagshitze, die Felswände gleißten, glühten, leuchte-
ten im Sonnenlicht.

»Die Farchants sind nunmehr die glücklichsten Menschen auf der Welt«, vertraute Manfred seinem Freund an,
»sie haben endlich ihren Platz gefunden und ziehen nun ein
Kind auf«, und er erzählte auf der Bahnfahrt auch von Karl
Schusterless, dessen schwieriger Vergangenheit, den Um-
trieben dieses unsteten Menschen, seinem jämmerlichen
Tod und von dem Kind, das er hinterlassen hatte, »und dieses Kind wollen die Farchants stark für das Leben machen
auf diesem schönen Flecken Erde.«

Lange schwiegen sie, dann sagte Lajos Fazekas unvermittelt: »Schusterless ist ein Begriff, ich habe ihn vor Gericht
gebracht. Viele Umstände sind verknüpft, irgendwer verket-
tet sie und diesen Fügungen müssen wir gerecht werden,

das Leben ist eben wie hartes Brot, ein »nehéz kenyér«, wie meine Mutter oft sagte.

Die Tage auf der Ranch schmiedeten Waldstein und Fazekas aneinander, sie wollten ihre Bekanntschaft festigen, zusammenstehen, auch wegen ihrer gemeinsamen, verbindenden Freundschaft mit Rufus Bancrofft, der, so schien es, auf seine Weise bei ihnen war. Fazekas betrachtete in den vielen Gesprächen das Leben vom »einzig möglichen Standpunkt«, wie er sagte, vom Endgültigen her, vom nicht Erklärbaren auch und er redete in schnörkelloser, frischer, unumwundener Sprache, die er wohl gelernt hatte im Umgang mit einem halben Dutzend Geschwistern, einer mit beiden Beinen auf der Erde stehenden Mutter, einem Vater, der mit Bedacht und souveräner Ruhe die Richtung in der Familie angegeben hatte. Lajos war mit den Seinen daheim im fernen Ungarn, mit den Ahnen auch, verbunden und in der alten Heimat verwurzelt.

116

Der böhmische Zupferclan hatte sich in drei Jahrhunderten weit im Böhmischen verbreitet, das Stammhaus mag nahe Prachatitz gelegen haben, bis weit zurück vor die Zeit des Dreißigjährigen Kriegs reichten die Annalen. Im Böhmischen waren sie Bauern und Handwerker, Pfarrer und Lehrer, auch ein Soldat war dabei gewesen. Michael Zupfer habe hinten in Olmütz eine ganze Kaserne unter sich gehabt, hat man ehrfurchtsvoll erzählt, nie einen Schuss habe er abgeben müssen. Nur im Manöver und bei den allgemeinen Übungen wäre es infernalisch zugegangen, wie er dem Georg Zupfer, seinem Neffen, der schließlich nach Sedan abkommandiert worden war, geschrieben hatte. Er solle beim Militär bleiben, da habe er ausgesorgt und heutzutage gäbe es kaum mehr Kriege. »Und eine Ordnung hab' ich, eine Ordnung, wie sie der Mensch eben braucht«, ergänzte er. Jeder hat eben seine Vorstellung vom Leben, hatte sich der Georg damals gedacht und ging nach Amerika.

Ein Zweig der Großfamilie hatte sich schon vor der Metternich'schen Ära ins kaiserliche Wien begeben, sie waren Bäcker, Metzger, Handwerker geworden, brachten es zu Wohlstand, waren wohl gelitten, bildeten die Wiener Sippe. Man hörte während des Jahres wenig voneinander, nur beim Krumauer Musikfest im Böhmischen Süden an der guten alten Moldau, trafen sie Jahr für Jahr aufeinander. »Brauchst was, is' was, gibt's was Neues?«, fragte einer den anderen. Wenn jeder zufrieden war, ging man wieder seiner Wege.

In Prag lebte der Wenzel Zupfer, der hatte es dort zum Stadtschulrat gebracht und er schrieb den Cousins in Prachatitz und Bischofteinitz, wenn die Zeiten weiter so schlecht blieben, sollten sie ins Amerika gehen. Der Blaha und der Hrubal, zwei seiner Kollegen, hätten den Schuldienst in Prag quittiert, ihre Familien zusammengepackt und wären heute in Boston, aber auch wieder Lehrer. Hirnverbrannt wären die, schrieb er. »Manchen Leuten ist eben nicht zu helfen«, fügte er lapidar an.

Sie sollten sich nur an den Florian wenden, den geistlichen Cousin, schrieb er weiter, mit dem stünde er in brieflicher Verbindung und der Florian hätte als Budweiser Domkapitular seine Finger überall drin und die katholische Kirche sei ein weltweiter Verein, »die haben ihre Leute auch in den neuen Staaten in Nordamerika.« So zogen einige der Zupfer in die weite Welt, war ihnen doch Prag nicht genug, auch nicht Wien, es sollte ins Amerika gehen.

Schließlich hatte sich dann noch Korbinian Zupfer, der vorerst Letzte der Zupferdynastie, in den Westen aufgemacht, stieg zunächst in Cuxhafen auf das Schiff und vertraute sich diesem gewaltigen Viermaster an, der schon hunderte anderer Exilanten geladen hatte. Die Nordroute musste es wieder sein, »von Boston weg da geht's am schnellsten hinüber nach Buffalo, da steigst auf's Schiff, dann bist bald in Toledo auf der anderen Seite vom Eriesee und die dreihundert Meilen nach Chicago sitzt auf einer Backe ab und bis du dich versiehst, steigst bei uns in Milwaukee aus der Eisenbahn und«, fügte Georg Zupfer hinzu, »das Wetter passt da im Sommer.« Das waren die alten Routen auch, die schon den Onkel Franz Zupfer nach Milwaukee hinüber geführt hatten, dem eine Generation später Korbinians Bruder Georg wie auch die Christina gefolgt waren.

Ob es denn hier auch genug Arbeit gäbe, wollte er wissen, als er aus der Postkusche vor Zupfers Anwesen auf das Pflaster gesprungen war. Ungestüm, frohgemut und herzerfrischend, voller jugendlicher Tatkraft und mit unbändiger Lebenslust platzte der junge Korbinian, böhmischer Schnelldenker und Vielredner in die »Zupfersche Timberfactory«, tat so, als wäre er hier nicht neu, sondern seit seiner Geburt ein Hiesiger. Er mischte die trägen Verwandten, wie er meinte, kräftig auf und brachte einiges in Bewegung, hier wäre wohl so manches zu ändern, lachte er. Er war bald mit den Produktionsabläufen in der Fabrik ebenso vertraut wie mit dem amerikanischen Milwaukee-Singsang, der von hundert deutschen Dialekten geschwängert war. Von der Holzverarbeitung habe er zwar keine Ahnung, feixte er, aber er könne jedes Pferd beschlagen, jede Maschine reparieren, das habe er schließlich gelernt. Korbinian erwies sich so als menschlicher Glücksfall und fleißiger, begabter Arbeiter mit frischem Verstand und einer eminenten Auffassungsgabe und der Bruder Georg, den die Milwaukeeans zum Politiker gemacht hatten, fühlte sich in der Ausübung seiner noch nicht lange übernommenen politischen Verpflichtungen frei und mit Christinas und Korbinians Unterstützung lief der häusliche Betrieb, er würde sich keine Sorgen machen müssen.

117

Die Mutter hatte sich wieder eingefunden. »Mei' Bua braucht mi wieder a mal, Monika, so drei, vielleicht a vier Woch'n fahr ich nach Philadelphia runter«, sagte sie zu ihrer Monika in New York, »du kommst diese Zeit schon alleine zurecht.« Sie hatte sich mit dem Telegraphen angemeldet und war gespannt, ob es dem Manfred auch passen würde. Er kabelte zurück, dass er sich herzlich freuen würde, »wenn es der Monika nicht zu dick eingeht.«

»Weißt, Bub«, sagte sie bei der Begrüßung am Bahnhof in Philadelphia zu ihrem Manfred, »ich muss mich halt danach richten, wie ich beieinander bin, noch geht es mir gut und solange ich die Fahrt auf mich nehmen kann, so lange helfe ich bei dir aus.« Aber irgendwann könne sie sicher diese langen Strecken nicht ohne weiteres bewältigen, »dann wird's eng, Bub.«

Sie fühlte sich wie zu Hause im Hotelbetrieb und die Kinder waren glücklich, die Großmutter wieder um sich zu haben. Sie brachten ihr die englische Sprache bei, wo es noch fehlte. »Mir fallen halt die amerikanischen Wörter nicht ein, aber ihr zwei sprecht ja auch ein wunderschönes Deutsch, da kann mir ja nichts passieren«, sie umarmte ihre Enkelkinder.

»Vielleicht fahren wir in den Weihnachtsferien nach Milwaukee, wir sind eingeladen«, sagte Manfred am Abend zur Mutter und reichte ihr den Brief von Christina Zupfer über den Tisch. Die Mutter las lange und aufmerksam, Zeile für Zeile. »Ein langer Brief ist das, Bub«, sagte sie, »ein sehr langer Brief.« Dann war sie still. »Es könnt' ein Fingerzeig sein«, fügte sie an, »das ist mehr als nur ein Brief, viel mehr als nur eine gewöhnliche Einladung, lies den Brief zweimal, Bub, und wenn du meinst, du solltest fahr'n, dann setz' dich mit den Kindern in den Zug und fahr'. Fahr' nur, mein Manfred, hinauf nach Milwaukee.« Noch konnte er das Unbegreifliche nicht fassen, auch wenn die Monate nach dem Tod der geliebten Claire so schnell vergangen waren.

Da saß ihm seine geliebte Mutter gegenüber, eine lebenskluge Frau, die sich von Kindheit an bis ins Alter hatte bewähren müssen, vom Leben nicht hatte unterkriegen lassen und der Tod ihres geliebten Mannes brannte noch immer in ihrem Herzen. Sie kannte ihren Manfred, der ein besonnener Mann geworden war und ohne sich verbiegen zu lassen durchs Leben gebracht hatte seit den schrecklichen Kriegswirren in seinen jungen Jahren bis zum heutigen Tag.

»Das Leben ist dazu da, dass man es wirklich lebt, dass man es packt, nicht dass man kneift, sich selber bemitleidet, sich gar unterkriegen lässt.« Wie oft hatte sie diese Worte ihren Kindern gesagt, hatte ihnen beigebracht, das Leben zu lieben, es zu meistern, sich zu bewähren.

Zu schnell waren die Tage, die er und die Kinder wieder mit der Mutter teilten, vorbei und die vier Wochen waren wie im Flug vergangen. Beim Abschied am Bahnhof sagte Manfred seiner Mutter: »Also ich fahre dann vielleicht in den Weihnachtstagen mit den Kindern nach Milwaukee, hoffentlich räumt uns ein Blizzard den Schnee vom Geleise. Aber man weiß ja wirklich nicht, wie sich die Dinge so entwickeln.« Befreit lachte sie und umarmte ihn: »Den Schnee, Bub, den Schnee hast im Winter überall und des Leb'n muaß weitergeh'n.«

118

Dann kam alles ganz anders und die Umstände entwickelten sich scheinbar nach Belieben. »Nicht viel hast im Leben im Griff, Bub«, hatte sein Vater immer gesagt, »da scheint es was zu geben hinter den Dingen, etwas, das es schließlich gut mit dir meint.« Der Vater war ein einfühlsamer Mann gewesen, der den Buben nicht durch Weisungen und Befehle geleitet hatte, mehr durch bedächtige Anregungen, eine freundliche Ermunterung, durch sein unaufdringliches Dasein. Wenn auch ihm ein solches Vorbild gelänge, würde er sein Dasein als Vater schon verantworten können.

Manfred hatte mit den Kindern in der Kathedrale den vormittäglichen Gottesdienst besucht, wieder einmal, schon lange beabsichtigt und war danach mit dem Zweispänner langsam zurück ins Hotel gefahren. Er hatte einen wehmütigen Blick auf den großen Zentralbahnhof geworfen, die neue Broad Street Station, nahe der Market Street Bridge und dem Mittagszug beim Einfahren in den Bahnhof zugeschaut, den Elfuhrdreißiger aus New York, der hunderte Passagiere ausspuckte.

Am Restaurant vorbei hatte er die Kutsche langsam in den Hof gefahren, hatte die Pferde ausgespannt, gestriegelt und in die Koppel geführt, die Mustangs und die Appaloosas schickten ein vertrautes Wiehern.

»Im Foyer vom Restaurant steht eine Frau, wie die Mama eine«, rief die kleine Mary, stürmte von der Treppe vor dem Restaurant zum Vater, der am Gatter der Pferdekoppel lehnte und zog ihn mit sich ins Haus. Manfred Waldstein betrat das Foyer, schritt durch die breit geöffnete Tür zum Speisesaal. Sie kam ihm entgegen: »Schick mich nicht weg«, sagte Valerie, dann legte sie ihm die beiden Hände auf die Schultern, »schick mich nicht wieder nach Hause nach Boston.« Uriel war eingeflogen. Die ehrwürdige Tradition der jüdischen Rabbiner sieht in ihm den Engel der Sonne. Dieser Cherubim wird nun für das Licht im Hause, in der Familie zuständig werden.

Er nahm ihre beiden wunderschönen Hände in die seinen und drückte die Fingerspitzen zart an seine Lippen, an sein Gesicht: »Bleib nur, meine Valerie, bleib, jetzt wird alles recht.«

119

Heimtückisch, fast hinterrücks, im Vorbeigehen sozusagen, greift sich die Donau vor allem nach der Frühjahrsschmelze maßlos ganze Büsche, Strauchwerk, Geäst, Bäume ohne festen Stand, deren morsches, brüchiges, ausgelaugtes Wurzelwerk am Ufer keinen festen Halt mehr findet. Dann lauert weit oberhalb von Stadtamhof, bei Mariaort schon, auf der flachen Uferlände, der Bachler Georg, gleitet in den angeschwollenen Fluss, hängt sich in einen in der Flut torkelnden Baum ein und zieht mit ihm hinunter in die Stadt, wie ein Biber.

»A Lunga wia zwoa Rösser hot der Bua«, sagte sein Großvater, »und«, fügte er hinzu, »g'firmt is er a scho lang, der Girgerl, dös könnt fürs Amerika scho langa«, wenn immer wieder die Rede kam auf die Träumereien des Georg Bachler, der eine große Sehnsucht im Herzen auszuhalten hatte für des Amerika, wo es der Ratisbona Mane zu was gebracht hätte, wie die Leut' in Stadtamhof erzählten, der ein Schwoleschee gewesen war im Siebziger Krieg, der Ratisbona Mane, auch einer mit einer großen Lunge, einer der aushält, nicht aufgibt, »auch wenn's G'witter bricht und die Strudel in der Donau ois wegreiß'n möcht'n, wos eahna im Weg steht«, wie der Großvater mahnend dem Girgerl mit auf den Weg gibt, das eine oder andere Mal, ganz beiläufig eben.

»Papa, schaug obi, da dasafft oana.« Der Falter Franzi hatte seinen Kopf über die Brüstung der Steinernen Brücke geschoben, gerade als der Bachler Girgl seinen Baum unter der Brücke durchleitete, runter nach Schwabelweis, vielleicht gar nach Barbing, steuerte er den Stamm.

»Der dasafft niat, Franzi, des is da Girgl.«

»Wos fir a Girgl, Papa?«

»Da Bachler Girgl is er und bevor der dasafft bricht die Stoanane Bruck'n z'samm. Geh weiter, Franzi, geh weiter.«

Von Franz Spichtinger sind bereits die folgenden Romane erschienen:

Breitbrucker Rhapsodie

Schauplatz dieses figurenreichen Romans ist ein verschlafenes Dorf namens Breitbruck. Franz Spichtinger stellt bewegende, oft dramatische Lebensschicksale in den Mittelpunkt, erzählt in eindringlicher Sprache von Geburt, Leben und Sterben der Dörfler. Vor dem Auge des Lesers lässt der Autor ein faszinierendes Kaleidoskop von Psychogrammen erstehen, erzählt mit langem Atem von einem Menschenschlag, der Chuzpe und Charme versprüht, aber auch in Abgründe blicken lässt. Das Besondere an Spichtingers Geschichten ist die beobachtende, nicht wertende Haltung des Erzählers, mit der er eine nahezu spielerische Leichtigkeit der Figurenkonstellationen erzeugt.

Gebundene Ausgabe, 216 Seiten | 22.90 €
ISBN 978-3-8423-7099-9

Paperback, 216 Seiten | 13.90 €
ISBN 978-3-8423-7109-5

Eine böhmische Serenade

Ferdinand Hrdlicka, Archivoberrat in der Stadtarchiv-Bibliothek, kann die historischen Fakten des Dreißigjährigen Krieges wie die der Weimarer Republik umfassend erklären und er legt größten Wert auf ein geordnetes Leben. Kaum hat ihn seine Frau Antonia verlassen, gerät sein Leben aus den Fugen. Als sie schließlich zurückkommt, kehrt damit die Beschaulichkeit aber nicht wieder ein. Antonia wird von ihrer Tante das Restaurant Treibsand übernehmen, und so steht auch für Ferdinand Hrdlicka eine berufliche Veränderung an. Es sind schließlich die Erfahrungen von Liebe und Freundschaft, die ihn lehren, sein Los zu meistern.
In diesem bunten Bilderbogen ergreifender Geschichten scheinen unterschiedliche Lebensentwürfe von Menschen auf, wie das Schicksal der dem Leben zugewandten Bertil, die nach Krieg, Vertreibung und Flucht aus Böhmen ihr Geschick in die Hand nimmt und in Argentinien neu beginnt, oder der Aufbruch, den Christiane Wordes in späten Jahren auf dem amerikanischen Kontinent wagt.

Eine böhmische Serenade ist eine Erzählung, in der es um Abschied und Verzicht geht, um Neuanfang und Tapferkeit, vor allem aber um couragierte Unverzagtheit.

Gebundene Ausgabe, 224 Seiten | 24.90 €
ISBN 978-3-8482-2051-9

Paperback, 224 Seiten | 14.90 €
ISBN 978-3-8482-2730-3

Remsky, Hamlet und Beaufort

Drei ehemalige Schulfreunde begegnen sich nach zwanzig Jahren wieder. Aus ihnen sind erfolgreiche Männer geworden, die es ganz nach dem Wunsch ihrer Väter zu Ansehen und Wohlstand gebracht haben. Ihre zufällige Begegnung wird unversehens zu einer Reise in die Vergangenheit, auf der sich die großen Fragen des Lebens noch einmal stellen und Bilanz gezogen wird: Ist das, was im Leben erreicht wurde, in jeder Hinsicht das Bestmögliche gewesen?
In diesem Reigen von Lebensschicksalen, die der Roman aufscheinen lässt, wird so mancher von uns das eigene wiedererkennen.

Paperback, 284 Seiten | 16.90 €
ISBN 978-3-7357-3924-7

Besuchen Sie die Homepage des Autors:
www.Franz-Spichtinger.de